U0485995

大地双心

徐皓峰 著

光明日报出版社

果麦文化 出品

换纱窗，换纱门，是初夏到来的举动。
系红绳，披红被，是新死之人的装备。
一会儿好心，一会儿狠心，是我今年的模样。

——后主厉皇帝*十七岁诗

---

* 末代君主庙号多为"哀宗""思宗"，愧不称宗则称后主。谥号用"厉"字，说明犯了杀戮，血债难还。

目录

一　荣禄血 / 1

二　刀枪不入 / 8

三　肃顺意 / 14

四　一时负气成今日 / 23

五　萨满 / 59

六　贼漂亮 / 79

七　小说误国 / 96

八　降神 / 106

九　以儒解经 / 122

十　梨花落尽春去了 / 129

十一　押下女人哀　赢得诗句满 / 149

十二　八月中秋雁南飞 / 172

十三　寻血 / 185

十四　封后 / 205

十五　鳇鱼头 / 213

十六　树上开花 / 241

十七　蜜桃双眸 / 265

一　荣禄血

　　一九一六年六月三日，中南海居仁堂来了位医生，自己还是病人样，七旬衰态，斜了肩，严重内八字步态。

　　居仁堂是前清皇帝的藏书阁、民国的总统府，住着袁世凯。作为民国大总统，去年他称了皇帝，引发多省兵变，八十三天即退位，恢复总统身份。

　　他行伍出身，体格壮实，经此大事仍饭量不减。唯一不适，是开春后两眼发胀，难受时只好睡觉，一觉醒来，眼睛能正常二十分钟。请了多位医生，仍病因不明，为了眼睛，一日要睡八九次，感到如天下乱了般，身体要乱。

　　一位医生不请自来，由位白净青年搀扶，对新华门警卫说会治眼病。通报进去，袁世凯准见。搜身检查，未藏武器，青年留在新华门门房，医生由五名警卫送入。

　　一照面，袁世凯即让警卫退下，道："谙达，您还在世啊。"谙达是满族话，熟人老友之意。医生拄杖近前，摸上袁世凯后颈，一声笑："脖子硬成这样，难怪你眼胀。"双手齐上，开始推拿。

　　六七分钟后，颈肌软了，眼睛竟不胀了。

　　请医生落座，袁世凯道："谙达露面，是来骂我么？"

医生憨笑："来问一事，我辛亥年[1]开春假死，次年没开春大清就亡了，为什么？"

一九一一年十月，武昌兵变。时任内阁总理大臣的袁世凯上奏，陈述打不过革命军的理由：

"海军总指挥萨镇冰出走，致使大清海军投诚革命军，随时可沿海攻到京城。七十年前鸦片战争，英国便是这么打败的大清。"

皇室认了这说法，交出天下，大清换成民国。

中华传统，一朝灭亡，高官重臣要殉死。清朝结束，仅三五小官自杀，位低官员殉死是越权，皇室不能表彰。最有资格殉死的第一权臣袁世凯，他却拿了天下，成为中华民国大总统。

他向清室的解释是，天下人受革命思想蛊惑，非要实行美国的共和制，如人醉酒，强劝不得，等吃了苦头，才会想起皇家的好。待天下人酒醒，他自会还权清帝。

慈禧太后过世前，选三岁小孩六飞当皇上。说小孩妈妈是荣禄女儿，这孩子流着荣禄的血，不管天下乱成什么样，长大必是厉害人物，会重整河山。

荣禄是上一代第一权臣，多次拯救朝政危局，以"机敏强悍"著称，袁世凯便是他培养的接班人。袁世凯搬出慈禧的话，表示自己害怕小皇上的荣禄遗传，不敢不忠心，否则日后必遭清

---

[1] 一九一一年。

算，何苦呢？

皇室信了。

一九一五年，袁世凯称帝，自己家人立为新皇室。

清室反应奇怪，集体支持，甚至以小皇帝的名义写了贺文。抗议的反而是袁世凯多年培养的将才，纷纷拥兵独立，逼清帝逊位般逼袁世凯下台。

次年三月，袁世凯通告全国，结束帝制，随后就他继续当总统的问题，与反叛将领展开谈判。僵持到五月底，起了军情，清室的肃亲王在东北组建军队，宣布要杀回北京，割据东北、内蒙古、华北，成立满蒙国家。

肃王心急，在天下人讨论共和制与帝制的优劣问题时，提出满汉种族问题。一打仗，便能转移全国舆论，继续当总统了。袁世凯心情大好，静等肃王起兵，美中不足，只是眼胀。

医生眼小，眯上了，是六神无主的蠢相，叹道："大钱还是太老实了。"大钱是前清官场对肃王的称呼，庆王贪污肃王清廉，自称家有大钱，不收小钱。"我要是他啊，不在这时闹，在辛亥年。你劝皇上退位，我就劝皇上离京。蒙古、满洲、新疆，皇家两百年经营，是早留下的退路，这片地不小，足够延续大清。"

袁世凯："肃王那年劝过，但隆裕太后住惯了北京，她不走，还是小孩的皇上怎么走？"

六飞三岁即位，先帝光绪的皇后仿效上一代太后慈禧的做法，垂帘听政，称隆裕太后。民国政府开出一年四百万元的皇室优待条件，留下了她。一年四百万，民国政府第一年便拖欠，从未付过。

医生："她呀，爱嗑瓜子、喝黑茶，早早地牙就蚀了。牙不好的媳妇，是守不住家的。"

袁世凯骤然心惊，见医生瞳孔亮起，显出威慑官场的贵相。

眼光一闪便弱下，医生恢复憨蠢，呵呵笑道："传闻你家男子从没活过六十，你已五十七岁，来日不多了？"

袁世凯赔笑："是呀，天不与寿，当皇帝对我有何意义？民国元年当总统，是为了皇上。去年称帝，也是为了皇上。"

多年培养的将才尽是虎狼，只等自己死后，争做总统，绝不会还权清帝。去年称帝，为把大权留在自己家中，杜绝诸将的争心，好在自己死后，由儿孙还权清帝。

皇室信了，表态一定配合。认为自己骗人的，唯有肃王。

医生："原来如此，容庵苦心。"

袁世凯额皱，皱如印符。容庵是袁世凯的号，号是写信、作诗的自称，一般是此人过世，别人谈他才用号。

医生："人的寿命是说不准的，作恶行善，都会造成短长。四十岁前过世的人多了，你家男儿个个活不过六十，只是巧合。"

袁世凯哼一声，尾音透着赞同。医生轻笑："你已有延命之法？我猜猜，左撇子？"

北上寒地的熊种，一身白毛唯鼻头黑色。传说捕捉猎物时，为在雪地隐身，会用左前爪捂鼻子，因而叫左撇子。

晚清官场流行吃海狗胎。二三月份的辽海冰面上，有海狗分娩。大寒大湿里存活的物种，必有大热，母腹中还未长毛的胎据说大补人身，能治沉疴绝症。

晚清官场有个推算，左撇子以海狗为食物，更是热中之热，捂鼻子的左前爪是天地至宝，吃一爪可增人寿三年。可惜中国无此物种，在辽海分娩的海狗是少数，更多海狗在北极寒地，人迹难至，左撇子在那里。

传闻去年称帝前，袁世凯高价雇用鄂温克族人北上猎熊，办成了晚清官场念叨多年的事。

袁世凯笑道："谙达，这等奇谈怪论，您也信？"

医生："你打小干事有魄力，我信。"

眼胀，是吃白熊熊掌的反应。

医生："天下灵物一经炖煮，精华都吸在锅盖上。人吃不到什么，说是补人，实是补锅。吃到嘴里的熊掌，不见得好过鸡鸭。真想延命，老佛爷有个法子。要我告诉你？"

老佛爷是宫女太监对慈禧太后的尊称，慈禧太后七十岁时仍是中年容貌。袁世凯行礼："老佛爷吃什么？"

前清大臣要称慈禧为太皇太后，不能学太监宫女叫老佛爷。袁世凯顺着对方话里的称谓，是讨好。

医生含笑："熊掌不如人掌，人才能补人。老佛爷三十岁后，每晚睡前要四名宫女轮番推拿后背半个时辰。人手在肌肤上摩擦会生出弱弱的一股热，这点热好过海狗白熊。"

袁世凯凝目追问："为何要四人？"

医生："伺候老佛爷洗澡的宫女是四人，穿衣也是四人，凡碰触身体的事，起码四人。后宫编制，别无玄奥。"

袁世凯改口称谓:"太皇太后高明,解决繁难事,总能找出个简单法子。"

医生:"有时太简单了。"

袁世凯:"噢?比如?"

医生:"把天下交给你打理。"

荣禄过世后,慈禧让袁世凯做了第一权臣。袁世凯呵呵而笑,医生随着笑了:"幸好荣禄大人跟老佛爷相反,喜欢将简单事搞得复杂。"

袁世凯:"没错。我是他旧部,晓得他最爱前思后想,一招套一招、一手藏一手。"

医生:"按荣禄大人的禀性,培养人不会只一个,除了你,还应有一个。"

袁世凯:"谙达说得对,我也这么想。是谁?"

医生怅然:"想不出。"

大清末日,袁世凯独步朝纲,无人制约。

医生告辞,袁世凯送出居仁堂,被医生劝止在台阶上:"贵贱有别,你再送,显得我不懂事。"

袁世凯:"咱不按大清旧礼,按朋友之道,送您出大门。"越过医生,要领路先行。

医生:"没拿你当朋友。歇了吧。"

袁世凯沉脸:"谙达,你献我长寿方,该怎么谢你?要我还权皇上?"

医生:"不必。"

一个小时后，派去跟踪的特务回来报告。

医生出了新华门，和白净青年乘上辆人力车，到积水潭下车，沿岸走了会儿，忽然消失。特务共七位，独有一个特务看见青年背上医生疾走而去。他比别人多见了这一眼，两秒后，眼里亦没了这两人。

"闹鬼了？"

袁世凯说了这话，淡了这事。能达今日成就，有个性格优点——想不清楚就不想，想清楚的赶快做。下令安排了四名推拿师。

六月六日，做推拿的袁世凯后背热起时，生出一念："他为何叫我容庵，难道我死了么？"体会下身子，没了活着的感觉。

副总统黎元洪赶到时，听推拿师说，袁世凯嘀咕了句"谙达害我"便睡死过去。随后日子，反叛的将领们来京奔丧，各觉得这个"熟人"是指自己。

六月二十八日，袁世凯出殡，北京学校停课一日，全国下半旗。八月二十四日，棺木运回老家河南安阳。

二　刀枪不入

明朝最后一位皇帝崇祯葬在天寿山中，距京城百里，名为思陵。他死后，有了清朝两百余载江山。

一九一七年春，崇祯忌日，思陵来了两拨扫墓者。早一拨乘骡车而来，是位老者，斜了肩，严重内八字步态，由位白净青年搀扶。晚一拨是三辆英国奥斯汀轿车，一位西装中年人，带十名便衣护卫。

扫墓在晨，晨是昼夜交际，人间与冥界并存时，亡灵可与生人相见。守墓人是位骨瘦少年，大人们行礼时，鬼影般退在一边。

晚一拨人并不扫墓，待老者礼毕，中年人开口："谙达。"

老者一副蠢态："给你捉着了。"

中年人："太皇太后死后第三年，你家人报了你死讯，葬在八里庄——我就知道是假死遁身，如果不为给太皇太后守孝三年，你早报死讯了。"

老者："呵呵，日子不好过。我九岁入宫，待了五十一年，位至大总管，都说我贪污受贿，积下的钱够买下全套北洋舰队，土匪飞贼惦念我，你们这些皇孙贝子也惦念？"

中年人:"可不是,大钱就缺钱。"

老者乐了:"肃王去年闹着要起兵,终没闹起来,是缺我这钱?"

中年人:"他缺忠心,他手下人借口买兵买炮,把他家底骗光了。眼下困在东北,正不知怎么办好。"

老者:"你劝我接济他?"

中年人瘟了脸:"没那意思,说话说到他了。这些年,您藏哪儿去了?城里你有五处宅子,都重金雇了镖师护院,但我知道是幌子,里面没钱。"

老者点头称是:"您的贝子府在沟沿胡同,你住沟沿北,我住沟沿南。搜遍京都,忘了家门口。"

中年人:"全套北洋舰队在沟沿南?"扬手作揖,转身即走。

老者尖笑:"胡同那么多人家,不问问是哪个门?"

中年人:"我手下多,一查即得。"

老者:"啊!这样!还以为你毛躁。"

中年人顿住步。

去年袁世凯暴毙,所有人都觉得袁世凯遗言"谙达害我"中的"熟人"指背叛他的将领们,只有他判断,谙达只会是一人。晚清政局里,称谙达的只有一人,那是慈禧太后的大总管李谙达。

询问居仁堂警卫,得知曾闹鬼,鬼医生消失在积水潭。从此在积水潭布下眼线,昨夜得报告,鬼医生在积水潭现身,乘骡车出城……

"谙达，我还是毛躁了。你住沟沿南，却跑到积水潭现身。不是我捉着了你，是你引我来的？"

李谙达小眼努开，浅棕色瞳孔："你是皇家长孙，戊申年[1]，多少人赞你有帝才，撑你即位。连我都这么想。"

中年人黯然："太皇太后看不上我，我这个长孙，给个吃奶孩子比下去了。"有才而不得即位，令他饱得百姓同情，称他为伦贝子。

李谙达面上染了一块旭日暖斑，似乎感伤。

伦贝子："真有帝才的是袁世凯，不是我。他爱骗人，但骗人总比杀人好。骗得天下太平，受益的是天下人。"

袁世凯称帝，伦贝子归附，得封亲王。亲王比贝子爵位高，爱新觉罗的子孙混进了老袁家的亲戚堆，为百姓不齿。

李谙达叹气，脖子歪进肩里。

伦贝子："这样一个人，却死了。没了他，世上必起战乱，三十年挡不住。"

李谙达："我……"

伦贝子挥手："袁世凯死因，我不想追究。找你，只为夺财。"

李谙达："大清民国，你二朝为官，没爱过财。"

伦贝子："大钱想复国，我也想。"

---

[1] 一九〇八年。

李谙达："肃王没成事。"

伦贝子："他没经过手下人不忠,而我就是个不忠的人,会比他精明些。"垂头,见橘红朝晖侵上鞋面。

李谙达："三十年战乱由你起?"

伦贝子抬头,长寐初醒的眼:"兵灾地,我不要。大清复国在拉美,巴西人少土阔,鼓励移民买地,便宜死了的价。我会带上满族子弟里的英才,去那儿开新朝。买地是大开销,正好您有。"

李谙达："皇上呢?"

伦贝子一愣,显然没想过此事:"嗯——在宫里他还是皇上,闲一辈子,乐一辈子,够好了。"

李谙达："皇上流着荣禄大人的血,长大后是厉害人物,会重整山河。你把人才都带走了,皇上长大了要用人,怎么办?"

伦贝子："袁世凯骗人的话,您也信?"

李谙达："那是老佛爷的话。拉美可以去,你一个人去。"

伦贝子转眼,冷笑:"您要坏我事?引我到这偏僻地,是准备我不答应,就除了我?"

天光大亮,李谙达赭黄肤色,难看的凸颧骨:"听说京城皇族迷上了'借力打力、后发制人'的太极拳,以你府上为中心?"

伦贝子扫视亮起的山峦:"七十年前,大清给英国打惨了,从此霉运,谁都能欺负咱。硬拼不得,得寻思以柔克刚,我们没闲心玩拳,是用太极拳理来探讨国策。"

李谙达:"想领教。"

伦贝子眼里转出神采:"谙达,没听过你会打呀!"

天光大亮,伦贝子身后的十余名护卫显形,皆平和仪态。能将经受的搏杀训练完全藏形,必是高手。伦贝子挥手,身后护卫里行出一人,三十岁年纪,下巴宽大,相术讲的"地阁方圆",应有幸福晚年。

李谙达摘下挂在臂弯里的拐杖,杵于地面。

护卫抡掌劈去,李谙达无反抗,任掌劈在脖颈。护卫却跌在地上,肠子被揪出来般惨叫。老者是自责的神情。

伦贝子身后走出三名护卫。放倒一个悍匪凶犯,三个人就够。再强的人也对付不了三个人,生理决定的,即便在体力上强过三人,在反应上,一定失误。

三人手捏匕首。刃口雪白,细看,似有层荧荧黄光。涂了南海岛蜥蜴的唾液,毒不死人,却能让伤口止不住溃烂。

李谙达后撤,内八字步子十分丑态。三人追击,却骤然脚乱,碰上彼此刃锋。

刀创不深,在胳膊、后背。三人僵住。

伦贝子身后还有六位保镖,一齐掏出手枪。美国史密斯—威森公司出品的改良二型手动退壳枪,当世最先进手枪。

李谙达做手势,让与自己在一条纵线上的白净青年走开,免得中弹,拄拐向伦贝子行来。

枪响。

李谙达稳步前行。

枪再响。

李谙达行到伦贝子面前。

一九〇〇年,山东闹起义和团,据称刀枪不入。首领三人入皇宫演示,在洋枪射击下,毫发未损。令慈禧太后下了决心,以义和团开战洋兵。不料战场上法术失灵,义和团众中枪即死。八国联军攻进北京,大清一度亡国,史称庚子国难。

十七年前被证明是骗术的东西,却是眼前现实。

伦贝子哑了嗓:"刀枪不入。"

李谙达:"你瞎了?枪子没打我身上。我的本事,是让开枪人手偏。"

三　肃顺意

距思陵四百米，是守墓人住所。三间土坯房，松树皮压制的房顶，松树油性大，不落雨。院墙由树枝泥巴垒成，屋檐跟院墙一般高。

守墓少年领路，李谙达由白净青年搀扶，伦贝子跟着。望少年背影，李谙达问伦贝子："皇上该他这么大了吧？"伦贝子应声："比他壮实。"

守墓少年十二岁，留着前清辫子，色质焦黄。李谙达轻语："他这身板，非福相。五十七年前，随老佛爷回京夺权，我十二岁，身子也这么单薄。"

一八六〇年，英法联军沿海而来，攻进北京，咸丰皇帝逃至热河，不久病死。咸丰仅有一子，慈禧所生，成为新帝。对身后政局，咸丰留下了八大臣辅政的制度。英法联军撤去后，慈禧回京，杀了八大臣中的三人、流放五人，以母后身份接手大权，一接手便四十余年。

进屋后，李谙达问少年："你家大大呢？"大大是满族对家族当家人的称呼，女人当家，也叫大大。

少年："我就是我家大大。长辈们都过世了。"

李谙达眼光吓人地一亮,瞬间暗下,对伦贝子言:"引你来思陵,是想引你见见这家人。哎,孩子,肃顺是你什么人?"

少年:"苦玛法。"

伦贝子忽感身寒。苦玛法是满语,曾祖父之意。

肃顺就是咸丰皇帝死前定下的辅政八大臣之首,慈禧发动兵变,将他诛杀,死时四十六岁。慈禧那年二十六岁——五十七年前的老事,再有三年,自己便到了肃顺被杀的年纪,慈禧那时,比现在的自己小十七岁,多么稚嫩……

伦贝子眼光冷清:"太后、肃顺都是有大心机的人,天下是这种人玩的,不是我。"

李谙达转向少年:"肃顺在血统上是清太祖的弟弟家,大清皇族怎么给大明皇上守墓?"

少年:"苦玛法死后,家里大大说,咱家老祖本是大明的官,哥哥要夺天下,拗不过,总觉得对不住大明皇上。既然他们家杀了咱家人,正好跟他们家断了,去给大明皇上守墓,接着做大明臣子。"

清太祖努尔哈赤的弟弟叫舒尔哈齐,是大明崇祯皇帝委任的建州右卫指挥使总领,大明在满人地区的最高军职。他遭哥哥囚禁,但他几个儿子帮哥哥打仗,夺了大明天下。

伦贝子自小听的,都说肃顺原是个满人破落户,十足的市井无赖,凭着底层锻炼出的心机,骗得咸丰皇帝信任,从此祸害满人,冤杀忠良。慈禧以孤儿寡母的弱势,能除他,全因满人上下齐心……

想是后世为抹黑他造谣了,不料他是舒尔哈齐后人,皇亲国戚。

伦贝子怅然:"谙达,你引我来,是想告诉我,满人该忠于大明崇祯皇帝,不该有大清?大清已经亡了,该不该,都没意义了。"垂头,见八仙桌桌面光滑如镜。

中国器物,新的糙愣,老的润泽。因为得了人气,普通桌子经过几代人擦拭,脱了木质,近乎胚玉。

李谙达抚桌:"大清不单是满人的,也是汉人的。什么东西过了二百年,都不是俗物。大清开国糙愣,过了二百年,老东西摩出了光,肃顺当权,让汉人出了头。"

伦贝子:"满人都讨厌肃顺,他免了大批满人的官,让汉人替上,见了满人就骂,见了汉人才有笑脸。"

李谙达:"所以得罪了满人,慈禧太后能杀得了他。但杀了他的人,还得沿用他的政策——汉满共天下。循着他的意,才维持得了天下。"

伦贝子叹气:"大清一亡,天下全成了汉人的。"

李谙达:"当今天下既不是满人的也不是汉人的,是洋人的。袁世凯称帝,他手下将领们敢反他,因为背后各有外国势力支持。老百姓会想明白,汉满共天下,总比与俄日英法德美共天下好吧?"

伦贝子:"所以……大清能复国?"

李谙达:"汉朝亡过,续上了。唐朝亡过,续上了。皇上还在,大清也可以续上。只要你有意。"

伦贝子摇头:"光有意,有何用?"

李谙达:"你们练的太极拳拳理是——用意不用力。怎么解释?"

伦贝子:"说这干吗?"

李谙达:"说说,全套北洋舰队归你。"

伦贝子惨笑:"好!"叫守墓少年取枚铜钱,拔根头发,穿铜钱孔拎着,嘱咐:"你手不要动,只是想——头发要断了。"

片刻,发丝微颤。伦贝子赞声"伶俐",嘱咐:"现在想——断!"

铜钱凭空一跳,崩断发丝,跌于桌面。

李谙达眯眼:"妖法?"

伦贝子:"您躲枪子,才是妖法,我这是人间常理。"

李谙达:"常理?怎么会?"

伦贝子指向少年:"因为他手动了。"

少年怒吼:"我没动!"

伦贝子:"你手指确实没动,这是你能控制的。但人身肌肉,许多是头脑控制不了,也感受不到的。手指没动,脚指头紧了,腰松了,便动了头发。"

李谙达赞道:"有理!"

伦贝子:"太极拳,使用头脑控制不了的肌肉。既然控制不了,就不追查是哪些肌肉动了。我们研究拳,不总结肌肉,总结意。"

李谙达:"有意,自然会有肌肉配合,虽然不知是哪块肌肉。"

伦贝子："是这道理。"

李谙达："有意恢复大清，自然会有人配合，虽然不知是什么人。"

伦贝子愣住，半晌叹道："是这道理。"

临走，李谙达给少年留钱，四管红纸包的银圆，一管三十六枚。银圆铸袁世凯头像，一九一四年发行，是袁世凯当大总统的第三年，取代了清朝的铸龙银圆，在他死后依然通用。满人间的袁世凯，不知终止于何年。

伦贝子没有随身带钱的习惯，留下手表。瑞士天梭表业的个人特制，金壳金链。

出了屋，伦贝子忽然觉悟，向李谙达言："您的法术，我大概明白了。"

李谙达："噢？说说。"

伦贝子："说不好，得试试。"

李谙达憨笑："您是帝才，亲王贝勒们练拳，没人能练过您。我也想试试。"两人走向院中，拉开五步距离。

伦贝子缓行两步，第三步加速，抡掌劈下。李谙达似鼻头瘙痒，抬手摸摸，将来掌挑开，伦贝子赞声"好"，任由掌偏，肘尖拐转，在李谙达胸口划过。

李谙达静立，后背渗出大片汗泽。

伦贝子："我想对了？"

李谙达："伶俐。"

思陵山水清秀，本是葬女人的地方。

皇陵不单为存尸，主要为镇定鬼界，皇帝要管人鬼两界，登基的第二年便要建陵墓。大明崇祯皇帝登基多年却不修陵，后世说他不镇鬼界，招来大祸。明朝灭亡，他自尽，尸体收进一位早逝妃子的墓中，便是思陵。

感慨着两百多年前清朝取代明朝的种种动荡，伦贝子乘车走了。李谙达嘱咐白净青年："回家。"白净青年问："哪个家？"

沟沿胡同的家，伦贝子将去掘地寻金。

李谙达回答："正经的家。"

慈禧太后过世，他辞去大总管，出宫退休。皇室赐给他一处房，作为对他效劳多年的表彰，远在京城外的西山。中式院墙里一栋二层洋楼，配有车库马厩。

此宅孤僻，附近十里无人家，便于土匪打劫。他一天也没住过，但这是他正经的家。朝廷赠的房产不能买卖，只能传子传孙，是久远的家。

九年过去，没想过那房，没安排过守门人，荒成鬼宅了吧？

白净青年："您不早说，咱们没拿那儿的钥匙呀。"

李谙达："砸锁砸门。"

去西山，带着守墓少年。路上，老者问少年："让你跟我走，你就走呀？"少年："我还废什么话，您都快死了。"

皇室赏赐的宅院门前,隔五十米,便是高起的山岩。李谙达叹息:"开门见山,不好不好。这等凶宅,不住也对。"

白净青年掏出手枪,打坏门锁。汉阳兵工厂仿制的德国毛瑟C96式手枪,比伦贝子护卫的配枪落后十年。

院墙距房屋很远,足有两百米,铺着石子,小如黄豆,多层累积。落脚,石子上下挤压,咔咔大响。不种树种草,视野开阔,石子加大脚步声,都为防刺客。

石子上蹲着一只河北种豹子,土灰底色,黑斑点。还是冬毛,到了夏日,颜色会浅白。刚才枪响未惊走它,这种豹子是吃人的。

它在拉屎,拨石子掩埋。猫科动物的天性,要消除自身气味,因为它们是偷袭者。白净青年朝天一枪,它晃悠悠走开,跃上丈高墙头,飞身离去。

豹子动态,让李谙达看醉,对白净青年说:"身姿漂亮!像是你。"白净青年似早习惯了人赞,淡淡一笑。

洋楼一层装半透明玻璃窗,绿黄白三色搭配。室内无家具,维也纳进口的花砖。李谙达拐杖点地:"皇家雨露恩,待我不薄。"

通往二层的台阶是大理石,镶着铺地毯用的铜钉。李谙达坐于台阶,招呼守墓少年过来:"躲子弹,你看到了。磕个头,传给你。"

少年拒绝。说见李谙达跟伦贝子对话,自述是太监,他作为舒尔哈齐后代，不能给下人磕头。一指白净青年："教他吧。"

李谙达："他心小，装不下。他是伶人，多少年没开过新戏，几出唱精的来回演，你说他心有多小？"突然双膝跪地，向少年磕头，"您说得对，主子不能给奴才磕头，求您学我法术。"

惊愕间，少年点了下头。

李谙达笑了："是我徒弟，得完成我心愿，让老佛爷预言成真——皇上长大是厉害人物，重整河山。"

白净青年接话，说会安排少年到皇上身边，待一辈子，用此法术，危急时保护皇上。少年跳开："他家杀了我苦玛法，我不能帮他！"

李谙达："你在山里守墓，没听过戏吧？戏里的帝王将相是忽亨忽灭的命，不这样，就是常人啦。肃顺大人是一代重臣，有整顿官吏的铁腕，有设定国势的雄才，他是帝王将相里的'相'呀。杀头，是他的戏份。"

少年愣住。李谙达说："孩子，你也有你的戏份。"指向白净青年，"认识了你大哥，就开始听戏吧。"

白净青年平平一笑，英俊非凡："什么大哥？得叫我'叔'了。我快五十的人啦。"怎么看他都是二十岁模样，不知如何保养的。

他向少年做个鬼脸，显出些许皱纹："伦贝子是帝才，亲王贝子里独他不看戏，嫌浪费时间。换作恭王、醇王，一眼就认出我了。我是高小亭。"语气淡，却是名角大腕的自豪。

李谙达准备传法，问高小亭是出去转悠，还是一块听。高小亭去了院里,清晨遛鸟的步态。李谙达摇头:"他心小,待不住。我的法术,想多个人听听都不成。"

少年:"我没说学。"

李谙达:"可怜我,我要死啦。"

少年:"……我去皇上身边,最多十年。不算我帮他,报答你教我法术。"

李谙达惋惜眼神:"十年,皇上二十二岁,将将能做事了。"

一个时辰后,少年喊高小亭进屋。李谙达吩咐:"你俩走吧。"

高小亭:"您呢?"

李谙达:"有人葬我,老天安排了。"

高小亭落了泪,却也不多想,带少年走了。

不知过去多久,天阴下来。又不知多久,院中石子响,比成年人脚轻。李谙达张开眼,见豹子进了楼门。

李谙达:"有劳了。"

五官一紧,豹子牙咬入咽喉。

四 一时负气成今日

高小亭，当世名角，天生运气人。

他唱武生，一举一动，有股他人难有的漂亮劲。出场亮相，老规矩要六个动作，他偷懒做两下，也能赢得满堂彩。别人要学他减工，则会出丑，必遭骂。

太戏，起运于咸丰皇帝。清宫传统，自备戏班，伶人乐师都是太监。咸丰是戏痴，能编词作曲的修为。一日来了兴致，要听民间音色，传了位名伶进宫。

不许带乐师班底，名伶一人来的。宫廷班底奏起，名伶张不开嘴，琴鼓水平超过自己班底太多，听着新鲜，不会唱了。咸丰没怪罪，乐着说："今后你常来。我教你。"

太戏得满人喜欢，亲王贝子府上都养戏班，但在汉人是下贱事。文化人不听戏，听戏的是商贩兵卒。听戏的低俗，唱戏的就不长进了，宫廷戏班的水平当然高过民间。

咸丰以指点民间伶人为乐，后来索性让他们带乐师班底进宫，一块受熏陶。慈禧当年是咸丰最亲近的妃子，听戏都要她陪，咸丰死后，她掌权，延续外召伶人的做派。几十年下来，风水流转，民间戏班的伶人乐师水平都高过了宫廷。

高小亭戏好命更好，慈禧偏爱他的戏，成了入宫演出的头牌。图省事的天性，注定他不会精益求精，同行们不服气，说他命好，慈禧跟他有眼缘，一样水平的人多了，偏觉得他好。

高小亭告诉守墓少年："我这眼缘，不是跟太后，是跟李谙达。"

李谙达是宫廷戏班出来的人，九岁入宫。这岁数的小太监都要学戏，看看有无可造之才。他十二岁，慈禧看完戏，随口问话，他回应得有趣。慈禧说："这孩子不错，会聊天。"他从此离了戏班，跟在了慈禧身边。

他是和太后聊天的人，亲王贝勒跟他套近乎，以满语叫他"谙达"，熟人老友之意，后来大小官员都这么称他。

李谙达虽不唱了，但受教于老辈的宫中大角，亲近过几拨民间俊才，评起戏来，令人心服。慈禧偏爱高小亭，因为他说高小亭好。

高小亭成名晚，二十五岁才有资格入宫唱戏，演过一次后，李谙达寻到家："你有才，耽误了。老辈人的艺，我见得多，说给你吧？"

他立刻拜师。两人的师徒关系，对外保密，李谙达假死之后，委托他办事，能不露行踪。

高小亭在宫廷有面子，安排守墓少年去皇上身边，先做个"殿上的"——打扫卫生的童子。说是穷亲戚家的孩子，太监们给办。

殿上的，都是十三岁以下男孩，跟小太监一样，入宫先学一月戏，有天赋的留下来。殿上的学上戏，便免去了大半打扫的活儿。

为守墓少年能在宫廷戏班待住，高小亭亲自教他功底。一日教着，想起李谙达，问："咱哥俩要不要去西山看看？"

真是心小，不装事。

两人赶到西山洋楼，见李谙达剩下个脑袋。知道遇上了野兽，身子不知给叼哪儿去了。

高小亭哭过后，问："眼下怎么办？"多年习惯，能问别人，自己就不想。

守墓少年："师父不是有座墓么？"

六年前假死，建过墓地。

高小亭一拍大腿："对！"

李谙达葬入八里庄，脑袋下接了套高小亭的武生戏装——《八蜡庙》中的黄天霸。黄天霸是戏曲人物，也是清朝早期的历史真人，因护驾有功，得皇室赏赐黄马褂，封二品荣誉官职。

李谙达也是二品荣誉，得配黄天霸。这点，高小亭动了心思。

清皇宫是座"响"城，在皇宫中轴线上，宫外三四里范围起了大响动，都可以听到——防兵变、民变的建筑设计。

守墓少年化名"李敬事"，入宫一月后，顺利留在戏班，还没见过皇上，常跑到中轴线上，听外面声响。太平岁月，听不到什么，无细节的街面噪声。

一日午休，李敬事又到中轴线。北方大殿后拐出一行自行车队，挂步枪的英国军用自行车。车队约二十人，都十一二岁，戴英国陆军钢盔、穿太监服,独领队人穿黑色马褂,鼻梁上架副蒙古喇嘛的水晶眼镜。

中轴线是大臣上朝的路线,下人不能走。领队人摘下步枪,向李敬事一指:"拿下!"

李敬事被绑在一辆自行车后座上,随车队走了。车队所过之处,路边的宫女太监纷纷跪倒,行遍皇宫主路,至御花园停下,领队人发话:"此趟巡逻,有何敌情?"

小太监们下车:"回禀老爷子,天下太平,独有一人鬼鬼祟祟,似藏祸心。"领队人:"枪毙!"

二十杆枪对准李敬事,枪栓暴响后,响起二十张嘴模拟的开枪声,噼噼啪啪。领队人拍手大笑:"严刑拷打,看什么来头!"

小太监们冲过来一顿假打,抓土将李敬事脸抹脏。一小太监回禀:"老爷子,我知道他,高小亭的外甥,刚进了内学。"内学是宫廷戏班。

领队人起了太戏腔:"高小亭——乱臣贼子!敢在宫里安插眼线,随我去扫平内学!"

老爷子——宫女太监对皇上的称呼,借用的蒙古语。蒙古牧民称喇嘛为老爷子,拿皇上当出家人尊重。

李敬事心知是皇上,暗道:"六飞,是我,来陪你十年。"

六飞——这代皇上的秘名,皇族专用,不能当面叫,私下说到皇上时的代称。

宫里有五座戏台。隆裕太后转让天下后,不久病亡,牙不好的女人命不长。宫中再无皇后,四位前代妃子主事,延续外召伶人的旧习。

距畅音阁戏楼百米,六飞下车,四位随身小太监跟他步行,其余人留在墙边。小孩喜欢生人,六飞向李敬事招手:"瞧你脏的。来。"

李敬事擦脸掸衣,小跑跟上。

六飞现身戏楼,戏便停了。伶人向皇上行礼,是戏完下台后,戏台上不行礼,拢手静立。四位太妃欠身行礼,让出主位。

侧席里坐着穿前清官服的数位老者。让陪侍看戏,是对大臣的奖励,其中一位老者是皇上老师陈泊迁。老师不跪皇上,有老师在,六飞做手势免了他们一排人的跪礼。

宫中规矩,等老师坐下后,皇上才能落座。陈泊迁却不坐,对身旁一人厉声道:"赵共乡!你敢不跪皇上!"

被喝的赵共乡七十岁年景,阔颧尖腮的猴相。猴相人善辩,赔笑:"皇上免跪了,我该不该遵旨?"

陈泊迁大喝:"歹人!朝中不幸!"

六飞已坐,乐了:"奢佛,他是谁呀?"奢佛,满语的老师。

陈泊迁怒视赵共乡:"清史馆馆长!亡国才修史,皇上还在,大清未亡。你在民国政府任职修清史,对年幼的皇上,何等残忍?"

赵共乡:"皇上明察!我本是大清最后一任东三省总督,当年袁世凯偷天换日,妄建民国,许诺东三省还是我的,要我做民国的总督,我不受,卸任归隐。好端端的封疆大吏不当,冷室拣文，我图什么？"

陈泊迁："贼心难测，我哪儿知道你图什么？"

赵共乡："修清史，是袁世凯诡计，告示大清已亡，天下人别做他想。这事，是拦不住的。谄媚袁世凯的人去做，必污大清旧事，写成暴政殃民，袁世凯取而代之，便合理了。一旦成书，再没法否定民国，大清就翻不了身啦。"

陈泊迁："你来做，不让皇上亏着理，日后好复国？"

赵共乡连声称是："我是连哄带骗，向袁世凯抢下这职位。"

陈泊迁："袁世凯是人精，你骗得了他？"

赵共乡："这辈子不骗人，就骗过袁世凯！"

六飞笑嘻嘻看着，问身旁的康谨太妃："他二位是一见面就吵？"

康谨太妃："您来了才吵的。"

六飞大了声："奢佛，您别唱戏了！明白了，这是位功臣……我刚进了两辆法国雁牌自行车，赐他一辆吧。"

陈泊迁小声解释："皇上年少，这是他觉得世上最好的东西。"赵共乡忙谢恩，六飞直手免去赵共乡跪谢，瞄向一人："他，日本人？"

是位穿西式礼服的老者，银须银发，五官之清俊、胡型之漂亮，神似日本名将临森四典——六飞课程学到一九〇四年日俄战争，见过临森照片。

康谨太妃笑道："他呀，才是您首席大奢佛，陈奢佛排名在他下面——您三岁定下的事，过了十四岁，就该他教您啦。"

那人站前一步,禀告姓名,叫徐烛宾。清末黑龙江、吉林、奉天三个军区改成省制,他是第一任东三省总督,赵共乡的老上司。

六飞:"荷兰的拳头牌自行车,分金拳头、银拳头两种,我都有,你想要哪个?"

徐烛宾:"金拳头皇上留着,我选银的。"

六飞:"你样子气派,我看着高兴,都给你。"

徐烛宾笑起,庄重样子里生一丝难察觉的狡诈狐态。

六飞皱眉:"笑模样不好看。"

徐烛宾止笑。

六飞拍手:"现在好。"

重开戏后,徐烛宾向身旁的赵共乡轻叹:"皇上厉害。像极了荣禄大人。"摊手,指间尽汗。

今日戏码,高小亭以《铁笼山》压轴——倒数第二折戏,头牌伶人演的。最后一折戏叫大轴,负责舒缓观众情绪,轻松逗乐,又叫送客戏。

听戏习惯,压轴戏完,精彩已尽。上了大轴戏,观众听两句便可走了。大轴伶人上台,敬懿太妃跟庄和太妃说起了闲话。

四大太妃中拿主意的人,是康谨太妃,凡事都是她领头。见姐姐们无心听戏,叫宫女扶自己起身,领头走。起了身子,却重坐下,眼光落到台上。

所有人眼光都落在台上,大轴伶人是位旦角,西洋女子般长腿。闪展摇曳,灵活得不似人腰。演的是《宇宙锋》一折戏,赵女装疯。

疯态似舞，唇眼如春……恍惚间，大轴戏完，伶人们下台谢恩。太戏戏班无女人，旦角是男人所扮。大轴伶人保持女态，跟在高小亭身后，款款而来，侧胯屈膝，谢恩的跪姿美得不可方物。

康谨太妃："这是个妖孽，什么来历？"

高小亭："家里三代旦角，成就在他一人身上，十一岁初登台，行里人一见，都明白这幼苗是参天大树。果然，八年身子长熟，去上海大戏台亮相，一炮而红。他叫兰词芳。"

康谨太妃："刚红，就让进宫啦？你可够急的。"

高小亭："呵呵，是个眼福。想您早看到。"

康谨太妃："得赏啊！"左小臂枕在椅子扶手上，亮出腕上翡翠镯子，向兰词芳喝道："你的了！"

兰词芳改了男性跪礼，一个头磕下，动作利落潇洒，不输高小亭。

康谨太妃："你的了。"

兰词芳："谢太妃恩典！"朗声高腔，男声也具魅力。

镯子翠绿，腕子雪白。

康谨太妃又一声："你的了。"

兰词芳再一个头磕下。

赵共乡觉出不对，康谨太妃不摘镯子让太监转递，难道是要兰词芳上前亲自摘，碰肤贴肌……望着伏地不起的兰词芳，不由慨叹，真是妖孽，第一秒便明白了，心思比我还快。

众人笑盈盈看着，凑趣随喜的模样，都没明白发生了什么。

康谨太妃一贯地不动声色,难想到她起了春情。

再晚片刻,众人一多心,便成丑闻。赵共乡想出一句救场话,刚要说,六飞已开口:"你可真像女的,上来我瞧瞧。"

兰词芳未卸装,走男人步子,尴尬难看。仍用女态碎步行来,众人看紧了呼吸。

六飞上下端详:"怪了,没一点男人样。你唱的大轴,扭来摆去,漂亮死了,什么戏呀?"

兰词芳窃笑,一口女腔:"说的是赵家女儿,不愿嫁给皇上,于是向爹爹装疯。"

六飞:"啊!嫁皇上有什么不好?"

兰词芳:"是个昏君。"

六飞:"第一天来宫里,演不嫁皇上的戏,讽我是昏君,你是要闹革命?"咖啡色镜片遮蔽眼睛,看不出是玩笑还是认真。

兰词芳窘住,康谨太妃搭话:"就是个逗乐戏,我们老姐妹看过多少回了,没人往那想。"镯子下腕,由太监递去,兰词芳谢恩,与康谨太妃对视一眼。

他是女子美目,她是平眉冷眼。

六飞:"这么说,是我小心眼啦!我将来娶皇后,得找个跟你长相一样的,破了这戏。"

康谨太妃先笑起来,在场众人都随之大笑。六飞也跟着乐了:"太妃赏你镯子,是冲着你这一身扮相。我赏,冲你本人,男人得用男人的东西,马可沁机关枪!"

英国军用三轮车机关枪,是双座蹬的。两个小太监骑来,场里亮一眼,问了地址,骑去兰家。

六飞跑下,抓住徐烛宾的手:"大奢佛,还赏你了,跟我取车。"

牵出两步,徐烛宾一身冷汗。

六飞的自行车房,由一栋档案大库改成,车从欧洲购来,近二百辆。车库内有马扎,让太监摆了,一只在北,一只在西。

东汉前天子坐西向东,东汉后坐北朝南,西方尊位给了老师,称为"西席先生"。老师坐旧时天子位,与皇上平等。

六飞引徐烛宾落座:"大奢佛,等您教我得两年后,既然见了面,就先讲一课吧。"

徐烛宾:"想听什么?"

六飞:"袁世凯。"

蒙古喇嘛戴的咖啡色水晶镜片上,徐烛宾看到自己的脸。

"家父早亡,我年少时傻傻的,没大人喜欢,没老师看上。幸好小楷字清秀,能换钱,游走河北的县衙门,抄文书养母亲和弟弟。

"二十四岁,我人聪明了些,想考举人,无旅资。熟人告诉我,河南项城有个大户少爷,豪迈任侠,叫袁世凯。我径直去了,他一见我相貌,就行礼,说我是人杰,当即给钱。

"我哪是什么人杰?是个志在温饱的人,穷久了,志气都没了。袁世凯骑马射箭,狐朋狗友,豪饮无度,逞兴杀人,熏陶女色,挥霍家财——过这种日子,才会出人杰。

"我考了举人考进士,在翰林院闲待九年。觉得这辈子也就这样了,不想四十二岁,遇上了你姥爷。"

六飞惊言:"我姥爷!"

徐烛宾:"是,荣禄大人。他说我是人杰相貌,不该活得这么局促。他扩展了我志气……"

六飞:"怎么扩展的?"

徐烛宾一笑:"把天下事托付给我。心怀天下后,人一下聪明,能一目十行,能过目不忘,遇上烦难,不需参考先例,稍想即有办法。"

六飞极为羡慕的语气:"能聪明这么多!天下事是什么事?"

徐烛宾:"天下事,就是袁世凯。他是经世之才,你姥爷培养他接班,又培养我制约他。如此安排,大清不亡。"

六飞:"——大清不是亡了么?"

徐烛宾:"袁世凯不是死了么?"离了马扎,深鞠一躬,"皇上,很快您就能再开早朝。"

六飞:"我年岁小,听不懂。"

徐烛宾:"不用听懂,等我做到了,您就看懂了。"

六飞:"你可真逗!"作怪地一串笑,似太戏里乱臣贼子的放肆奸笑,又似英烈壮士的绝命长啸。

徐烛宾变了脸,似惧怕又似厌恶。

六飞笑止:"想你快点教我,非得再等两年么?"

徐烛宾:"早定下的,改了不便。"

六飞:"你说你小楷清秀,先留下两幅字,供我摹习吧。"

徐烛宾没留小楷,说小楷是早年的养家手艺,写怕了,上任东三省总督后便不写了。背临下王羲之的草书《二日帖》《迟日帖》。

他走后，六飞让太监找出宫里收藏的两帖拓片，对比许久，铺纸也写了一张，背临的王羲之小楷《遗教经》首页三行。

放下笔，见李敬事还在身边。没发话叫他走，他就一直混在随侍太监里面。六飞叫他评价徐字。几代守墓，贫得买不起字帖，一脸难色。

六飞大乐："我教你。徐的字，跟王羲之纤毫不差，费尽心机才能模仿到这份上！但他形上逼真，笔法全错，王羲之草书流转不停，他还是个写小楷的，一笔搭一笔，拼凑成形。"

立起《遗教经》，"他不如我。我写的虽是小楷，横平竖直，笔笔皆断，气势上却有草书的贯通。"挥手让随侍太监们退远，俯视徐字，神色凝重，"看字可以识人，徐是思前想后的大心机人。事上滴水不漏，忠心就难说了。"

李敬事生出一股血缘的亲近感，看六飞，恍惚是教导幼弟的宽厚兄长。

六飞视线离了书帖，恢复乐呵样："你叫啥？"

"李敬事。"

六飞："呵呵，你是个'事儿'，就这么叫你啦！事儿啊，你是高小亭的外甥，放你十天假，出宫跟你舅聚聚。赵共乡的自行车还没领呢，你也顺便送去他家吧。"

李敬事受命要走，六飞喝住，咖啡色镜片后一双不辨瞳孔的眼。刚才的亲近感消失，看着他，李敬事第一次感到怕一个人，颤声道:"老爷子。"

六飞微笑:"亮着心眼,遇到什么,听到什么,回来说一声。"

赵共乡府上在北兵马司胡同,距皇宫不远,李敬事不会骑车,推了半个时辰方到。原想门房留了车即走,报出名后,赵共乡却要见他。

赵府不大,二重院,砖瓦房装了西式铁门窗。二院东侧是赵共乡书房,悬熊皮门帘。熊皮去了头肢,黑簌油亮的方整一块,以绸缎扎边——任过黑龙江将军、东三省总督,据称为官清廉,赵共乡从东北带回的仅这张熊皮。

高小亭坐在屋里,李敬事进来后,介绍给赵共乡,说李谙达法术传给了他。赵共乡瞪起眼,相面般看他:"怎么瞅着像个满人孩子,跟咱们皇上倒有三分像啊。"

宫中听戏时,赵共乡是一根又粗又长的辫子,现在秃头,辫子挂于墙边木架上。清朝官员的辫子多是买的,用年轻人辫子接自己头发上。一根好辫子能炒出高价,二重院宅子的钱。

看过脸,赵共乡升出封疆大吏的威严:"小亭,孩子我看了,成不了大器,当下人,不可惜。这块边角铁,做个锤子砸人吧。"

高小亭称是。

赵共乡:"先砸兰词芳。"

宫中看戏,赵共乡察觉康谨太妃起了春情,戏后喊高小亭回家,打听兰词芳为人,怕生丑闻。高小亭建议,李谙达法术能惑人魂魄，不如让这孩子施法，绝患于无形。

出了赵府，李敬事告诉高小亭，进宫后他一直在唱戏、干活，没时间修炼，法力还一点没有。

高小亭："我是拿你搪塞赵大人，我不信兰词芳敢有歹心。赵大人是有名的心思快，在东北杀过两万人，是他预想他们会叛乱。他们喊冤说没这想法，但他说，你们很快就会有。唉，赵大人是太快了，常人追不上。"

天福斋在北新桥，名菜叫炉肉丸子。说是丸子，其实扁平一块，烟盒大小，买回去切块，炖白菜汤，不必再加调料。为康谨太妃所喜，当早餐吃。

因为她，天福斋清晨四点开火。她想联系兰词芳，掩人耳目的途径，是通过买丸子太监。

高小亭带李敬事监视了九天，买丸子太监规矩，出宫直来天福斋，买好直回皇宫，从未拐去其他地方。高小亭对李敬事感慨："赵大人肯定是想歪了。"

第十天，买丸子太监没从皇宫方向来，买好后拐去灯市大街。高小亭追上，装成路遇，互打招呼，太监说给康谨太妃送餐。

高小亭："这不是回宫的道呀？"

太监："昨晚上搬到老佛爷念佛堂去了。"

慈禧少女时，父亲在灯市大街给她买了一处房产，当太后多年，宫廷给她修颐和园养老，连带把它也修了。原本寒促，横竖七步的小院，仅三间房。最大一间改建成佛堂，整壁鎏金佛像，另两间辟作卧室、膳房，勉强可住宿。

不料慈禧很喜欢这狭小家宅，常来念佛，倦了便夜宿。因连着民居，加高院墙后，仍有安全隐忧。尤为危险的是，慈禧说这是她自个的家，要享受独处之乐，立下规矩，宫女、护卫只能候在院外。

慈禧过世后，慈禧娘家人未要过此宅，仍由宫廷管理。主事的康谨太妃以追思上代太后的名义，专用了它，一年会住几晚，延续独处的老规矩，令护卫们大感头疼。

听是去了那，高小亭变色："唱大轴的兰词芳，你们没再见吧？"

"宫里不召他，我们哪见得着啊？"

高小亭松口气，却听太监又说："有人见了。太妃赐膳，送去兰家，回来说，到底是刚红的戏子，宅子买得挺大，家具摆设还没像样的。"

高小亭暗骂自己心小，不存事。康谨太妃是美食家，爱出主意翻新菜品。常用专属膳房做了，赏赐城内旧臣，也赏入宫唱戏的伶人。自己便吃过两回，怎么忘了这事！

送到家的赐膳食盒里藏着消息……

快步寻到兰家。

兰词芳罕见地在吃早餐，咖啡、奶酪、煎鸡蛋、烤面包片。十五岁，他已不晨练，下午两点方起床。

高小亭对面坐下："昨夜没出去？"

兰词芳："等着今晚。"

高小亭："太妃保养得好，毕竟四十了。"

兰词芳未做反应。

高小亭："她下巴总探着，脖子挺不起，是倒霉相。"

兰词芳："应该的，大清走背运，皇帝的女人再漂亮，也会有一处相不好。"

高小亭："不好，就算了吧？"

兰词芳："您快五十了不成家，哪知道女人好不好？"

高小亭："浑蛋，我大嘴巴抡你！"

兰词芳俊朗一笑，左右开弓，连抽自己两记耳光："亭叔，当世旦角人才多，却没人能比过我，是他们骨子里的男人去不掉，扮女人只是装装样。五官比我秀气，苦功大过我，台上看着却比我差，是差在身上。他们全是虚伪，我是真转了女身。"

高小亭面色灰暗："成才不易，十五岁开始，你作恶京城，没管过你。可这回是太妃！"

兰词芳："她先晕我，我后晕她，没这么喜欢过。亭叔，经了她，我戏上能高出一大块，好得我自己都想快点看到。"

高小亭："这是死罪！"

兰词芳："成了艺，刑场上演一出，得您喊声好，这辈子不冤。"

高小亭起身："我拦定了。"

兰词芳持餐刀，奶酪抹面包，手法纯熟优雅："拿什么拦？我旦角头牌，打架也头牌。您心小，装了黄天霸，就什么也不会了……"

知道失言，对叔辈不敬，弃餐刀，自抽两记耳光。

候在兰家门房，见高小亭怒容走出，李敬事迎上，遭劈头一顿骂："你个窝囊废、不长进的东西，好歹修出点法术，何至于我今日受憋屈！"

回了高家，高小亭气哼哼坐许久，猛跳起，拿出鸡毛掸子。李敬事一步钻到桌底下，矮身厉喝："高小亭，别忘了我家祖上是谁！"

高小亭："倒霉孩子，谁要打你？让你听事！"

兰词芳比高小亭小二十六岁，高小亭比贾宝麒小二十六岁。贾已过世，民间戏班自他开始胜过宫廷内学，号称"伶人大王"，拿手戏是《打登州》里的秦琼。

兰家、高家的乐师班，是从贾宝麒班底分出来的，两家均受惠于贾。兰词芳叫高小亭"叔"，喊贾宝麒"爷爷"，这个爷爷却不知来历，有儿有女，无父无母，京城里突然有了这人。

有人说他是长沙人，有人说他是唐山人，但他没口音，标准京城官话。他更新了老生唱腔，悠旋细腻，前所未有，堪称一代宗师。

高小亭谈起他，李谙达说："我不听他，听他还不如听旦呢。"高小亭觉着蹊跷，李谙达却不愿说。揣摩数年，惊觉爷爷的老生腔创举，实则是旦角腔变化，变得高明，大行家也难识破。

兰词芳长到十五岁，不再晨练，必睡过正午。作为"叔"，高小亭训过两次无效，便暗中查看，谁想他晚上是做飞贼，潜窗入室，坏人妻女。方猜到爷爷来历，他本是外省一旦角，不知哪学来的飞贼技，夜行采花，事发受通缉，躲入京城，改唱老生，旦角婉约底色入了老生唱腔。不料暴得大名，开启了太戏盛势。

老了飞贼技技痒，暗传兰词芳。

李敬事："太戏三代昌盛，是个逃犯造就？"

高小亭："世事往往如此，写文章凭神来之笔，转时运要非常之人。"

常规学旦，五岁模仿女人举止，赶在十四岁男性发育前，牢固自己是女身的想象，对男性生理，人之初即否认。但男性是天定的，后天压抑，如石压草，总会钻出来。旦角过了二十五岁，难免生活里阴阳怪气，台上不男不女。

贾宝麟暗传给兰词芳的法子，不压抑反激发，先做足了男人，心无遗憾，上台转念，便有了女身。他人不男不女，自己跟自己闹别扭，兰词芳却可忽男忽女，自由转换，高在方法。

做足男人，没有比夜行采花更刺激的。兰词芳败德成艺，高小亭明知他伤害妇女，但同为伶人，心疼他才华，装瞎不管。

高小亭："都说我心小，不装事。我怎么装？这辈子几个熟人老友，都有另一面，李谙达贪财无度，赵共乡冷血杀人，贾宝麟是在逃犯，兰词芳为采花贼……只好不想，唱我的黄天霸就得了。"

李敬事钻出桌子，高小亭晃晃手里的鸡毛掸子："不是打你，是让你打我。我本是学不了戏的，五岁进戏班，一切正常。十一岁，初明白世事，看懂了戏词。什么是戏？各种伤心事。"

从此没法学戏了，边唱边哭，止不住泪。高小亭父亲没辙，送给贾宝麟调理。贾宝麟说这孩子是个天仙，误入人间，活不久，别学了。谁想高小亭十四岁还活着，高父又送去贾家，贾宝麟这回接下了，让高小亭跟他女儿绣了五个月花。

女孩随身带的针囊，火柴盒大小，外表两面，里衬三面，都要绣花。五个月绣出三个针囊，之后再唱词，竟然泪少，二三十句后才下泪。

李敬事："这什么道理？"

高小亭："冷漠。营寸之间，千针万线，不冷漠是绣不了花的。为能唱戏，我得做个不痛不痒的人。"

鸡毛掸子递给李敬事："兰词芳几年来飞墙踏瓦，练得敏捷如豹，出手必狠，打我白玩。但我也是自小习武，二十岁遇流氓扰戏，一个人打过三十人——这本事，为让心小，忘掉了。今天，我要记起来。

"我拿手的是黄天霸，心仪的是楚霸王。十年前，李谙达给了我个宫廷典藏的老戏本《霸王别姬》。这戏真好，冷漠如我，还是看词即哭，一直不敢唱。它能把我心放大了，心大了，打人的本事就回来了。"

嘱咐李敬事："唱起来，我人就癫狂了。如果大哭后打拳了，你眼快就多记记，有好处，都是打架的实干真招。如果听到我嗓子哑了，那是我人要崩溃，赶紧拿鸡毛掸子抽我脚指头。打疼了，我就醒过来了。"

翻开戏本，一句念毕，高小亭湿眼，大哭唱到"力拔山兮气盖世,时不利兮骓不逝",身上哆嗦,打起拳来。

李敬事见他双臂乱颤,如雪震枝条,难辨招式。而两腿规则,始终如拉弓放箭,后腿一下绷直一下松弛。

正看出些道理,耳听"快快随孤杀出重围"一句,高小亭破了嗓,声似鬼哭。之后再唱不清词,哀号乱叫,一声厉过一声。

看他猛血攻头,眼珠已突出,再唱下去,能唱爆了眼。李敬事急冲上,对准他双脚,鸡毛掸子一顿乱抽……

高小亭清醒后,褪去左脚鞋,苦了脸:"实干真招,你是看出了心得,敲断了我两根脚指头。"

看着天一点点黑下,李敬事自责得想自杀。高家用人去东交民巷德国医院请来医生,糊上石膏后,高小亭要喝碗冬瓜汤,等汤时,耗神太甚,在躺椅上睡去。

夜里十点,高小亭醒转,满面红光:"我的本事回来了,又能打三十人了。孩子,不是你错,老天总委屈有本事的人。我早知道。"

子夜,是兰词芳作案时。

高小亭取出家里藏着的"大师哥",交给李敬事。伶人第一敬祖师爷,第二敬大师哥。祖师爷像面白无须,名"翼宿星君"。大师哥是婴儿戏时用的布娃娃,在旦角怀里才能脸朝上,在后台,要脸朝下地扣在箱子盖上。

不守这规矩,戏班必出失火、丢钱、误伤等邪事。在宫廷内学,第一次给大师哥上香,李敬事一眼看去便觉得邪。

高小亭:"兰词芳是百年一遇的天才,祖师爷不许我打他。

我也是左了,明明有办法。你抱着的,是兰家初来京城时带的大师哥,我祖父武生配他父亲正旦,合伙唱戏。他父亲早死,我祖父把戏班撑下去,他家大师哥便留我家了。兰词芳一见,必羞愧,必掉头跑。"

李敬事赶到灯市大街,候在老佛爷念佛堂附近屋脊上,捏着高小亭给的美国汉密尔顿怀表,看分针越过十二点,想起一事,焦虑万分:"一会儿兰词芳现身,举大师哥拦他,大师哥该面朝上还是面朝下?"

忽然心慌,回头见一个背皮囊的人,双脚夹着屋脊,一步一蹭行来,深灰衣裤,戴手套面罩,面罩眼洞里一双美眸,如含露水,正是兰词芳。

京城少有平顶房,多为前后大斜面屋顶,不想踩瓦闹出响动,顶端屋脊是唯一路径。眨眼间,兰词芳已近,轻声问:"你谁呀?"

李敬事压嗓回答:"高小亭让我来的。"举起大师哥,面朝兰词芳。

兰词芳急缩头,向大师哥拱手一拜,道:"小兄弟,什么意思呀?"

李敬事:"您家祖上的,没认出来?见了这个,您该退走啦!"

兰词芳眼中水露消失,现出歹毒凶光:"天地君亲师,皇帝大过祖宗、祖师。我要动皇帝的女人,想拦我,得拿个比皇帝大的。"伸手拍李敬事肩膀,一个跟头从他头顶翻过,落足屋脊,蹭行而去。

瓦片暴响,一声肆无忌惮大喊:"比皇帝大的,是天地!天地在呢,你头上是,脚下是!"

兰词芳停住,见赵共乡拎双剑,自屋檐斜行上来,为求稳,每步皆将瓦踏碎。

兰词芳:"把人家房踩坏啦,当官的别扰民!"

赵共乡:"是不对!会赔钱赔礼。没练过飞贼技,只好这样。不怕你笑话,我是搭梯子上来的。"

兰词芳:"不笑话,您还有什么不行的?"

赵共乡:"你跑,我追不上。"

兰词芳:"不跑。"

见兰词芳空手,赵共乡要扔一柄剑给他。兰词芳说:"我有。"摘下背囊,掏出绳系流星锤、印度弯刀。

赵共乡:"以为飞贼要轻便,不想带这么大背囊。"

兰词芳:"飞贼要忙的事多,没工具不行,五十多件呢!包括装东西的背囊,情急时,倒空了能装个女人,背上就走。"

赵共乡:"长见识。"双剑一分,迎面刺来。

兰词芳弯刀撩挡,笑道:"您老狡猾!"流星锤闲在手里,顺屋脊退开。赵共乡双剑光闪如电,踏瓦紧逼。

流星锤又称缠腰索,手抓锤面扔出,系锤的绳子要挂腰带上,一击不中后将锤拽回。以绳抡锤则无打击力度,也难打准。兰词芳的流星锤未上腰,赵共乡已出手,废了流星锤。

常人用双兵器,本能会左右一致,车轮般连环轮打。赵共乡则有章法，双手分工，用清朝步兵的盾牌刀之法，左手剑当盾牌用，右手剑撩扎劈削。

剑法密集，兰词芳全力抵挡，来不及挪脚换位。他脚夹屋脊，赵共乡随意踏瓦，占尽行动自由的优势。

两分钟后，兰词芳破绽百出，喘气声起，赵共乡依旧稳扎稳打，迟迟不下决胜手。

又过了五分钟，兰词芳讨饶："赵大人，我腿酸得快站不住啦！"

赵共乡："你跑，我追不上。"

兰词芳："说了不跑。"

赵共乡："不放心。"

再对了二三十招，兰词芳渐打渐低，跪在房脊上。

赵共乡"嗯"一声，双剑加快，直打得兰词芳两臂抬不起来，方停下。房下院里冲入几十人，高举步枪，夜静声远，惊来了老佛爷念佛堂的宫廷护卫。

赵共乡招呼李敬事："小兄弟帮个忙，把他背囊倒空了。"吩咐兰词芳，"你如果还要脸，就自己钻进去。"

老佛爷念佛堂院门外，搭了宫女太监夜宿的帐篷，康谨太妃衣着齐整，坐在门洞里。在护卫引领下，赵共乡背皮囊上前。

康谨太妃："后半夜了，您这唱的什么戏呀？"

赵共乡说他在东北剿过土匪，没见过飞贼，听说京城里有，总想捉个看看。今晚碰上一个，正要坏人家姑娘，捉他时动静大了，不想扰了太妃。

康谨太妃："我也没见过飞贼，打开我瞧瞧。"

赵共乡禀告飞贼古怪，不便给更多人见脸。康谨太妃吩咐左右人都垂了眼。

打开皮囊，赵共乡想："在此情景下，让两人见面，太妃必羞愧，会自绝念想。一场深宫春情，将永无后续。"

为官五十年，这是办得最具谋略、分寸感最好的事。

不忍看太妃面色，赵共乡也垂下眼。耳听太妃幽幽吸气，说："长得这么好看的男子，做什么都是无罪的，你该全天下游走，四处留下跟你长得一样的小孩。"

赵共乡急抬头。

康谨太妃面平如纸，扭脸吩咐宫女："睡着觉给吵起来，明天精神不会好，咱们得多住一晚。"

李敬事候在太监夜宿的帐篷处，见赵共乡背皮囊出来，一脸迷茫，全无进去时的自信昂扬。

赵共乡走上大街，李敬事尾随，行出一段后问："赵大人，咱们去哪儿？"赵共乡不答。又行出一段，皮囊里的兰词芳发声："您多大岁数了，背这么久不累呀？"

赵共乡："感谢你的飞贼祖师，背带分叉叠层，符合西方建筑学原理，可减震卸力，我不累。"

兰词芳："房顶上你打我，有使不完的力气，也是建筑学原理？"

赵共乡："是太极拳原理，西方人还不会。我老了，没力气，刀剑相碰，借了你的力。你不停，我不停。"

兰词芳："知道了，伦贝子！他的研究。"

赵共乡："他？归附袁世凯、背叛祖宗的败类。打你，用的全是我个人心得。"

兰词芳："不是他？"

赵共乡："他的太极拳来自兵法，我的来自佛法。佛有三十七道品的理论，囊括人心万象，我从这悟出，叫三十七品太极拳。"

兰词芳："有意思……咱们这是去哪儿呀？"

赵共乡："警察局。幸好民国了，太妃赦了你，还有政府。"

一九〇四年，袁世凯创建全国警察系统，由徐烛宾具体操办，被警界视为祖师爷。徐烛宾一路高升，赵共乡如影随形，一路接任他空下的职位，世人称他是徐的影子，所以在警界也受尊重。

选了单人牢房关兰词芳，不许警局扩散消息。兰词芳对牢房的卫生间、床铺表示满意。赵共乡说："伙食也不错。这房关过萨镇冰，大清海军司令。你要不满意，才真奇怪了。"

告辞要走，兰词芳追问："您这是何必呢？"

"太妃那话，别以为我听不出来，那是叫你明晚再去。"

兰词芳："绝没那意思！您把人话听成了鬼话！"

候在警察局外的李敬事，见赵共乡在警司陪同下走出，一脸迷茫，全无进去时的自信昂扬。

调来一辆警车送赵共乡，他坐进去便恍了神……辛亥年，武昌兵变，引发多省革命。他反应迅速，在东北杀革命党，越杀越多，直至两万人，保住东三省安定……

他们到底是不是革命党，像康谨太妃有没有再约兰词芳一样，都是这辈子搞不清的事了……

"人话听成鬼话，难道我是个鬼么？"佛经记载，鬼比人的心思快十六倍，所以永陷黑暗，自相残杀。忘了回应警司送别，赵共乡身子一颤，随车走了。

警车消失于黑暗，李敬事向高小亭家溜达，惊生一念："皇上放我十天假，过了子夜，便十一天了！"

跑至皇宫东华门，见停了数辆载兵卡车。车灯熄着，无人打灯笼手电，凭星月之光，穿大清官服的一伙人在聊天。

"往年上早朝，官员们在开宫门前吃早餐。东华门外一片馄饨摊，都不点灯，遮着炉火，大伙儿摸黑吃，别有滋味。"

"是是，吃不上这口，还挺想的。"

"民国都六年了，东华门外早没人摆摊——怎么没人提醒这事，害得大伙儿饿肚子？"

"百密一疏，百密一疏！我张勋对不起大家！"东华门走出位老太监，拿个英国手电筒，只照地不照人，大声道："各位大人，民国后，东华门就收归政府了，刚才把钥匙还到我手里。什么叫老泪纵横，我今儿就是！"

众人响应，黑暗中哭声一片。

老太监率先收泪："各位大人，上早朝，要验进宫牌。大清断了六年了，大伙儿肯定都忘了放哪儿了，我就点个名吧。先报您是谁，我再喊您名字，您答应一声，咱们就算手续齐全。"

众人说好，纷纷报名。

黑暗中响起的名字是康有为、王士珍、江朝宗、陈光远、吴炳湘、刘廷琛、沈曾植、劳乃宣……达五十余人，收尾的是一声童稚嗓音："李敬事。"

老太监："规矩，大家懂，上早朝要趁天黑。就着我手里这点亮，各位大人跟上，小心脚底下。"将手电光柱偏侧照地上，让后排的人也能看见。

随着地面上月饼大的亮点，众人黑压压入了东华门。有股奇怪声音伴着队伍，似豹子沉吟。

行出许久，李敬事听身旁两人低语。"搞这仪式折腾大伙儿，是有些人根本没上过早朝，非要体验下。""您指谁？""张勋、康有为。""唉，何止他俩，走在这儿的大多数人，是到了民国才发达，成了高官名士，大清亡时还官小无名，没资格上早朝。"

前方有人回头，加入谈话。"领路的公公，不愧是皇家老人，会办事，知道咱们从没有过上早朝的进宫牌，说成大伙儿年久弄丢了，改成报名——真是人情练达。"

黑暗中更多人出声，尽皆称赞。

袁世凯称帝时，收了举行皇帝登基仪式的太和殿。登基典礼开始前，皇帝等待的地方是中和殿——这个歇脚处，袁世凯没要，还要了皇帝办公的武英殿。

太和殿和武英殿，宫中失去了管理权两年多，不及收拾。今日早朝，定在中和殿。中和殿外，亮着宫灯，众人眼亮后，发现队伍后面跟着辆辇，一路上的怪声，原来是木轮碾砖。

人拉的车叫辇，此辇由十二位留辫子、穿西洋式军装的士兵护行，张勋部队特有的样子。昨晚政变是他发起，四千辫子兵进了京城，宗旨是恢复帝制，让皇上重登基。

辇里的是张勋了？

车厢正门悬块黑蟒黄云的帘子，一眼望去，似是龙袍。

五十余位上朝者，为首的是王士珍和康有为。王士珍在民国贵为陆军总长，大清时只是陆军侍郎，驻扎郊区，没资格进皇宫。大清时，康有为是个闲置的六品官，主要身份是民间文豪。

他俩对宫廷礼仪都不熟悉，低声讨论，听说皇帝的父亲醇亲王进宫，也只是骑马，张勋乘辇是否过分？

太监来报，皇上驾到。片刻，六飞至中和殿，也是乘辇，十二人护行的礼仪规格。张勋的辇也十二人护行，王士珍和康有为断定，张勋肯定过分了。

张勋的辇堵在中和殿台阶前，六飞的辇只得停下。王士珍和康有为快步到张勋辇前，要他下辇迎接皇上。

帘子始终垂着。过了今早，大清就复国了，张勋自视居功最高，要皇上扶他下辇，对王康二人言："我把天下还给皇上，皇上得还我个礼。"

二人沉脸回来，向众人作揖："咱们里面得有人出来，当罪人。"五十余人相互推诿，许久方选出一个跟皇上说的人。他叫顾瑗，本无资格来，大清亡后，遗老们常办诗会雅集，他总参加，成了场面熟人，今晚随着一块来了，不想天意是让他做这事。

苦痛万分，顾瑗到皇上辇前。黄缎帘内静默半晌，传出句"算不上事，早说呀"。六飞掀帘而出，灰绿色纱袍马褂，戴红绸困秋帽，一身未配珠玉饰物。

一见六飞着装，远处的王士珍暗赞："皇上虽小，却有心计。"不知今晚如何变故，所以不穿礼服，穿便装。

顾瑗扶六飞下辇，牵手引到张勋辇前。张勋掀帘现身，东华门前他还穿着前清官服，一路在辇内换了便装，前清因战功受赏的黄马褂，罩半透明紫色纱袍。

王士珍暗骂"歹人"。穿官服，等级还在，没法受皇上的礼，原是早有打算。康有为无特别表情，王士珍一想也便不奇怪了："康先生只是名大，几乎没当过官，想不到这层。"

六飞伸手，扶张勋下辇，还要牵他共上中和殿台阶。张勋缩手，大叫："不敢了！不敢了！"

听到这句，上朝者们的脸色好看了些。

升殿后，六飞坐龙椅，张勋率众人三拜九叩。殿外护兵山呼万岁。

想起在自行车库里徐烛宾说过"皇上很快能再开早朝"，六飞笑着询问："徐烛宾在么，我的大奢佛呢？"

张勋禀告："此人大逆不道，我骂了他，应该在闭门思过。"

为这次行动，在张勋的地盘徐州，召开过三次军界会议，让众多督军支持大清复辟。作为军界元老，徐烛宾出力颇多。张勋引兵入京前，不料徐烛宾传来密函，要求大功告成后，由张勋上书朝廷，封他为陆海军大元帅。

日本明治维新，天皇是陆海军大元帅，此职务就是天皇的别名代称。

康有为上奏："禀告皇上，徐烛宾贼心昭昭，更甚于袁世凯。他是想把皇帝一分为二，您是，他也是。"

张勋："我立刻打电报骂他。进京之事，再没让他参与。"

康有为："徐烛宾根深叶厚，足智多谋。我们之所以急切进宫、隐秘行事，是怕他小人心态，嫉妒张大人功成千古，坏了国家大事。"

六飞："你的意思？"

康有为："此等奸臣，速杀为妙。"

殿内顿时静下。

王士珍回顾自己第一次见到徐烛宾的情景，一对视，整个人似被看透，明白自己算计不过他。那时袁世凯在天津小站创建北洋新军，王士珍是低级军官，徐烛宾以"翰林院编修"的身份来做军师，成为新军二号人物。

王士珍凭个人才干脱颖而出，得袁世凯重用，号称"北洋之龙"，以韬略著称。但他"逢徐即躲，逢徐即从"——徐烛宾做的事,能不介入便不介入;躲不开,则全尊徐意,从无不同意见。

因为在韬略上,自知弱于徐烛宾,第一眼相见已心虚。

徐烛宾从新军起家,历任封疆大吏、中央权臣,职称几度在袁世凯之上。袁世凯称帝时,与王士珍齐名的"北洋之虎"段祺瑞、"北洋之狗"冯国璋反水,坏了袁世凯的事,造成称帝取消,依旧民国——逢徐必躲,王士珍当时逃身事外,因为推测段冯二人敢这么做,有徐烛宾授意。

作为民国陆军总长,王士珍掌控八万北京驻军,张勋以四千三百士兵拿下北京,全因徐烛宾打了招呼——逢徐必从,王士珍下令开的城门。

怎么跟张勋闹掰了,还让我开城门?

王士珍暗叹,逢徐必躲——我本该躲开。

康有为的话,令殿内五十余人同生一念:"此人没当过官,对官场的理解来自评书戏曲。"老百姓爱看杀人,评书戏曲里杀一奸臣,便天下太平。

冷场许久,大家想不出话说。

六飞开口:"要说徐烛宾,像不像袁世凯呀——其实袁世凯这人挺逗的。他称帝,做了那些纪念瓷瓶,大蓝花样,一人多高,印了他的皇帝名号,还送我一对。伦贝子那时归附他,劝他别送,说皇上绝不会要。他说给皇上砸了,出出气也好——你们说,这人多逗!"

众人大笑,康有为犹自念叨"该杀该杀"。

张勋发言:"皇上,那俩大瓶子您砸没砸?"

六飞:"抬来了,我一看还挺漂亮,就吩咐放着吧。"

张勋:"袁世凯也送我了,火车运来的。我拎棍子到火车站,卸车就砸了!"

六飞:"你忠心!我那俩给你吧。"

张勋激动:"谢皇上恩典!"说完反应过来,看看左右,万分尴尬。

六飞:"徐大奢佛靠不上,陈奢佛呢?"

张勋禀告:"成事须保密,没惊动陈泊迁。"

六飞:"他是我奢佛,是我的脑子。"

王士珍:"这就请。"

六飞:"还有两人,一是康谨皇贵太妃,一是我父亲醇亲王。"

康谨太妃从灯市大街归宫,设椅子,坐于六飞旁侧。醇亲王谨慎,先让福晋来看。她是六飞生母,荣禄之女,见康谨太妃和陈泊迁在场,没跟六飞说话,看一眼便回去了。

六飞给上朝者赐座,发现一人格外矮小,细看是李敬事,喜得大叫:"怎么是你?手里什么东西,拿上来瞧瞧。"

李敬事忙跑出,递上兰家的大师哥。六飞接过:"既然赐你座了,就去坐着吧。"

李敬事回座,遥看六飞一直低头玩布娃娃,再没抬过脸。

天亮时,醇亲王率三十名骑兵护卫入宫。

下午一时，北京中央公园、前门火车站、王府井商场，张贴了加盖皇帝玉玺的复辟通告。下午三时，《顺天时报》刊登张勋访谈：

"共和制无法建立政治秩序，百姓生态深受骚扰，自由民主成了空谈。与留洋文人把控的报纸舆论相反，百姓心声普遍认为，民国不如大清。革命思想浓重的广东、湖北、江苏，亲历了民国的混乱后，也会对革命的效果感到愧疚。救国救民，唯有帝制。"

之后三日，张勋主持的内阁，以六飞名义连下谕旨，封官天下，囊括各省督军、政要、名士。因榜上无名而引天下人侧目的，是北洋之虎段祺瑞和在东北的肃王。段祺瑞是徐烛宾心腹，肃王与京城皇族早翻了脸。

徐烛宾获封一个顾问虚职，张勋获封议政大臣兼直隶总督北洋大臣——这是荣禄、袁世凯在大清升任的最后官职，官场惯例，任此职位即是天下第一权臣。

一九一七年七月四日，在牢房好吃好喝的兰词芳被通知有人探监，八九位脸熟的戏班乐师抬鼓拎琴进来，领头人是剃了光头的高小亭。

"亭叔，您咋这样了？"

"因为楚霸王。"

拿来个没见过的戏本，高小亭说："今晚我们都住这，明晚就演。"

兰词芳："一夜工夫，光背词也不够呀！"

"要把你从这捞出去，明晚就得演。"

明晚张勋在京城宣武门外江西会馆办堂会，与复辟功臣同庆，点名高小亭压轴。高小亭要兰词芳配戏，向赵共乡要人。封官大潮中，赵共乡获职军事顾问，明晚也出席。他表示京城旦角众多，不必兰词芳。

高小亭拿出《霸王别姬》戏本，说是高兰两家的秘传老戏，其他旦角没见过。赵共乡表示，可以换戏。高小亭说戏单已报张勋，张勋一看剧名，便说压轴戏非它不可。政局有变，赵共乡知剧名切中张勋心绪，拦不住了。

高小亭："唱出满堂彩，你一喊冤，张勋必追问，你不就回家了？"

兰词芳："亭叔妙计。但您忘了，你我都是死口，词不熟没法唱。"

背戏词分两种人，一种人忘词，随口敷衍两句后能想起来，戏不断，称为活口；一种人轻易不忘词，一旦忘了，便再也想不起来，戏就断了，称为死口。

高小亭："放心，这回亭叔是活口，本子在我手里捏十年了，词熟得不能再熟。你忘词，我帮你遮丑。"

次日场面，京城名角荟萃，天黑开戏，高兰二人的压轴排在凌晨两点。江西会馆给两人辟出单间，高小亭躺在鸦片榻上养精神，兰词芳不停背词。到晚上九点，后台管事来通知："您二位上装吧，张大人要提前听压轴。"

两人生理全乱，高小亭原打算十二点抽口大烟，兰词芳的习惯是化装前用四十分钟吃一个苹果。

幸好上场后一路没忘词,强撑到虞姬给霸王舞剑,将近终点。兰词芳舞完,没听到霸王搭腔,扭身看高小亭呆站台中,瞪得暴出眼白。

暗叫坏了,亭叔死口忘词。

兰词芳想编两句拖延时间,刚动心思,眼睛也露了白。不但没编出救场话,还把霸王搭腔后虞姬的大段词忘得一干二净……

喊好声大起,台上虞姬跳出了一段前所未见的双剑舞蹈,连绵不绝,如浪涛松海。

张勋擦泪,向邻座诸位言:"听了几十年戏,从没见过谁耍这么久身段,千古创举!好就好在漫长,越长,观者越怕它停下,因为一停便是死别。"

众人听得心服,赞张勋懂戏,唯赵共乡另有他想:"这是我的剑法。挨次打,就学会了,兰词芳果然是妖孽。"

兰词芳舞近高小亭,低语:"叔,你行了么?"高小亭抖须,表示已记起。兰词芳说:"我全忘了,我直接死,您接得下来么?"

"看叔的。"兰词芳旋剑自刎,婀娜卧下。高小亭亮嗓:"哎呀呀,虞姬——"单腿跪在兰词芳身前,抬脸大唱,却见张勋起身走了,随他而去的人不在少数,台下瞬间空了半场。

后台卸装时,兰词芳已换衣,高小亭半张花脸还没抹净,叹道:"词芳啊,太戏的传统是,老生是台柱子,看太戏就是看老生——我看呀,打你起,风水要变了。"

兰词芳:"亭叔,别犯酸。我打听了,张大人走,不是你戏不好,是段祺瑞兵马打进了京城,咱俩忘词时发生的事。他当时就要走,可我舞剑没完没了,他作为个老戏迷,要看个究竟。到你唱时,他已经耽误不起了。"

段祺瑞以"拯救共和"的名义,从天津起兵讨伐张勋,王士珍八万驻京部队保持中立,静观张勋四千三百人对决段祺瑞一万兵力。七月十三日,张勋残军拿了遣散费,坐火车离开北京。

六飞宣布退位,依旧民国。

五 萨满

两年，人可以变得很老。陈泊迁脸上长出深深浅浅的老人斑，眼皮浮肿，毁了大臣的端庄。如此相貌，作为皇上的老师，似有不好的预示。

一九一九年，六飞十四岁，该首席大奢佛徐烛宾执教。他现在是民国大总统，张勋复辟失败后，他登上权力顶峰。他许诺，会找合适人选为自己代课。

六飞知道，是他不愿面对自己。十二岁时已感觉到，面对自己，徐烛宾有极重的心理压力，分秒难熬。

陈泊迁总结自己之前的教学："临森四典不如我，与即戎相比，您受到了更好的教育。"日本明治天皇的皇孙比六飞大五岁，晚清大臣们以"即戎"作为他的代称。评判中日两国的未来，就是这两个小孩的较量。

即戎的少年教育，由日本名将临森四典执教，将其作为士兵来训练，上下学必须徒步，大雨天方能坐马车。去年日本新闻，即戎与结婚预选者良子会面，穿的是日本陆军中尉服，军校考试获得的军衔。

陈泊迁曾被贬职归家二十年，二十年里看的杂书、听的闲话都说给六飞,教得最多的是书法和中医。落魄读书人谋生,主要靠卖字和改当医生,落魄的人多,代代累积,使得书法和中医聪明透了。

陈泊迁:"你要悟出来,可通于政治军事经济。"

六飞:"您通了?"

陈泊迁承认没有:"我只管把你教聪明了,讲知识容易,教聪明了难。难的我已经完成了,接下来谁教你,谁捡个大便宜。"

徐烛宾迟迟不提供代课者。陈泊迁请赵共乡代讲几堂课,自己作陪。授课题目为《大清皇帝制优于日本天皇制》,让皇帝从小建立起对即戎的优越感,日后好与之为敌。

赵共乡来上课,封疆大吏的气派,问陈泊迁:"我听说,你教皇帝前,要求满人的萨满巫师不能接触皇上,宫女太监不准给皇上讲满族神话,你才教。"

陈泊迁:"不是我要求的,大清开国之初,世祖章皇帝[1]定下的规矩,皇子皇孙十四岁之前不准碰这些。"

赵共乡:"这就是大清皇帝制优于日本天皇制的地方!"

日本明治维新是表面科技化,实则以神话立国,强调天皇是天照大神[2]的子孙。天皇即位最重要的仪式是钻进一床据说睡着天照大神的被窝里,象征男女交媾,从而获得神授君权。

天皇既是神的儿孙,又是神的附体,还是神的配偶——满

---

1 顺治皇帝。
2 太阳女神。

人的萨满法术和神话传说，也是这些。

世祖章皇帝不以神话立国，以道统立国。道统是汉人上古三皇五帝至周公、孔子、孟子传承的治世理念，先进于原始神话。

陈泊迁帮衬发言："满人坚持汉人道统，所以大清不是异族侵略，是汉人自己的朝代——这是赵大人编撰《清史》的深意所在。"

六飞："辛亥年，秀莠推翻大清的口号'驱除鞑虏，恢复中华'，是怎么回事？"

赵共乡："高宗纯皇帝[1]留下的隐患。大清建国日久，满人和汉人处得熟了，跟京城汉人套近乎，说爱新觉罗本是汉人。让高宗纯皇帝下令给禁了。"

爱新觉罗传说是赵宋的后裔。宋朝皇帝姓赵，金国贵族们把自己姓氏翻译成赵，表示高贵。金国灭了北宋，俘虏了宋徽宗。等蒙古人灭金国，杀了九成金人，金国贵族逃去东北，成了满族前身，携着宋徽宗儿女一块去的，为了区别，管这支人叫依耳根觉罗，满语是"倒霉鬼老赵家"。

四百年后这一支出了个人杰——努尔哈赤，统一满族各部，领袖人物不能叫倒霉鬼，改叫爱新觉罗，满语是"远方的老赵家"。

陈泊迁："清皇室竟是宋皇室后人——这言论，在辛亥年可救命，高宗不该禁。"

---

[1] 乾隆皇帝。

赵共乡："高宗不糊涂，作为满人领袖，宣布是汉人，必给满人推翻了。"

六飞："所以我家就一直忍着是满人，辛亥年，也不能说？"

赵共乡："汉人不会信。只能时过境迁，在《清史》里说说。"

陈泊迁拍腿感叹："没想到，爱新觉罗因伪装血统而建国，因改不回来而亡国。二百年来，道统可以遮蔽种族纠纷，为何辛亥年盖不住？"

赵共乡："汉人自古传统，改朝换代的合法性，一是领土，二是道统。"

清朝早年打下了新疆、外蒙古，并不经营，多这两块地，汉人可心服。晚清屡败于洋人，受割地赔款之辱，清室的合法性便遭汉人质疑；爱新觉罗二百年来代表汉人道统，一系列对外战败后，光绪皇帝和慈禧太后心急，要以欧美文化修正中国，汉人看来，作为道统代表的皇室失去了合法性。

陈泊迁："你分析得这么清楚，当年为何不提醒太后？"

赵共乡："许多事只能事后看，当年大家都心急，看不清。修史六七年，遗憾认识到，历史经验无法指导未来，事到临头，人只会看现实。"

六飞开口："今天您来，是要告诉我，大清皇帝制优于日本天皇制。"

赵共乡抖擞精神："日本天皇制以血统神话立国，违反欧美的科学精神，但两者差得太远，反而不受民众质疑，形成'科技是科技，神话是神话'的社会共识，天皇权力便永远合法。大清皇帝制以道统立国，道统是人伦、文化、制度，可与欧美政治思想对接，容易被攻击得千疮百孔。"

六飞："照这么说，日本天皇制优于大清皇帝制呀！"

赵共乡："五十年来，确实如此……"

毓庆宫中的太监提醒，课时已久，可歇息。六飞说出去玩会儿，走到殿口，问："我十四岁了，按世祖章皇帝定下的规矩，可以见见萨满、听听神话了吧？"

陈泊迁含笑点头。待六飞出殿，奋而起身，对赵共乡拍桌："你这上的什么课？"

赵共乡愧疚作揖："一时语塞，让我回家好好想想，下次课挽回。"

陈泊迁："毁了我十年心血，下次你别来啦！"

六飞去了永和宫，找康谨太妃，说要见萨满。康谨太妃告诉他："你大婚的时候，就见着啦！"

世宗宪皇帝[1]修汉人禅宗，高宗纯皇帝拜蒙古喇嘛，慈禧太后念观音菩萨。宫里多少年都不养萨满了，皇上大婚时从东北老家请一伙来，完事就回去。

六飞："宫里不是有萨满堂子么？日日上香火，供猪肉。"

康谨太妃："这么说呀，宫里确实有萨满，就是我。世宗宪皇帝开始，宫里萨满便选个妃子担当了，凑些满人大臣的妻妾做

---

1 雍正皇帝。

副手。朝夕敬礼，节日庆典，都是我带着一帮老姐妹忙活。"

六飞："什么是萨满？"

康谨太妃："老家话，降神。请天神祖宗、山妖水怪、鸟精兽灵，降到一个人身上，人会疯一阵儿。这一阵儿具了法力，能除病消灾，发疯大了，能引起地震瘟疫。"

六飞瞪大眼："答哈玛[1]，您这么厉害！"

康谨太妃："我降不下来，自打满人进了北京，再没人能降下来。宫里设萨满堂子，是不忘旧俗，礼敬而已。一代代皇帝皇后都改信了佛教。"

康谨太妃小姑娘时进宫，听上代老妃子们扯闲篇，说清太祖努尔哈赤的弟弟舒尔哈齐便是个大萨满，帮太祖爷降伏满族各部，后来哥俩闹翻，给太祖爷囚死了。大萨满一死，小萨满们就都不灵了，施法只是装样子，满语叫"马马虎虎"。

六飞一脸失望。康谨太妃想想，又道："满人降不下来，汉人却降下了，咱们大清就是给汉人萨满推翻的。"让宫女找出一本老奏折。

辛亥年，武昌兵变，废了大半国家，眼瞅着大清要亡。有位叫王果味的平民，觉得革命能成事，绝非一时突变，必有源流。他搜刮流言，辨析史料，剖出革命底细，写下一文，名《革命源流论》，向朝廷献计。

但他没科举功名，没官职，无法递呈朝廷，胡同口拦下伦

---

[1] 满语：姨妈。

贝子的轿子，求他代交。伦贝子转抄成奏折给隆裕太后，康谨太妃是隆裕太后在世时商量事的人，会分担看奏折。当年看了，深觉可惜，文章虽好，时局变得快，赶不上用。

六飞应声"知道了"，打开奏折，急急阅起。首行便惊奇，说辛亥年兵乱源于六百年前的元朝。

元朝皇帝是蒙古人。元朝初年，白莲教造反，白莲教即是降神施法的汉人萨满，几灭几续九十年，改名为红巾军，亡了元朝。红巾军领袖朱元璋建立明朝。二百七十年后，满人亡了明朝，白莲教死灰复燃，改称红花会、八卦教、九宫道、天理宗、龙虎门等，屡屡易名，反复起义。

咸丰年间，太平天国造反，口称信仰西方上帝，仍是白莲教实质。同治年间，太平天国亡，参与剿灭太平天国的各地方武装，被朝廷勒令原地解散，无钱还乡者滞留在各省，反被太平天国遗卒收编，名哥老会，最高层叫洪门，是太平天国残余的神职人员，"洪"字取义于太平天国领袖洪秀全。

广州、香港、南洋的最大帮会三合会，是太平天国的联盟军——三合军的遗卒。三合军名称源自一八五四年三股起义军攻打广东重镇佛山，三军从此合并。

三合会核心也叫洪门，辛亥起兵的魁首——秀莽即是三合会洪门，曾为太平天国诸位亲王编纂传记、修订诗集，在报纸上公开说自己是洪秀全的继承人。

辛亥年之前，秀莽已发起过数次起义，多在海外遥控，唯一亲临现场的一次，他给百余名起义者发了写"太平"二字的红布绑腿——是白莲教、太平天国、三合会一系的特征。

王果昧献计,秀荞提出"驱除鞑虏,恢复中华"的口号,以血统否定大清。朝廷可反唇相讥,以邪教否定他,指出他身后藏着六百年帮会,说他宣扬的美国共和制是蛊惑民众的幌子,推翻帝制后决不会实施,必以帮会手段治国,那时将经济崩溃、文明泯灭。

汉人的革命将毁掉汉人文明,满人皇室反而能守住汉人文明——如此说法,将血统之争转为文明之争,"驱除鞑虏,恢复中华"的革命理由便不成立。

六飞抬眼,竟有血丝:"此人有用,现在哪里?"

康谨太妃:"事过多年……"

六飞心思快:"去找伦贝子。"

康谨太妃送他到大殿门口,自止步于门槛内,行万福礼。她再没去过灯市大街念佛堂,贪于美食,胖了自己,已是老妇模样。

皇宫南端的中南海,原是片花圃,供四季花神,设岗哨与皇宫隔离,成为民国总统府。一九一二年后,袁世凯办公、家居都在这,住到死。徐烛宾成为大总统后,也住这。

总统府有三十辆轿车,七辆是总统专驾,其中五辆是袁世凯留下的,定制豪华版德国奔驰车,脱胎于欧洲皇室马车造型,徐烛宾任总统后购入两辆普通版的美国别克车。

皇帝出宫,要向大内总管申报,调护卫军陪同,至少一百二十骑兵。六飞找到了简便之法,向徐烛宾借车,穿总统府南门出去。

行到总统府跟皇宫隔离的岗哨,说要见徐烛宾。回复是大总统开军事会议，抽身不得。改口说借车，立获批准，调出两辆别克车。跟这位大奢佛的关系便如此，只要能不见面，什么都答应。

伦贝子住沟沿胡同。问王果味下落，伦贝子说人在日本，卖珠宝过活。六飞说："他就是珠宝，找回来。"

伦贝子："遵旨。"

说完"遵旨"，谈话结束，君臣要各自离去。六飞摇手："照办。"用词照办，是这事说完，还有别的事。

伦贝子书房，备有果盘甜点，六飞拈起串樱桃，屋里溜达起来。传闻皇上不爱吃零食，是要跟我多待会儿？想到这层，伦贝子竟有些紧张。

耳听六飞说"大清亡国，全因不用萨满"，随口说说的语气。伦贝子跟上："您听谁说的，老宫女们扯闲篇吧？"

是聊天口吻，六飞满意，眼光扫来，示意伦贝子多说。伦贝子："清室不用萨满，因为历代叛乱都以闹萨满的方式发起。"

以大明为例，朱元璋以白莲教大萨满的身份打下天下，当上皇帝，却禁绝白莲教，背叛出身。跟满人萨满一致，白莲教也是降神附体，人神不分、人兽不分、人鬼不分。

汉人在三千年前的周朝，便敬神不降神了，所谓"敬鬼神而远之"，把神界和人间分开。人间独立，是汉文明起点，爱新觉罗既然是皇家，代表中华道统，便一定要疏远满人萨满。

六飞："鬼神不爱人间，降下来会作乱？"

伦贝子："或许鬼神爱人间，但人把握不住。"

庚子年[1]，山东乡间闹义和团，雨点似的降下众神，整村整村人附体，顷刻间会打拳，自称刀枪不入，能让洋枪大炮哑火。后宫大总管李谙达奉命考察义和团，给降了神，回宫展示，确有神迹。

李谙达是老熟人，不会作假。他都有了法力，德宗[2]和慈禧太后便信了。既然众神下凡，便跟洋人开战，不料义和团法力战场上不灵，招来八国联军进京屠杀。

德宗逃离京城时，化装成商人家的大少爷模样，坐民用马车。伦贝子一路在车外护行，听车里一路哭。

伦贝子："大清二百年，第一次让萨满参与国事，便以惨剧收场，祖宗定下的禁忌破不得呀！"

六飞："李谙达误国。"

伦贝子："不怪他，我亲眼所见，他能躲子弹。"

六飞瞪起眼。七分杀气，三分喜悦："真有神迹？"

"还是人为。"

在思陵，伦贝子侍卫的子弹打不着他。李谙达说，不是能避开子弹，是他能让开枪者手偏。琢磨这话，伦贝子想起一九〇四年美国办的世界博览会上见过的法国催眠术表演，做个手势，可让五米内的人晕倒。但表演前，需对应试者做几分钟的心理诱导。李谙达使个眼神就成了，技巧更高，但毕竟是一个路数。

民间许多东西都是知其然而不知所以然，估计李谙达不明

---

1 一九〇〇年。
2 光绪皇帝。

原理，义和团魁首也不明白。熟人间做成了，便真以为有法力。教李谙达法术的三个义和团魁首在庚子年战死。

伦贝子："亡大清的，是革命党魁首秀莠的一次次演讲。他的演讲，不顾文法，偏偏对青年人起作用。唉，德宗不废八股文便好了。"

一九〇一年，八国联军屠杀过后，流亡的德宗回到北京，第一件事是废掉八股文。恨国难时没人才，错在用八股文考试选官员。跟经济、政治、军事等学科相比，八股文是文章写法，没法比。

文法，是讲道理的方法，多层推理、逆向论证。起码有一点好处，妖言惑众的话，写过八股文的人一听，能听出破绽。

八股文废了十八年，天下人心里没了准。现今报纸上，多是口号式文章，有点信息，便成论据，把论点写成名言警句，便受追捧。大众养成只看结论的习惯，社会上充斥着不需要论证的各种新观念，真是政客天堂，只要会喊口号，便有民众支持。

六飞："这是催眠？"

伦贝子："十八年来，中国的事都是一感动就做了，不是催眠是什么？"

六飞吐出樱桃核："来找你，原只是对萨满好奇，想学着玩玩，没想到这么闹心。唉，大好时光，我该玩点啥呢？"

出了伦贝子府，见借用的两辆别克轿车后，停了辆敞篷奔驰，模拟英国皇室马车造型的定制豪华版，袁世凯留下的总统专车。

车上坐个穿少尉军服的青年，抽短雪茄。见了六飞，不开车门，扬腿跃出："叩见皇上！我是给您磕一个还是敬军礼？"

六飞吓一跳，看向身边。皇上在室内，陪同的最少四人，室外最少六人，是太监或随应的。殿上的，是打扫卫生的男孩，过了十三岁，少数可升任为随应的，皇上不进后宫时陪着，总计二十八人，早晚轮班。

太监出宫得特许，跟来的都是随应的。高小亭运作，李敬事十四岁当了随应的，正当班，大声呵斥军官："既然说叩见，还敬什么军礼？叩是磕头！"

青年"噢"一声，脱军帽，单腿跪下，高小亭般动作利索。要再跪另一膝，六飞喝住："民国地界上，不好行这礼。你谁呀？"

青年禀报叫张雪凉，父亲是张作霖，大清历任奉天将军、关外练兵大臣，民国出任东三省巡阅使——相当于大清的东三省总督。之前徐烛宾当过，赵共乡当过，张作霖接的是他俩的班。

陪父亲在总统府开会，听到皇上借车，就追来了。张雪凉说："我不够格进宫叩见，没想到能见到您。没备礼物，这么着吧，京城里好些地方您去不了，想看哪儿，我陪您去——算我送的礼。"

坐进敞篷车，六飞呵斥后座的李敬事："刚才怎么向张少尉说话呢？掌嘴！"

李敬事叫了声"瞧我这张嘴呀"，自抽一记耳光。

张雪凉急喊："不用不用！"眼见耳光抽得虚假，不由被逗乐，"他这干吗呢？"

六飞："不知道吧，京城流行自抽耳光。"

看戏，在汉人里是卜贱事，读书的不看戏。去年北大学生看起了戏,带动了全城人看。大学生好奇心重,躲在后台偷窥,看到名角高小亭下场,场口帘子刚落,自抽一记耳光,说"瞧我这张嘴",自责刚才一个腔没唱好。

脸上都是油彩,不敢真抽到脸上。让北大学生见着了,全城人就都会了,常假模假式地来一下。

张雪凉大笑,学李敬事,自抽了一记耳光。

民国初年,袁世凯收了皇宫的前门、天安门、西华门、东华门,之后收了天坛、地坛、动物园、紫竹院、陶然亭等皇家园林。徐烛宾上任总统,收了皇家北海御苑,说要开辟成公园,却迟迟不对民众开放,成了徐烛宾的私人招待所,住的都是他来京的亲友。

这些地方,六飞都无权去。张雪凉仗父亲张作霖面子,带他看看原属于他的故园。六飞不去北海,选了天坛。

一九一五年,袁世凯要下了皇帝登基的太和殿,没用上便身死,唯一行使了皇权的地方是天坛。唯有皇帝能祭天,民国政府废了六飞的祭天权,袁世凯去天坛祭天,行皇帝礼乐,撒黄土铺路。

去年,徐烛宾开放天坛为公园。

买了门票,缓步而行。张雪凉说光绪年间,他爹还是赵共乡手下兵头,官员间以职位相称,彼此叫"总督""统领",皇上对大臣是称名字,赵共乡鼓励他爹,日后让"张作霖"三字响在皇宫里。

六飞:"不叫你张少尉了,叫你名。"

张雪凉谢恩。六飞说:"赵共乡有没有告诉你爹,皇帝倚重的心腹重臣,怎么叫皇上?"

张雪凉:"说过,荣禄大人叫德宗为'上边'。"

六飞:"今后你叫我'上边'。"

张雪凉:"上边。"

六飞:"张雪凉。"

两人大笑。张雪凉说:"赵共乡是有名的心思快。但我小时候,他夸过我,说我比他快。活了二十年,遇到的人都比我慢,您是我碰上的第一个快的,咱俩旗鼓相当。"

六飞:"是么?那你考考我,你说半句,看我能不能猜出后半句。你父亲干吗来北京?"

张雪凉:"南方革命党魁首秀荞在两广、四川成立联合军政府,至今独立着……"

六飞:"徐烛宾要武力统一全国,调你父亲南征。"

张雪凉:"南征困难,南北间出了个夹生饭……"

六飞:"吴佩孚。"

看过报纸,北京国民政府派兵南征,作为先锋师的师长吴佩孚却停兵在南北间,发电文宣布自己认同秀荞的革命理念,总统徐烛宾不值得尊重,总理段祺瑞是屠夫民贼。

张雪凉:"段祺瑞军队多,装备德国最新武器,徐烛宾可无忧……"

六飞:"人得留后手。你父亲是徐烛宾的后手。"

两人一笑,结束此话题,顺宫道向祈年殿行去。祈年殿是皇帝祭祀前后的换衣处,中轴圆顶,似蒙古包。近日新闻,外蒙古宣布放弃独立,重归中华,成就了徐烛宾保全国土的美名。

辛亥年，各省宣布独立，逼迫清帝下台。民国政府建立后，各省取消独立，唯外蒙古保持独立，一晃八年。

张雪凉："上边，家父判断，徐烛宾美名难成。"

北京政府的家底是大清北洋新军，新军风气坏，小辈人屡屡犯上。收复外蒙古的美名，有后起之秀不想让徐烛宾独占。

外蒙古是主动回归，天成徐烛宾美名。想夺天成，得用人力。代表政府交接回归事宜的徐树铮，是新军第三代，谈判时囚禁外蒙古领袖哲布尊丹巴，造成武力收复外蒙古的局面。伪造军功，便抢了徐烛宾美名。

六飞："报纸上未见啊！"

张雪凉："迟早见报。徐树铮奸雄，懂得宣传要讲次序，先发外蒙古回归的消息，举国欢庆，事态造大，再推出他这个幕后英雄，民众得多敬仰他？"

步入祈年殿院门，一对游客男女正要离开，新婚夫妇模样。女子十六七岁，梳已婚妇人发髻。男子三十出头，剃军人短发，咬肌发达。擦身而过，女子回头："请问，这位长官是东北张雪凉么？"

作为北方名公子，杂志爱登他照片，六飞也是十一岁起，为满足大众关注，每两年会公布一张照片。

张雪凉停下和六飞的话，转脸看她，女子展颜而笑："真是您！请问您旁边的是皇上么？"短发男子亮出手枪。

日本产曲尺手枪，并非上品。

女子上前，卸去张雪凉腰间配枪。不看她，张雪凉对男人说话:"家父带兵来的,打死我,你俩逃不出京城。"

男人眼凶,嘴角是温和的笑:"我杀他。"枪指六飞,"革命成功八年,百姓依旧痛苦,南北分裂,思想混乱。一切的一切,都因当初革命不彻底,废了帝制却留着皇上。"

一声枪响,五名随应的本能趴下。站立的仅一人,拦在六飞身前,双手怪异舞动,似施法术,是李敬事。

枪口朝天,冒着余烟。

李敬事泪流,感念李谙达显灵,自己终于有了法力,让开枪人手偏。

男人放下手臂:"皇上放心,我已不做刺客,携夫人上京观光。开这一枪,只是手痒。日后我要除你,是用国法政令。"

张雪凉:"留个名字吧。"

男人:"姓蒋。我已入政坛,干得好,全名你很快会知道。干不好,今天的事就忘了吧。"指向李敬事,"此人忠心,当得善待。当今世道,忠心难得,徐烛宾和秀荞先生都深受折磨。"

男人携女人走了,没还张雪凉手枪。

李敬事呆立,懊恼万分:是他主动朝天放枪,怎么我还没有法力?

回总统府还车,六飞在岗哨前与张雪凉告别,不禁难过:"我封你一品官,随时进宫看我!"

张雪凉:"我爹在大清是二品官。我成一品,他脸往哪儿搁?"

六飞:"我也封他!"

张雪凉作揖:"我直言吧,不想跟您成朋友,日后麻烦。"

六飞怒喝:"什么麻烦?"

张雪凉:"您心思快,日后能知道。"

六飞:"我没你快!"拂袖而去。行出二十步,回身见张雪凉神色惨然,还在岗哨栏杆处,吼一声:"张雪凉!"

"上边!"

"浑蛋!"

一路骂"浑蛋",回了毓庆宫,摘下天字号宝剑,递给李敬事:"张雪凉要还在岗哨,就把他砍了。"

李敬事捧剑疾行,未出殿门,又被六飞叫住:"算了,他那人心思快,待不住,肯定走了。"转而问另五名随应的,"枪口前,你们躲了,把我晾出来。你们自己说,该当何罪?"

"死罪!死罪!"

"还算明白!事儿啊,把他们拖出殿外,台阶上斩了!"

五人跪于台阶。李敬事抽出天字号宝剑,发现是不开刃的礼仪佩剑,安慰五人:"我去借磨刀石,一来一去,耗上半日,老爷子的气还不消了?"回殿禀告。

一会儿,李敬事持剑走出,后面跟位太监,左手拎水壶,右手拿个砚台。砚台底当磨刀石,浇上水,李敬事横剑磨起来。

忽然响起"回避"口令,二十多位太监所喊,知道来了太妃。李敬事忙原地转身,面朝墙壁。随应的是正常男孩,视线要回避太妃。

来的是敬懿太妃和荣惠太妃，见台阶上的砚台宝剑，二太妃询问，得知皇上要杀人。待六飞出殿门迎驾，荣惠太妃道："《大清律例》规定杀人要秋后问斩，您得等几月。"

六飞："不是有'斩立决'么？"

敬懿太妃："跟民国政府定下的《清室优待条款》，您在名义上是外国君主，宫里下人是民国公民，如果您觉得他们犯罪该死，要到民国外交部投诉。"

六飞："嘿，我还杀不了人啦？"

荣惠太妃："谁告诉您，皇帝能随便杀人？"

六飞："戏台上不都那么演吗？"

敬懿太妃："戏台上杀人，是个热闹。皇帝要真随便杀人，带头亵渎王法，天下不乱了么？"

六飞："……被高小亭骗了。罚他进宫连演二十天，累死他！"

荣惠太妃："高小亭现今角儿大了，民间堂会拿六百大洋，宫里请他得拨份，少于八百大洋，拿不出手。近来宫里财政吃紧，罚他二十天，惨的是咱们。"

敬懿太妃："这样吧，连演三天。"

六飞怒吼："算了！"冲回殿内。

二太妃跟入毓庆宫，见六飞拎住个太监抽耳光。敬懿太妃："我们老姐妹福薄，小姑娘时没当上皇后。当太妃的，可镇不住皇上。"

六飞："答哈玛，您这什么话？"

荣惠太妃："宫里您最大，您由着性子长大，没边了。刚才接了禀告，说您一路走一路骂，骂了半个皇宫。皇宫歇息着祖宗，犯了脏口，要杖责。"

六飞："啊！还要打我么？"

敬懿太妃："您是皇帝，打不得，去坤宁宫罚跪。"

见六飞老实了，荣惠太妃补充："可指定一人替代。"

六飞："事儿啊！"

殿外候着的李敬事立刻跑入。

坤宁宫西墙，供萨满众神，有卷轴绘图、泥塑、铜铸、木雕、马鬃扎形，还有不是人形的树枝、口袋、弓箭、狗皮，二百年前从东北老家带来，至今已说不清大多数神名。

坤宁宫东墙，是张婚床，落着白灿灿灰尘。庙里神像是落尘的，新年扫一次，平日不打扫，怕惊扰神灵。床上被褥是上代皇帝德宗大婚所用，等同神灵，一年洗一次。

李敬事跪在西墙，披六飞套马褂用的日月星纱袍，跪过一个时辰。忏悔结束，日月星纱袍挂上西墙，也成神灵。

出坤宁宫，已是黑夜。月明得吓人，迎面走来位宫女，比李敬事高半头。按规矩，宫女不能落单，室内室外，最少三人一起。

听老太监讲，皇宫封着鬼界出口，夜里皇宫阴气重，因为鬼类如海里鱼群，在透气。

满人贵族女孩十一岁入宫干活，十四岁出宫。她走近，说她明日出宫了，两年后嫁回宫里当皇后，问李敬事能么？李敬事说能。

她摘下颗黄松石耳坠，说："赏你的。"月光下，眼珠莹透，《宇宙锋》中兰词芳的媚态。满人女孩一耳戴三个耳坠，少一颗，便废了全套。

她走了，黑暗广大，不知去哪里。老太监讲，鬼怕点名，叫出鬼的名字，便不能害你。对她背影，李敬事喊道："皇后，您名字？"

"晚蓉。"

吴佩孚终于发难，与总理段祺瑞的军队在京奉铁路、京汉铁路双线开战。五日后，段军溃败。

九日后，吴佩孚军队进京，同时进京的，还有张作霖部队。张作霖自东北南下，一路占据军火库、飞机场，接手了段祺瑞大半军事家底，吴佩孚仅得小份。

北洋三杰龙虎狗——王士珍、段祺瑞、冯国璋。张勋复辟事件后，王士珍自解兵权，归隐得彻底，没在军方留下继承人，冯国璋已病逝，段祺瑞今日兵败。龙走、虎伤、狗亡，三杰时代结束。

吴段战争，令北洋暴露出隐秘的一支，文官半世的徐烛宾竟有军事实力，张作霖是他的嫡系。

六　贼漂亮

一九二二年三月十一日，前门、中央公园贴出了宫廷报纸《宫门抄》，通告立满人女子括佳那氏·晚蓉为皇后。十四日，《宫门抄》通告立蒙古女子额尔挞氏·淑秀为皇妃。

不久，天津《大公报》登了皇后照片，引起百姓诧异，纷纷赞叹"不愧是皇上，把兰大爷给娶了"。随后上海《字林西报》辟谣，皇后不是太戏名角兰词芳，是一位酷似兰词芳的十六岁女孩。

皇宫里安了电话，六飞翻看北京电话簿，发现高小亭家早安了，立刻拨去，正好高小亭在家，便以太戏念白问道："高小亭，猜猜我是谁？"

高小亭："皇上！"

"嘿！你怎么一下就听出来啦？"

"判腔断音，唱戏干的就是这个，记不住您语音，我白活了。"

"唱戏的平时看报纸么？"

"不看。但最近一份，大家都看了。"

"呵呵，兰词芳什么反应？"

"佩服您是个守信的人,他第一次进宫,您还是小孩,说将来要娶个跟他长得一样的。过去这么多年,没想到您真办了。"

六飞大笑,挂了电话,又翻到新派诗人胡可式的名字,拨通:"喂,猜猜我是谁?"

"皇上?"

"嘿,你怎么知道的?"

"刚才高小亭打电话来,说宫里安了电话,北京有电话的没几家,兴许您会打给我,要我心里有个准备。"

没想到他俩认识,暗骂高小亭多事,六飞转而正经:"噢,这样,有空你来宫里,谈谈诗歌。"

"什么时候?"

"任何时候,我都在。"挂了电话,没了再拨的兴致。

原定五月大婚,不料四月份吴佩孚和张作霖闹翻,沿津浦铁路、京汉铁路双线开战。京城有兵灾之忧,大婚因故拖延。

五月三日晚,大总统徐烛宾包下乘心楼茶园,请京城政界看戏,压轴是高小亭、兰词芳的《霸王别姬》。此戏,张勋复辟那年过后,两人再没演过。

上装时,徐烛宾秘书来后台询问:"丁巳年[1]张勋复辟,段祺瑞攻入京城的当晚,听说张勋在看这戏,虞姬舞剑没完没了,他非要看完,以致耽误了战机,被段祺瑞一举击溃。舞剑真那么长么?"

---

[1] 一九一七年。

兰词芳："改了，我俩排练，缩成了合适时间。"

秘书："不！徐大总统说，虞姬舞剑，张勋那晚看多久，他今晚看多久。"

秘书走后，高小亭："又乱套了，我要忘词，你帮我遮？"

兰词芳："叔，忘词的八成是我。那晚剑招，我是给逼疯了胡来的，现今真没本事再耍那么长时间。"

两人约好，如兰词芳舞不下去，停在台上，高小亭就现编两句词遮丑。兰词芳说："您千万得编出来呀！"

高小亭："看叔的。"

开场后，两人一路小心，均未忘词。戏台下，陪徐烛宾坐首席茶座的，不是军政显贵，是以平民身份主编《清史》的赵共乡。

看虞姬开始舞剑，赵共乡暗中得意："兰词芳得了我剑法真传。即便《清史》不能成书，凭《霸王别姬》，我也可流芳后世。"

徐烛宾从果盘上拣出一颗桂圆，剥皮递来。赵共乡称谢接过，入口后，听徐烛宾说话："当今皇上，是荣禄大人外孙。荣禄大人办事，喜欢一招套一招、一手藏一手。"

桂圆停在口里。徐烛宾继续说："为保住他外孙子，袁世凯是他安排的第一个人，我是第二人，袁世凯不忠心，就由我除了他。我是袁世凯年少时朋友，半辈子搭档，他的软肋，我最清楚。"

赵共乡掏出嘴里桂圆:"是对不起朋友,还是对不起荣禄大人,丙辰年[1],你选对了。"

徐烛宾拣颗桂圆,剥给自己:"我策动北洋三杰反他,引南方秀荞舆论上骂他,让他称帝不成。但他毕竟是我这辈子最好的朋友,落魄时唯一帮我的人,我坏他的事,绝不会杀他。"

桂圆入口,徐烛宾眼眶湿润:"他突然暴毙,让我明白。荣禄大人安排身后事,不会只两人,我后面还有一人。"

赵共乡瞥了眼台上,兰词芳剑法仍精湛。

徐烛宾:"我引诱北洋三杰互斗,相继退出政坛,已大权在握,那个躲在暗处的第三人,一定觉得我该履行对荣禄大人的诺言,还权皇上。"

台上兰词芳剑法顿住,高小亭念白:"酒还未喝完,再舞一回。"兰词芳接声"好",一招一招重新打起。

看得赵共乡蹙眉,嘀咕:"这什么戏?"

徐烛宾:"北洋风气坏,小辈反老辈。搞复辟,吴佩孚一定反我。这是袁世凯留下的后患——他作为大清的托孤重臣,反而逼皇上退位,自己当总统。他对皇上不忠心,三杰就可以对他不忠心,北洋第三代第四代都可对我不忠心。"

赵共乡:"张作霖不是一直压着吴佩孚吗?他是你嫡系。"

徐烛宾:"大清未亡,我已开始栽培张作霖,为免袁世凯猜忌,而假于你手。我以为他是我嫡系,最近才摸清,他只忠于

---

[1] 一九一六年,袁世凯称帝。

你，你是荣禄安排的第三人？"

台上重复的虞姬舞剑，令赵共乡连连摇头。

徐烛宾："你有武功，袁世凯是你杀的？"

赵共乡："不必我动手。慈禧太后的大总管李谙达是假死，作为保皇上的第三人，他假死要征得我同意。我只是通知他，说袁世凯称帝失败后，归咎为皇上还在，人心不服，定下三年后再称帝的计划，近日要杀皇上。"

徐烛宾："袁世凯毕竟是个豪杰，对荣禄大人的栽培之恩，大恩不报，余情还有，决不会杀皇上。李谙达比你我精明，怎会信你？"

赵共乡："他老了，人老了，在乎的是达成心愿，不会详究世事。给他个尽忠的机会，高兴还来不及，哪会多想？"

徐烛宾："袁世凯不必死，我斗得过他。"

赵共乡："别斗了，我等不及。"

徐烛宾叹口气："李谙达还活着？"

赵共乡："入山遇了豹子，啃得剩下个脑袋。"

徐烛宾指蘸茶水，向空中轻点三下："容庵办新军办洋务，改革陈规陋政，大功过世人，以致天网恢恢，报仇如此之快。"

赵共乡："容庵这辈子功过相抵，下辈子会投生个普通人家，活得不好不坏。"

徐烛宾黯然："我下辈子可能还不如他。"

赵共乡："还权皇上是大功德，一定有好报。吴佩孚那点兵力，哪会是张作霖对手？南方秀莽是无才之人，讨伐他易如反掌，等南北统一，皇上归位，依旧是大清好年月。"

徐烛宾："张作霖是你的人，大功德是你的。"

赵共乡："第二人做得好，就没有第三人，我在清史馆里编书终老。"

台上，高小亭再次念白："再舞一回。"兰词芳倒手双剑，第三次重头打起。

看得赵共乡白须撅起："玩什么呀？"

总统府秘书持电报疾行进来，阅过电文，徐烛宾转给赵共乡。赵共乡大惊："张作霖兵败？"

徐烛宾无声而笑："遂你心愿，在清史馆终老。"

赵共乡变了颜色："我心思有点慢，吴佩孚暗中归附了你？你命张作霖开战，是让他自取灭亡？"

徐烛宾："第三人后面，还有人么？"

赵共乡："袁世凯和你上台后翻新官场，让前朝旧人都失了势，就算有，也不敢出来了，出来了，也难有作为。"

徐烛宾淡淡而言："应该是这样，不值得我追查。你忠心，荣禄临死前精打细算，起码看对了一人。"

赵共乡："你为何背叛诺言？"

徐烛宾："皇上是别人做，总统是我当。"

赵共乡："您是大清翰林，最有学问的一拨人，可说'帝制不如共和'，或说'民心已变，天运不可违'，何必直说？"

徐烛宾露出狐相之笑："我想看看，你能怎样？"

赵共乡叹气："我曾杀人两万，你跟我坐一桌，还敢口出狂言。扭转时局很简单，身为大清武将，我要为国除奸。"

徐烛宾宽开双眉："人算不如天算，难道天不亡大清？"

后座人看到，赵共乡和徐烛宾同时起身，臀刚离座，上身未直时，赵共乡似长衫下摆被椅子角挂住，趔趄跌回椅上。徐烛宾摆手，示意没事，让大家安坐看戏。

赵共乡额头尽汗。徐烛宾从容落座："跟你一样，我也从小习武。跟你不一样，是这辈子没用过。"

赵共乡："你早算出来我不如你？"

徐烛宾："算不出，打过才知道。荣禄一死，我就开始算，一步不能错，一日不能错，直算到今晚。今晚不想算了，想赌一把，天亡我还是亡大清？"

戏台上，兰词芳低语："剑再舞就四遍啦，不叫戏啦！我这就自刎，您接得下去么？"

"看叔的。"

兰词芳翻剑自刎，倒地。高小亭哀哭"虞姬"，绕出案桌，奔前跪地，正要开口唱词，台下一声大喝："兰词芳，你今晚上胡来啊！剑不是那么使的！"赵共乡离座，跃上戏台，拾起双剑，挥舞不停。

惊得全场站起。徐烛宾大声道："赵馆长都认识，他听戏听出了兴致，大伙给喊声好！"

闷雷似的喊"好"声中，兰词芳拉高小亭走了，将台面空出。赵共乡如醉如痴，双剑大开大合，每一下都拼尽全力。

入了后台，高小亭自抽一记耳光："为何每回我刚要唱，都必出事？"兰词芳安慰："您别埋怨自己，我看呀，这是天意。"

吴佩孚包抄了张作霖回东北的后路，张作霖儿子张雪凉守住了一道关隘，但小洞逃不了大鱼，张作霖大军仍被堵在关内，日遭蚕食。

五月十日，徐烛宾发表大总统公告，指责张作霖忤逆叛国，废除他东三省巡阅使的职位，号召他麾下将领脱离他，投诚政府。

一纸公告，张作霖军队投降了四万。

即将赶尽杀绝，吴佩孚却莫名收手，放张作霖残部出关。回到奉天，张作霖宣布东三省独立，给全国报纸发通稿，陈述自己开战是受徐烛宾密令，而徐烛宾早已策反自己先锋部队，在决战之夜倒戈，以致自己大军崩溃。

之后一连串兵败，全因徐烛宾在东北军安插间谍，泄露最新部署，致使吴佩孚用兵如神。结束语为："经此大败，无损于我的军人自尊，反而在军事能力上鄙夷吴佩孚，在道德人格上鄙夷徐烛宾。"

徐烛宾的全盘计划是，让吴佩孚逼死张作霖，之后发兵南下，灭了在广州独立的秀荞。武力统一全国的功绩，天下人皆服，有资格遵循袁世凯开创的先例，做个无限期的终身大总统，此生便圆满了,自荣禄死后的种种算计尽数实现。

不料北洋后辈已无人愿当第二,均做第一人之想。在吴佩孚的概念里,张作霖是大老粗,"水晶狐狸"徐烛宾才是他最大对手,先假意归附,后养敌自重,放张作霖一条生路。借张作霖的口毁了徐烛宾全国威望,是扳倒这位政坛巨人的唯一机会。

自此,北洋一二三代豪杰尽数凋零,吴佩孚代表的第四代正式登场。

六月二日,在陈泊迁陪同下,徐烛宾进宫叩见六飞。因挑拨内战,遭全国舆论唾弃,他辞去了大总统职位,即将去天津归隐,特向皇上辞行。北京政局已由吴佩孚主事。

六飞:"您是我大奢佛,还没教过我。"

徐烛宾:"世事证明,我的本领会坏事,您还是别学了。"

陈泊迁:"皇上开口了,不教不好,您浑身本领,总有没祸害的吧?"

徐烛宾:"嗯,四年总统,唯一收获是书法大进,自信探明了王羲之真意。"

六飞:"您写的字,我看不上。再想。"

徐烛宾闷头想想,道:"我会拳术,只用过一次,还看不出祸害。"

六飞:"好,学这个。得学多久?"

徐烛宾:"几句话就得。"

六飞:"您别为了赶火车,这么敷衍我!"

徐烛宾："欺君之罪，不敢不敢。"整肃坐姿，讲起禅宗典故。六祖惠能辞世前，点评自己三位弟子，说一人得他骨髓，一人得他肉血，一人得他皮毛。

世人理解，得骨髓者深刻，得皮毛者肤浅。但六祖死后，得皮毛的神会和尚成了七祖，得骨髓、得肉血者反无作为。

徐烛宾："人对骨髓无感，肉血自行其是，人能改变的是皮毛。六祖那话，是说三个徒弟里，神会最有用。我的武功不练骨肉，练皮毛。"

九岁开始，奔走各县衙门，抄写公文养母亲弟弟，为防遇上劫路歹徒而拜师学拳。身子那么小，不敢妄想打败歹徒，也不奢望携钱逃走，只学"刀子扎不死"一事。

刀尖入肉，能及时反应，转开分毫，只要不正中要害，昏死两天，还能活过来。训练之法，是师傅拿刀子慢扎他，刺激出皮毛敏感，之后逐渐提速。练成最多两日，灵气孩子在刀尖下过一下午，夜里遇上歹徒已死不了啦。

徐烛宾："皮毛敏感后，风吹草动，我都本能一转。日后入了朝廷，面对重臣权贵，逢当危局大事，我也一转，转了五十年。"

徐烛宾走后，陈泊迁感慨："徐烛宾的脑子都不够用了，到了什么世道？"

赵共乡来了，说徐烛宾下台，遗毒未尽。自己修《清史》十年，初稿未成。徐烛宾四年总统期间，已命人重修《元史》，印刷发行。

《清史》作者百人，新《元史》作者一人，急切成书，是为做终身大总统的布局，要证明大清是异族侵略，无理由复辟。

旧《元史》记载，元朝皇帝是蒙古人，开国诏书写明，不是蒙古国家，以宋朝皇帝为先帝，继承宋朝道统。

大清建国，遵循旧《元史》成例，表明不是满人新国，是汉人老家园，清朝皇帝是明朝皇帝的继承者。

表态正确，而行为非法。

宋元制度，皇帝与文人分享道统。皇帝是道统象征，没有阐述权，道统由文人阐述。文人可以否定皇帝德行，否定国策政令。清朝制度，皇帝独享道统，夺了文人的阐述权，坏了汉地规矩。

赵共乡："徐烛宾重修《元史》，爆料宋元制度，处处证明大清非法，不能算汉人正经朝代。我再怎么修《清史》，都没用了。"

忧愁对坐，许久，六飞展颜而笑："不足为虑。现在的年轻人不读书，都是看报纸，二百册新《元史》等同废料，不碍事。"

"皇上圣明。"

六飞午休后，接见《革命源流论》作者王果味，赐四品荣誉官职和"南书房行走"。他自日本受召归来，进宫时见殿宇巍峨，灵感突降，想好复国大计。

六飞惊喜，命他快讲。

王果味:"我的笔谈强过口说。好主意说出来,听着不觉得好。您让我写。"

李敬事伺候笔墨。他写起字来,姿态优雅,神情宁和,令人肃然起敬。

六飞向李敬事低语:"他写字的样儿,比陈奢佛、徐烛宾都好,我没挑错人。"

写罢呈上,六飞一眼看过,冷了语气:"写远了。"

王果味:"这是天下枢纽。如此办理,似远实近,似慢实快。"

六飞不再看他。李敬事开口:"王大人,您回吧。"

接着召见胡可式。他一袭长衫进宫。穿长衫不罩马褂,有失体面,只有留学归来的人才敢这么穿。

赐座后,六飞询问:"您的诗作《蜜桃双眸》,我很喜欢这名,找了许久没找着全诗,您背来听听。"

胡可式:"我没写过这首诗。"

胡可式回答,民国报纸泛滥,许多报社来不及采访,看别家报纸出了新闻,请学话剧的学生编写类似情节,说是独家报道。胡可式自美国归来,以白话写诗,成报纸热点。不知哪家报社编出"蜜桃双眸"一词,说是白话诗用词,没想到这词很有大众缘,以讹传讹,成了他代表作。

胡可式:"这词不错,我甚至想顺着这词写一首,实至名归,流传后世。动笔多次,始终不成。有时想,这个词是上帝写的,警告我,我还不是个真正的诗人。"

六飞："呵呵,因找不到这首诗,我作了一首,您听听?"

蜜桃晃着,风晃的,
月亮晃着,水晃的,
定定不动的,是她的双眸。

胡可式："倒是首诗。"
六飞大喜："觉得好,算你的。"
一周后,胡可式《蜜桃双眸》全诗在《北洋画报》登出,未引起轰动。大众关注点是他进了皇宫,批判他身为青年人偶像,却向帝王献媚。胡可式撰文反击,说他眼里没有帝王,看到的是一个身不由己的忧郁少年,名为帝王,实是囚徒。

看过报纸,六飞问李敬事："你觉得我是囚徒么?"李敬事摇头。六飞窝着脖子,如一只犯懒的老猫："隐约觉得,跟'蜜桃双眸'一样,这是个好词。"

李敬事："好在哪儿?"
六飞眼显疲态："不知道。以后可能会知道。"

深冬十二月,六飞大婚。妃子要早皇后一天入宫,由六飞的三十多名叔伯子侄在皇宫顺贞门恭迎。

与汉族嫁女不同,满族女孩迎娶时穿旧衣,过了婚夜,第二天才穿嫁衣。妃子淑秀穿旧服,到养心殿,以官员礼节,向六飞三拜九叩。六飞道："辛苦了,歇息吧。"

总管太监引她到长春宫居住，敬懿太妃盛装迎接。明日迎娶皇后进宫，四日后皇上才能面见妃子，这四日，由敬懿太妃陪宿淑秀。

慈禧太后生前住长春宫，敬懿太妃说："你身份比皇后次一等，却住太皇太后的房子，是皇上表示他不低看你。"

妃子早一日进宫，是为明日清晨皇后进宫时，跪迎皇后。入睡前，太监来口传圣旨，说皇上让淑秀睡个好觉，明早不必跪迎皇后。敬懿太妃惊愕，让宫女通知康谨太妃。一会儿，康谨太妃来了，不进长春宫，点香烟，门外谈事。

敬懿太妃认为皇上受报纸影响，接受"人人平等"思想："心里不看低就行了，要破了表面上的大规矩，后宫会乱。"

后宫的事皇后管，皇上无权管后宫。隆裕太后逝世后，经北京皇族商议，民国政府做公证，皇宫事务由四大太妃主持，康谨太妃是四大太妃中的决断者。

敬懿太妃："明日皇后进宫，便由她管了，今晚上大权还在你手里，您驳了皇上这道旨吧。"

康谨太妃一直吸香烟，终于开口："我想放弃最后这一晚的权力，顺了这道旨。你我都信阿弥陀佛，想死后往生极乐世界，生前得做好事。可住在深宫，没机会做好事，给后代当妃子的孩子们提高礼遇，是个功德。"

长春宫南面是睡觉的厢房，晚上入寝后，敬懿太妃来淑秀厢房，说特别想说话，淑秀上身出被窝，请她坐床边来。

敬懿太妃："快别起来，我不坐你床。"吩咐室内随侍的宫女睡外面，她躺她们的床。

殿外走廊、殿里、厢房内各有四名宫女值班，皆睡临时搭床。厢房内四女走后，敬懿太妃选个离淑秀最近的搭床躺下。急了淑秀："怎么能让您睡下人的床？您上来跟我睡吧。"

敬懿太妃："我十一岁当宫女，伺候过太皇太后。小孩对世上的事是乱喜欢，没个准。我那时觉得搭床最好玩，抱上被褥小跑，心里就高兴。"

淑秀还仰着上身，怕躺下对太妃不敬。室内地面有四盏油灯，灰绿色纸罩遮蔽，弱如萤火，以免妨碍睡眠。

敬懿太妃："躺了吧，我随口说，你不用专心听。说说，咱俩就都睡着了。"淑秀应声"好"。

庚子年，八国联军杀向北京，慈禧太后带光绪皇帝出京，是混在难民队伍里，装成小商人家的老太太和大少爷。宫里五百多嫔妃秀女被抛下。洋鬼子一贯烧杀淫掠，慈禧临走前连说了两遍"遇上事，别心眼窄"。女人们知道指的是什么事，做好了上吊投井的准备。

洋兵祸害百姓家女子，没闯后宫。怕了几天后，荣禄大人传来口信，说洋人最终目的是讹钱，晚些日子一定会跟朝廷谈判。八国联军司令下了死命令，不准洋兵祸害皇上的女人，否则没法谈判了。

淑秀："万幸万幸。"

"话虽如此，洋兵在城里大肆淫掠，早已纪律崩坏。只要有少数人失控闯进后宫，荣禄大人推断，按照洋人旧例，为掩盖罪行，定然烧毁皇宫。"

淑秀："凶险。"

"还有更凶险的，荣禄大人说，祸害了皇上女人，便没了谈判余地，洋鬼子必定放弃清室，另立一人组建朝廷。两广总督李鸿章是现成人选，他劝南方几大总督拥兵自重，不北上救驾，早露异心。"

慈禧太后带光绪出京后，沿途地方军竟不赶来救援，看笑话般看她娘俩一路西逃。甚至还在报纸上发消息，说皇上、太后已失踪，中华从此无主，须另请高明以解国难。南北民众多受迷惑，不思寻找旧主，盼望早出新君。

淑秀："……大清不就亡了？"

"所以荣禄大人说，后宫一乱，不但害了你们自己，更是害了皇上和太后。后宫一乱，大清便永失天下，皇上和太后甚至会让哪个地方军假扮土匪给杀了。命悬一线，后宫得由明白人主持，哪怕级别低，也得把权力交给她。"

淑秀："啊，是哪位贤能出来担当？"

敬懿太妃："是我。规矩一失，度不过那年。"

淑秀："想敬您一杯茶。真心佩服您。"掀被下床，被敬懿太妃喝止："都睡了，喝什么茶呀！"

淑秀缩回被窝，听敬懿太妃说荣禄大人从甘肃调军，长途跋涉去护驾。见有人护驾了，观望不动的各地方军纷纷露面，赶来勤王。北方各省还忠心朝廷，震慑住了李鸿章，荣禄大人请他来京跟洋人谈判，借机毒死了他。

"消除了南北隐患，荣禄大人再完成跟洋人的谈判，皇上太后可以回宫了。荣禄大人说我是首功，后宫不乱是他办所有事的基石，所有人都推测我必荣升贵妃。但我没有……"

淑秀没敢应声。敬懿太妃道："我跟太后没有眼缘，小时候伺候她，她不记得我。长大了入宫，她见我不顺眼，说我是贼漂亮——漂亮是漂亮，可惜没福气，会克夫败家。"

淑秀："您守住了后宫，已反证这话不对了呀。"

敬懿太妃笑了："老太后不这么想，远在西安避难时，听说我主持后宫，也夸过我。回京见了面，又觉得我贼漂亮，配不上贵妃。"

淑秀想不出劝慰的话，敬懿太妃继续说着："皇上四岁，要知道他姥爷荣禄大人的事，问着问着就问出了我的事，吵着说要加封我。四大太妃啊，我是最后成的一个。"

淑秀："皇上心好。"

敬懿太妃："皇上才四岁，每天要说许多话。旁人听了，哪句当真哪句不当真呢？当真办，是老姐妹们不忘当年，齐心成就我。"

淑秀念叨："我福气大，咱家好人多。"

敬懿太妃："皇上这人，也有不好的。五岁时，不知道哪儿学来的毛病，一着急就抽人耳光，多少太监随侍都挨过打。有时急了还自抽耳光，太不体面，你得扳扳他。"呼吸转沉，睡了过去。

淑秀犯难，"唉"了一声。

七 小说误国

午门,皇宫的正门。官员从左右两门出入,正中之门是皇帝专用,皇后一生仅走一次。明朝、清朝的传统,迎娶皇后走这道门。

辛亥年,民国政府收了午门。皇室向民国政府申请,大婚之日为皇后晚蓉重开午门,未得许可。民国政府让皇后从东华门入宫。

东华门,皇宫侧门,以前官员上早朝之门,丁巳年张勋的入宫之门。平定张勋复辟之乱后,民国政府再次没收了此门。

"皇后走偏门,不成体统啊!"

"走正门,更不成体统,表示大清还在,置民国于何地?"

晚蓉家在地安门帽儿胡同。"婚"字的古义,是入夜后迎亲。凌晨一点,庆亲王和郑亲王穿着大清朝服,作为迎亲的正副御使,率队出了皇宫。

北京地面是黑的,千年脏土,百姓习惯冬季把煤渣倒在街上。东华门至地安门一线,撒上了黄土。民国政府实行戒严,不许百姓走大街,临街的屋檐下站满看热闹的群众。

一九一二年，清帝逊位时，与民国政府的协议，保留了一千二百名皇家护军，平日驻扎在皇宫北面的景山御园。护军骑马，披大清铠甲迎亲。民国警视厅派出三百名骑警监视护军，排列在皇家骑兵后。

迎娶皇后的辇，不是民间嫁女的红色，是皇室专用的明黄。不贴喜字，内壁贴一个"龙"字，六飞所写。辇里坐垫上躺着一支黄金如意，灵芝造型。

作为迎亲正、副御史的庆亲王、郑亲王带来表示皇后身份的金玺金册。金玺是黄金铸的皇后印章，金册是黄金册页，刻有对晚蓉的赞美之词。

上辇时，晚蓉握一只苹果，不是汉语"平平安安"谐音的寓意，是象征自己心脏，把心掏给谁便是嫁给了谁。拾起黄金如意，落座后，感到臀部完整没在软垫里，煞是舒服，舒服得生了困意。

臀下一震，辇车启动，糊里糊涂去了宫里。

六飞正接受外蒙古特使呈送的贺礼，一支镶金手枪。外蒙古没有自造枪械的能力，用给佛像镶金的古老工艺，在一支沙皇俄国研制的纳甘1895左轮手枪上，镶嵌密集的黄金雕花。

作为外蒙古领袖，八世哲布尊丹巴的日子一直不好过。一九一一年辛亥革命，中国内乱，哲布尊丹巴趁机宣布外蒙古独立，却一直未能正式建国，成为俄国独家控制的一个军管区。

一九一七年，俄国爆发革命，驻外蒙古的俄军回国打仗。

哲布尊丹巴趁机宣布重回中华，请求民国政府派驻军。不料率军进驻的徐树铮起了贪名之心，囚禁哲布尊丹巴，造成武力收回外蒙古的假象，被报纸赞美为收复国土的英雄。

一九二〇年，吴佩孚和段祺瑞爆发冲突。徐树铮离开外蒙古，南下支持段祺瑞，一战而败，打光了手下军队，再没回外蒙古。转过一年，俄国内战结束，革命党胜利，苏维埃共和国联盟即将建立，立刻分兵外蒙古，令哲布尊丹巴称帝，宣布外蒙古再次独立。

独立后的外蒙古名义上是君主立宪制国家，按苏联模式建立各级苏维埃组织，传播五年前俄国境内推翻沙皇的革命手册。目前哲布尊丹巴被软禁，亲信受监视，哲布尊丹巴的贺礼只能是一件便于藏在怀里的小物件。

六飞："要我帮什么忙么？"

特使："皇上处境，比佛爷好得有限。"

六飞诧异："那你来干吗？"

特使："每一世哲布尊丹巴和大清皇帝皆是兄弟相称，我们是遵循老人情，来做个交代。"特使落泪，弓下身，请求退下。

六飞："本不想说，受不了你这窝囊样。大清复国，三两年的事。我必收回外蒙古，转告你家佛爷，活着等我。"

特使抬头，见到王者尊贵亲和的笑。

皇后凤辇入东华门后，车夫退下，换由太监拉车。至乾清宫，响起鼓声号叫，似山猫野狼。二十多位戴面具、披花衣的老人跳舞，来自东北老家的萨满。

一个黄铜火盆塞到了下辇的梯子里。晚蓉由宫女搀扶,顺梯而行,裙里被火熏燎,暖到大腿。

胯下过火,象征消灭女人所有婚前情史,回复童贞——早先满族女子,姑娘时放纵。进入汉地后,随汉俗,禁绝了婚前性行为,婚礼仍保留此习俗。

新娘出轿,新郎要射三箭,擦身而过。古时抢婚遗痕,射死女人的同行者,才好抢掳。三箭,是皇帝、皇后的第一次相见。

六飞曾认真练习,被东北老家来的萨满告知,射箭仪式时不能戴眼镜,鼻梁是男人的运气,眼镜压鼻梁太不吉利。六飞十二岁配的眼镜,四百度近视。问:"瞎射,不就把皇后射死了么?"

红盖遮面的晚蓉,在六飞眼中,是虚虚的色块。萨满递上牛角大弓时,六飞摆手拒绝,掏出手枪,朝天三响。手枪黄金雕花,哲布尊丹巴所赠,惊得萨满们放下手鼓。

六飞戴上眼镜,见晚蓉镇定不动,满意一笑,挥手示意仪式继续。萨满们重新起舞,宫女搀扶晚蓉回辇。看辇车前行,向坤宁宫驶去,六飞自语:"哲布尊丹巴,你听到了么?我必救你。"

在数名侄子陪同下,六飞比皇后凤辇先一步赶到坤宁宫,摘下眼镜,接过亲王福晋递上的珐琅铜瓶,静立在殿门前。

坤宁宫前路面,摆个马鞍,镶宝石、垂珠玉,光华闪闪,而木料苍白朽坏,皮革乌暗糜烂。是两百余年前康熙皇帝远征的马鞍,他曾乘此物至外蒙古草原库伦大庙,第一次见到哲布尊丹巴一世。

新娘跨马鞍的满人习俗,不是汉语"平平安安"的谐音,是古代抢婚遗痕,新娘是被按在马背上抢回家的。

晚蓉下辇,脚尖碰到马鞍后,胸部在马鞍上卧了一下,由宫女搀扶起身,迈腿过去,到了皇上跟前。

一位亲王福晋取下了晚蓉手中苹果,递给六飞,从六飞手中取过珐琅铜瓶,递到晚蓉手中。瓶中装宝石、珍珠、宋朝铜钱、黄金麦粒。苹果象征心脏。交换手中物,是"女人给男人心,男人给女人宝"的寓意。

晚蓉握稳铜瓶,六飞用一支秤杆挑开盖头——不是让新娘"勤俭持家",算计着过日子的寓意。汉族做买卖的秤杆本身是神器,神在秤杆,做买卖不能欺瞒,杆上刻度十六颗星,象征北斗七星、南斗六星和福禄寿三星。

用十六颗星宿,才可见新娘的脸。

此刻是新郎看新娘,新娘不能抬眼。四百度近视,此距离还可看得真切。这是皇上与皇后的第二次相见。

暗赞一声,侧步闪开。

亲王福晋引路,宫女簇拥,晚蓉入了坤宁宫。六飞戴上眼镜,问候在几步远的侄子们:"你们都偷偷看了一眼吧?"两个十一二岁的小亲王承认偷看,回答:"好看。"

六飞:"怎么好看?"

"像兰词芳。"

六飞："告诉你什么叫白话诗，换作胡可式，他该说——比兰词芳还兰词芳。"

婚床被褥是杭州定制，织绣华丽，四个床角各压一枚黄金如意。晚蓉上床，面向东南方端坐，名为"坐帐"。满人老规矩要坐满一日，次日子时新郎方入洞房，皇宫改为坐到当日天黑。也是抢婚遗俗，抢来的女子必不屈从，要耗上段时间。

六飞带侄子们去养心殿看电影，其中有德国新纪录片《苏俄枪杀沙皇事件》。

一九一七年，沙皇被推翻。今年年初，德国人调查出沙皇和皇后在一九一八年已被枪杀，五个女儿和患败血病的儿子一并殉难，引发国际谴责。

英王乔治五世和被杀的沙皇尼古拉二世除了胡须型不同，五官几乎是一人。他们本是表兄弟，丹麦皇室的一对姐妹分别嫁给了英王室和俄王室，生了乔治五世和尼古拉二世。他俩年少时去姥姥家度假，在丹麦皇宫留下双胞胎一样的合影。

乔治五世树立了皇帝新形象，通过访问幼儿园、公布生活照、跟工人街头聊天等亲民行为，在一个反帝制杀皇上的时代，竟让英国皇室得到民众爱戴。

沙皇原本有生机，临时政府允许他去英国投奔表哥，但遭到乔治五世拒绝。德国人分析，尼古拉二世是公认的暴君，接纳暴君，将有损乔治五世经营多年的英皇室形象，因而拒绝。

六飞赞叹，嘱咐侄子们："学学。"

一个十岁小贝勒问:"皇上,学什么?不管兄弟死活?"

"啪"的一记脆响耳光,小贝勒被打蒙。

六飞:"枉你生在皇家,怎么是平民见识?你们之间要管,不要管我。别人杀我那一天,你们要学乔治五世,大义灭亲。"

众亲王贝勒吓得跪了,叫道:"不敢!绝不会!"

六飞怒了:"这是圣旨!"

众亲王贝勒答应:"接旨。"

坤宁宫东厢房是红漆洞房,房内西北是红漆喜床,床帐和被子绣满嬉戏童子的图样。天黑后,六飞上床,和晚蓉吃了饺子和面条,饺子叫"子孙饽饽",面叫"长寿条条"。侍者收拾餐具退下,殿内独留下帝后二人。

帝后皆穿龙袍,橘色绣龙吉服。相对半晌,六飞叹道:"人怎么都走了?也不帮咱们把外衣解了。"

吉服数层,搭配复杂,需人帮忙才可穿上。六飞问:"你会么?"晚蓉揪了揪胸前的丝带扣,是从未见过的系法。答道:"来龙去脉,很难看懂。"

六飞:"……天亮了,会有人来。"

晚蓉:"有办法!"摸出一柄镶金花剪刀。物件小巧,双手合十可合在手心,上轿子前由母亲塞入衣袖。带剪刀嫁人,也是抢婚遗俗,被掳女子誓死不从,为保清白,拿剪刀自杀。

见了剪刀,六飞点头:"原来如此。安排得好。"

最遥远的距离不是生与死，

是你不知我爱你；

最遥远的距离不是你不知，

是我不能说爱你；

最遥远的距离不是不能说，

是我不敢想起你；

最遥远的距离不是不敢想，

是你爱我却不能在一起；

最遥远的距离不是不能在一起，

是你我总是熟人一样相逢在熟人的聚会上。

满族富贵人家普遍给子女雇英文教师。六飞短暂酣睡后醒转，晚蓉用英文对他说了这段话。一九一三年获诺贝尔文学奖的印度人泰戈尔诗作，爱尔兰大诗人叶芝翻译的英文，风靡欧洲的《世上最遥远的距离》。

六飞略做思索，评判："泰戈尔爱上了有夫之妇？"

晚蓉："……皇上圣明。"

六飞："念这个给我，想说明什么？"

晚蓉无语。六飞："爱我？"

晚蓉宽眉而笑，牙白胜雪。

六飞正色："我没法给你。看过《简·爱》，便知道爱情要超越阶级、种族和道德，如果你出身贫民，是汉人女、他人妻，咱俩倒会有爱情。"随之气弱，"你我是皇帝、皇后，各方面都是最佳匹配，绝不可能有爱情！"

言罢自抽一记耳光，响如爆竹。

惊得晚蓉起身，跪在被褥上："我多嘴了，惹皇上心烦。"两片肩胛骨贝壳般开张。

六飞："抬脸。"

晚蓉仰面，颊上一声脆响。挨了耳光，却无半点疼痛，甚至没有碰触感。

六飞手入她腋下，将她跪姿拉垮，牵入怀中："没事，这是我一手艺，不碰人脸，却能打得倍响。五岁会的，谁教的？记不得。"

晚蓉听他耳语："除了阶级、种族、道德，还有生死，我被民国政府枪毙，咱俩就有了爱情。"

晚蓉急抬头，见六飞依旧庄重。盯一会儿，六飞憋不住呵呵笑起。

晚蓉："皇上，您怎么是这么个人？"

六飞："什么人？"

晚蓉："不正经。"

六飞冷了笑容："跟你说点正经事，我已有复国之道。"擒她双臂推起，"大清复国，从小说做起。与欧美不同，在中国，小说不是文学，文学属于士大夫阶层，是史书、论文、诗词。小说属于商人阶层，诋毁道德而有快感，所谓'少不看《水浒》，老不看《三国》，《红楼梦》教坏了天下人'。大清晚近，小说流行，致使道德沦丧，酿成亡国大祸。"

晚蓉："啊，《红楼梦》也不好？慈禧太后都喜欢。"

六飞:"不好不好。点缀了文人的诗词歌赋,骨子里还是商人恶意。骗得了老太后,骗不了我。"

晚蓉:"复国大计,先要查禁《红楼梦》?"

六飞:"民国啦,我哪有这权力?"

晚蓉:"听说你召见过胡可式……你是要暗中操纵文坛,改了小说写法?"

六飞:"正是,把小说的商人恶意改成士大夫道德。千古以来,皇帝是道德的最高代表,民众受新式小说熏陶,必然会心向皇帝——如此,大清复国,润物无声地完成。"

晚蓉:"皇上圣明。"

六飞:"这是王果味的计策,我已经否了。"见晚蓉蒙了的神色,正是所要效果,径自大笑起来。

晚蓉随他笑笑,道:"那胡可式?"

六飞:"当笑话一样,跟胡可式说了。他倒听得认真,似乎想办。"

晚蓉:"让他办呗。"

六飞:"那得忙到什么年月?得生出至少二十个小说大师,才够办妥此事,你觉得有戏么?"

晚蓉想想:"二十个不算多,我可以写,你也可以写,起码有了两个。"

看她的认真劲,六飞叹道:"我怎么那么喜欢你呢?"伸展四肢,如刚触地面的降落伞般塌在她身上。

八　降神

清晨四点半,天未生亮,一对中年侍卫夫妇在坤宁宫窗外唱满语歌叫早。六飞自小睡眠少,喊早前已醒片刻,见晚蓉沉沉睡着,不忍独起。

十二名太监伺候六飞去东厢房侧间穿衣。五名亲王贝勒夫人领十二名宫女进喜帐,给晚蓉洗漱穿衣。见了剪开的吉服,两边均告罪,昨夜喜帐内伺候的二十多人,竟集体失心,泱泱走了,忘了给皇帝、皇后宽衣。

六飞免罪,评介:"天下事往往如此,时也命也。"

人的聪明才智并不能影响历史,历史按预定行进。即便当事人有改变时局的方案,老天让人一犯糊涂,所有的深思熟虑便均告作废。十年前,老天便如此操作,糊里糊涂亡了大清。

晚蓉换了明黄绣龙吉服,庄亲王夫人递上一截木柴,小臂长,柴面涂一层动物油脂,已凝结,犹如玉质。

捧这根木柴走出喜帐,称为"捧柴礼"。在平常满人家,寓意新娘三日后要下厨房。在帝王家,这根涂脂木柴,是祭祀前代帝王的烧物。

天亮时,六飞晚蓉出皇宫北门神武门,去了隔一条街的景山御园。一九一二年，民国政府特许皇室保留的一千二百名护军驻扎于此，大清历代帝王像存留在此。

景山皇寿殿台阶下，铺了黄土，土上搭一米多高的柴堆。柴堆两侧各摆一截成年男子腰围粗的枯树干，上挖凹槽，注水后，放入十余条金鱼游弋。

皇宫中的萨满堂子每日杀一口黑毛大猪，景山御园却不能杀生，因为皇寿殿中供奉有清太宗皇太极画像。皇太极当政时禁止萨满杀生祭祀，萨满祭祀要血流成河，杀家畜猪羊牛，杀野兽熊鹿獾，杀水生鳇豚蟒……皇太极改为以金鱼替代，祭祀完要放回鱼缸养活。

金鱼是百姓家观赏物，在皇家是祭祀神物，尊称为"姑娘"。

皇太极是大清正式意义上的第一位皇帝。清太祖努尔哈赤没有称帝，只是称"汗"。汗是部族首领，他统一了女真族各部，号称后金。皇太极是努尔哈赤第八子，改名女真人为满人，改名后金为大清，正式称帝。

晚蓉将涂脂木柴点燃，投入柴堆。篝火燃烧，出了道笔直升高的白烟。内务府官员赞叹是大吉兆，表明皇后得到了老天和祖宗的肯定。

皇太极是废除萨满的人，东北来的萨满不能进景山御园，免得惹怒皇太极魂灵，因而萨满神歌由内务府官员唱。他们拿着唱词本，百年来，满人多已不说满语不识满文，唱词本上全是汉字，以汉字来标示满语发音。

六飞和晚蓉持唱词本,唱了一页后,进殿祭拜。

殿内陈列历代大清皇帝画像,努尔哈赤是黑脸凶相,皇太极是浮肿病容,乾隆开始面白,仍是祖辈的垂眉狭眼,至咸丰有了大眼睛,道光有了上扬眉,同治出了文静相,光绪终成美男子。

晚蓉轻语:"你跟光绪爷长得真像,白白润润,凤眼高鼻,数你俩好看。"

六飞:"我是接他的皇位,登基时才三岁,没两年大清就亡了。他才是亡国之君,不是我。"

晚蓉不敢接话了。六飞:"别学俗人说法,乾隆爷、光绪爷地叫,乾隆、光绪是年号,咱们称呼先帝要用庙号、谥号,庙号说他政绩,谥号说他人格,要叫高宗纯皇帝、德宗景皇帝。"

晚蓉:"明白了,德宗景皇帝——德、景是好字,仁德美景。"

六飞:"不是好话,德——造成动乱,景——这辈子有大焦虑,遇上事,处理不好。"

晚蓉:"啊!光绪爷是变法不成、抑郁病亡。那乾隆爷的'高''纯'二字怎么讲?"

六飞:"高——盛极而衰,大清鼎盛于他、衰落于他,纯——遇上事脑子好,手段多。"

晚蓉:"啊,纯皇帝比景皇帝好呀。"向光绪画像磕了个头,"景皇帝是没办法。"

六飞叹气:"他漂亮是漂亮,漂亮了没几年,像上画的是他二十岁。我看过他三十岁照片,下巴歪了,右眼斜了,左右脸一大一小——真是亡国之相,什么时候你看到我脸变这样了,就跟我离婚吧。"

晚蓉低喝:"你又不正经,大喜日子,说什么离婚呀!皇帝和皇后也能离婚?"

六飞得意笑笑:"当然。英国国王亨利八世就跟皇后离婚了。"

皇帝携皇后景山祭祖,称为"庙见",让先帝魂灵见见新娘子。之后应拜见太后。隆裕太后十年前过世,宫中无太后,敬懿太妃要陪妃子淑秀四日,庄和太妃去年过世,是拜见康谨、荣惠两位太妃。

康谨权位高,荣惠地位高。康谨是光绪帝妃子,荣惠是光绪之前的同治帝的妃子,所以先拜荣惠。荣惠太妃住皇宫西北部的重华宫,三重院落,原是乾隆皇帝当太子时的居所,也在那里完婚。

宫女们传话皇帝、皇后来了,荣惠太妃不出大殿,站在门槛内行屈膝礼。六飞喊道:"答哈玛,免了免了!"向荣惠太妃行了欠身礼,不同于西方的鞠躬,手不放在腿侧,互握着垂在身前。晚蓉行了屈膝礼,荣惠太妃虚扶晚蓉肩膀,叫道:"快别快别,落座落座。"

落座后,吃点心,说了会儿闲话。临走时,荣惠太妃笑言:"皇上十四岁,说要高小亭连演二十天戏,累死他。这回满足你！"

康谨太妃住永和宫，在皇宫东部。六飞骑自行车带晚蓉去了，二十名侍卫、宫女小跑追着。英国"一战"军用自行车，大梁下别着柄"李—恩菲尔德"步枪。晚蓉斜坐在大梁上。

永和宫吃茶点时，康谨太妃说，按照清宫传统，皇上大婚，次日要演大戏，午饭后开始，晚饭前结束。之后两日，开戏时间会改在晚饭后。

六飞："啊，才连演三天？不是说连演二十天，累死高小亭么？"

康谨太妃笑道："是二十天。连演三天，是对外的说法。迎娶皇后，招摇过市，已遭舆论批评，说是历史倒退。唉，南方秀荞一伙人鼓噪，北京大学也跟着起哄，怎么对得起光绪爷！北大是光绪爷出钱出地办的。唉，没事，三天后，让角儿们悄悄进宫，咱们偷着看。看足二十天，累死高小亭。"

晚蓉瞥一眼六飞，意思是太妃也随俗叫了"光绪爷"。康谨太妃是光绪的妃子，别人俗口，她可不该。

六飞明白她意思，道："答哈玛，德宗景皇帝办了北大？"

康谨太妃犹自不觉："是呀，光绪爷把乾隆爷八公主的府院拿出来办学，那会儿叫京师大学堂。民国后归了民国政府，改叫北京大学。"

晚蓉插口："皇上——"

康谨太妃警觉："您是皇后，我作为老辈人，得说一句，太戏里才叫'皇上'呢，那是老百姓的俗口。后宫里得叫'皇帝'，二百年了，咱们这儿就听不到'皇上'这词。"

六飞："不对呀，您叫我，不也说'皇上'么？"

康谨太妃："有过么？"

六飞："刚还说呢。我进门，您打招呼说'皇上来啦'。"

康谨太妃胖脸绽出笑，毫无尴尬，可亲可爱："嗨，我那是顺口随了俗。她是皇后，得知道。"

六飞："懂了。"望向晚蓉，"你刚才想说什么？"

晚蓉："皇帝，听说高小亭和兰词芳有一出秘戏，叫《霸王别姬》，只演过两次，以后别管出多高的价，他俩都不演了。"

康谨太妃："呵呵，今日起，后宫您做主，您想看，就安排。"

晚蓉："拿它收场吧，最后一日的压轴戏。"

下午一点，荣惠太妃所居的重华宫漱芳斋院中开戏。漱芳斋门窗大开，晚蓉、太妃、亲王夫人等女眷坐屋内，六飞和几位同辈亲王坐屋外走廊，长辈王公、旧臣遗老坐院中暖棚。

开场戏是《跳灵官》，灵官是道教护法。佛寺第一殿供四大天王像，道观第一殿供灵官像，皆是驱邪。

灵官是红脸黑髯，手持单鞭。开锣后，戏台拥上三十多位一模一样的灵官，耍鞭蹦跳。室内，康谨太妃向晚蓉解释："京城的角儿们算是齐了，您能看出来谁是谁么？"

晚蓉摇头。康谨太妃转向荣惠太妃："都是常来宫里的老人，你眼熟吧？"荣惠太妃微笑："考我？"向晚蓉一一指去，"陈德霖、田桂凤、王瑶卿、王凤卿、余叔岩、侯俊山、尚小云、俞振廷、王长林……"

晚蓉迷惘看着，分不出人。

廊中，作为婚礼总监的庆亲王赞言："京城的角儿们是拿出了诚意。他们唱堂会，个个是三百、五百大洋的身价，说为庆贺皇上大婚，报的价没有超过一百的。余叔岩七十块、马连良六十块、李万春五十块……"

六飞："高小亭报了多少？"

"他说他比您虚长三十四岁，报了三十四块钱。"

六飞："小亭忠心。"

"顶尖的是兰词芳，他说认识您时您十二岁，报了十二块。"

六飞："得赏！"

"是。康谨太妃说了，他们报得低，咱们赏得高，臣子忠心和皇家恩典要两全。"

六飞："好！重赏！"

"够重的。余叔岩、钱金福一出《珠帘寨》赏一千大洋，兰词芳、高小亭一出《霸王别姬》赏两千大洋。"

六飞："啊！一天七八出，连演二十天，咱们钱够么？"

"够了。大婚用款总计四十万，把宫里的金银器皿、瓷瓶玉坠装了四十多箱，抵押英国汇丰银行，换来的大洋。"

六飞"嘿"了一声，转头看戏。难测他喜怒，陪坐的亲王都止了闲聊，继而停了零食，个个僵坐。

王凤卿上台演《文昭关》时，六飞离座而去。

六飞回乾清宫西暖阁，让太监放电影，挂上窗板。殿内刚黑下，康谨太妃追来，笑嘻嘻叫道："皇帝，这是怎么啦？大喜日子，不许耍脸子，不高兴啊。"

六飞："宫里东西抵押给汇丰银行，不就等于老百姓去当铺么？要当衣服当被子才结得了婚，这个皇帝，不做也罢！"

康谨太妃喊太监们别放电影，都退下。太监们出殿后，开了窗板，透亮进来。康谨太妃行到六飞椅前，忽然跪地，惊得六飞跳起："答哈玛，您这做什么？"

康谨太妃："皇帝，我愧对您。你额娘死在我一句话上。"

去年，六飞生母过世，得到的禀告是得了"紧痰绝"的急病。前两位皇帝同治、光绪均无子嗣，他俩是同辈，六飞是兼祧两位皇帝血脉的继承者，生父是醇亲王。得知母丧，六飞赶去醇亲王府，竟被拒之门外，说不符合皇帝礼仪，不该这时候来，要在三日后。

六飞在府门外候了二十分钟，让门房向里传话，再不开门，就在大街上骂父亲了。终于门开，醇亲王不出面，生母遗体罩白布，没见着遗容。

康谨太妃说："你额娘是吞鸦片自尽。陈泊迁从小教你读医书，你额娘黑了指甲、歪了鼻眼，当爹的不让你进门，是怕你看出来中毒。"

六飞哼一声哭腔，神色出奇的冷静："接着说。"

康谨太妃："咱家得了二百多年天下，民国才几年？不至于您大婚拿不出钱，穷不到这份上。"

六飞安稳坐着，并无让康谨太妃起身的意思，任由她跪着说话。康谨太妃："不是没钱，而是钱都到哪儿去了？皇上您猜。"

六飞："谈的是我额娘死因，别考我，您说吧。"

康谨太妃："去了东北。"

六飞拍手笑道："猜到了。我一直奇怪，东北在清末还大片荒蛮。张作霖土匪出身，民国短短几年，给建成了工业宝地，他哪儿来的本领，哪儿来的本钱？"

康谨太妃："他不是土匪，早年进土匪窝，是受了收编土匪的朝廷密令，他是荣禄大人看上的，跟赵共乡一样，都是辽人。"

大明末年，许多在东北的汉人生活习俗已满人化，善于操作火炮。大清立国后，将南下后收编的汉人军队称为绿营，东北老家带来的汉人火炮军称为汉八旗，也称为辽人——蒙古人称汉人为辽人，借用蒙古口语区分两种汉军的不同。

辽人，血统是汉人，心理是满人。

康谨太妃："大清末年，土匪张作霖能当上奉天将军，因为他真正的出身是汉八旗，祖辈都是。皇帝，您其实很有钱，张作霖的钱都是您的。咱们一直哭穷，因时机未到，不敢用。"

六飞冷冷道："有钱就好。我额娘死在你哪句话上？"

康谨太妃："张作霖开发东北，用的是宫廷积蓄，东北工业起来、军队养足，就能打天下了。为防止民国政府疑心，我跟你额娘商量，由她拿宫廷积蓄去外面假装投资，之后谎称被人骗了或赔了本。皇族人多口杂，也得瞒着，你额娘挨了不少骂，说她败光了儿子的钱。"

六飞面无表情："我额娘是刚强人，不至于为这两声骂，就寻死。直言，快说。"

康谨太妃："是死给吴佩孚看。"

大前年，直皖战争，吴佩孚击溃段祺瑞。张作霖趁机南下，传信赵共乡，进了京城便重打龙旗，恢复大清。赵共乡告诉六飞额娘和康谨太妃，两个女人暗喜了一场。

进了城，张作霖未打龙旗。理由是吴佩孚兵少却战斗力强，是明确的共和制拥护者，战胜无把握、劝服不可能，只好暂缓复辟，徐徐布局。

一年过去，张作霖仍未动武，吴佩孚按照一九一二年民国政府签署的《清室优待条款》，要求皇室搬出皇宫。"条款"定下皇室要搬离皇宫，去距京十五公里的皇家御园——颐和园居住，但没写搬离期限，口头承诺给一年宽裕。次年隆裕太后过世，办丧事拖过一年，一拖便拖了九年。

吴佩孚以民国政府的名义，要求皇帝搬离皇宫。张作霖传话给康谨太妃，颐和园在荒郊野外，不安全，要她带皇上搬去东北，入住沈阳"陪都皇宫"。那里住过清朝两位皇帝——清太祖努尔哈赤、清太宗皇太极。努尔哈赤的帝位是追封，皇太极称帝，却功成身死，在入主中原的前夕病逝，未到北京。

与六飞额娘商议时，康谨太妃说了句气话："隆裕太后一死，拖了九年，我明儿就上吊，也拖九年。"

六飞额娘当晚吞鸦片自尽。数月后，张作霖向吴佩孚开战，虽然兵败被赶回东北，但吴佩孚再也不提皇室搬出皇宫的话了。

康谨太妃："你额娘一条命，换下了这皇宫。我是管事太妃，本该是我死。都怪我，直接死就好了，不该说出来，让你额娘听到。唉，她是替我死的。"

六飞哭了两声，古怪得如同蛙鸣，惊得康谨太妃断了泪流。六飞以袖擦脸，袖子放下后，露出的面容竟带三分喜悦："答哈玛，您脑子不灵呀。一年了，还没想明白？我额娘不是死给吴佩孚看，是死给张作霖看。"

"啊？别错怪好人，张作霖跟吴佩孚开战，是为了给你额娘报仇！"

"他不是好人。吴佩孚以政府名义要我们搬出皇宫，徐烛宾贪恋总统位子，早有异心。徐默不作声，张作霖为何也不说话？"

康谨太妃仍跪着，六飞解释："我额娘是逼张作霖兑现承诺，他可以不忠于大清，但得忠于我额娘，他是我姥爷荣禄生前种下的人，他的荣华富贵都来自姥爷。"

康谨后仰坐在地上，膝盖疼得不支。十四年前慈禧太后和光绪皇帝过世后，再没跪过人。

六飞说："明白了吧，您死没用，得我额娘死。她真比您聪明，看出了张作霖的反心。"

康谨太妃："您冷冷神。察觉张作霖不忠心，有赵共乡收拾他，你额娘犯不着拼性命。"

六飞："您冷冷神。赵共乡修《清史》修成了书呆子，张作霖可是做了十几年实事，修炼成精。赵共乡去责问他，几句话就给糊弄回来了。"

康谨太妃起身："别想歪了……知道你心里难过。"

六飞一脸高兴："我三岁离了娘，进宫当皇帝，红墙阻隔，一年只有两三次庆典日子才能召她进宫见上一面。对我而言，她是个陌生人，还没老宫女们跟我亲呢。今天听你说了，才知道她是个看得明白、豁得出去的人——没想到她是这么个人！倒有几分佩服她啦！"

知道六飞在讲假话。他从小恋娘，三岁入宫，哭闹不止，隔三岔五要回家找娘。隆裕太后和太妃们纵容，从小到大养成了习惯，一月里有八九天待在醇亲王府。醇亲王府在皇宫北面，护卫军称为"北府"，因皇上总在那，而视为皇宫的一部分。

康谨太妃："皇帝——"

六飞："哭什么！跟我听戏去。"

回重华宫，六飞廊中落座，抬头见是高小亭在演《状元印》，张口喊声"好"。廊中亲王、暖棚里大臣们面面相觑，宫中不同戏园，看戏要寂静如夜，不能喊好鼓掌。听得六飞又一声"好"，亲王大臣们不敢犹豫，忙跟着喊起。

高小亭莫名其妙挨了顿"好"，寻思不在戏眼上，难道自己又占了天生利索劲的便宜，哪个次要动作做出了他人难有的漂亮?

耳听六飞尖厉的"好"声转出了"嘛"字之音,亲王大臣们也集体转出了"嘛",声震重华宫。

好嘛——是倒彩,表示对演戏不满。

下台后,见兰词芳在做《汾河湾》化装,高小亭叹道:"出道几十年,没得过倒彩。今儿碰上了,还是皇上带头喊的!"

兰词芳:"叔!我早说了,《霸王别姬》不能演,准没好事。瞧,坏事不就来了?往后二十天,等着咱俩的还不知是什么呢。"

入夜,六飞和晚蓉宿坤宁宫,晚蓉问他有无看一眼妃子淑秀,六飞回答忘了。皇帝大婚,与皇后四夜后方才转去妃子处,但之前可见一眼,便是听戏时,仍穿旧衣的妃子会陪太妃、皇后,端坐在漱芳斋室内。

六飞:"她什么样?"

"淑秀十四岁,"晚蓉说,"脸还没长开的小姑娘,脑子应该也没长开,瞧着很倔的样子。"

六飞兴趣大增:"是么?"

晚蓉:"你怎么挑了这么个人?"

六飞:"你不知道,她家祖上是萨满!"

晚蓉变了脸:"萨满怎么能当妃子?老太妃们真把你惯得没边了。京城满人都忌讳萨满,你干吗惹这么个人来身边?"

打压萨满的清太宗皇太极病亡在清军攻入京城前,他的第九子继承帝位,尚是小孩,年号顺治。打压萨满的政策因而缓和，立国大清后，不少萨满巫师随清军进了京城。待顺治帝长大主政，恢复父亲政策，严令京城萨满把法器沉河、神衣焚毁。

神衣是萨满作法穿着，用牛皮模拟战场铠甲样式，以红黄蓝白黑五色布条做下摆。顺治年间，京城萨满大规模烧神衣，京城汉人看见了，以为是在祭奠亡灵，学得办丧礼也开始烧衣服，后为省钱，改为烧纸糊衣服。

一道满人禁令，误成汉人习俗。而京城萨满就此绝了。

六飞："唉，我成婚，就是为了看萨满。"两年前，六飞孩子心思，对神秘的东西好奇，盼着大婚。因为大婚延续旧俗，会从东北老家请一伙萨满来唱神歌跳神舞。

淑秀祖上是清太祖努尔哈赤的随军萨满。努尔哈赤少年时，父亲和爷爷同一天被杀，努尔哈赤用条口袋装尸体，前一天背父亲，后一天背爷爷，背回了家。这条口袋，努尔哈赤日后打仗都带着，交给淑秀的祖上管，安营供上，开拔收起。坤宁宫西墙上供着这个著名的口袋。

听到淑秀家史，选妃便选了她。

晚蓉想看看那口袋。

满人习俗以西方为神位。清太祖努尔哈赤草创时代，军中设神帐，供奉萨满神灵。半猎半渔、松散活着的满人在他的时代，焕发出可怕战斗力，屡次打败大明正规军和蒙古骑兵，满人均觉得是萨满神灵显威。

努尔哈赤死后，清军攻入北京城，改明朝为清朝。努尔哈赤神帐里供奉的萨满神物，都挂上了坤宁宫西墙。

晚蓉望去，有镶铁刀、破裙子、马车车轮、砖头，还有许多埋在厚厚灰尘里辨不出是何物的小物件。神灵附着的物品，任凭灰尘积落。

六飞持英国三节手电筒，给晚蓉照亮，看努尔哈赤弟弟、满人最后一代大萨满舒尔哈齐的作法神衣。舒尔哈齐因不愿反叛大明，被努尔哈赤囚死。神衣则留在军中，经皇太极、顺治两代南征，入了北京。

神衣垂着三十个拇指大的铁喇叭，铜质的七只鹰、三只天鹅、三只野鸭，另有野兽虎、豹、熊、狼、獾，水生鲸、鲇、勾辛鱼。

晚蓉摸上神衣，神衣离墙，如个男人般将她扑倒。

六飞不及搀扶，蹲下掀神衣，露出晚蓉的脸。五官依旧，神情却似是不认识的人，她喃喃地："心里怪怪的，想钻到它里面去。"

六飞迟疑，晚蓉求他："皇上帮我。"极尽哀美。

神衣重达二百余斤，难以拽起。如钻进条大被般，晚蓉进到里面，满面羞涩。六飞乐了："它够大，看来，我也能躺进去。"

掀神衣下摆，碰到晚蓉小腿，正要钻入，却听一记清冽的铃声响起。六飞惊得退出脑袋，见晚蓉歪了眼，舔着舌头，身如游鱼摆动，带动得神衣上数十个铃铛乱响，碧绿锈色的铜环铜链如青蛙般一跃一落……

六飞立刻想到，这是中断了二百年的萨满降神，舒尔哈齐显灵。

在凌晨两点，协和医学院的两名英国籍教授、三名助理医师来到坤宁宫，见晚蓉正以不明语言歌唱，穿着超出自己体重的神衣轻盈起舞。

注射帕比妥蕾镇静剂后，晚蓉瘫身睡去。诊断是精神分裂症，目前西方医学还无治疗之道。皇后的父亲远嵘去年曾发疯，给家人绑去协和医学院。精神病有遗传性，父亲有，女儿也会有。

六飞说见过远嵘，人正常得很。教授解释，精神病无法根治，但有应急之法，吸鸦片可抑制一时。

六飞蹙眉："是它啊……医生要有医德，请保密。"

天亮后，前清旧日大臣们进宫贺喜，大部分人在殿外叩首，少部分人有资格面见。六飞端坐，不见皇后。

下午，驻京外国使馆官员进宫贺喜，多携夫人而来。共计一百四十九人，大部分被安排在乾清宫中殿吃茶点，少部分去东暖阁面见。晚蓉戴东珠高挑的三层凤冠，身着石青色肩领的龙袍，肤白如羊脂，唇红若桃尖。

各国媒体盛赞皇后有惊世美貌，格外镇定的高贵气质。

九　以儒解经

大婚第五天，皇帝、皇后离开坤宁宫。晚蓉搬去储秀宫，按照她的生活习性，储秀宫装备了西式餐桌、钢琴、浴缸。

入夜，六飞至长春宫，行到殿外环廊便不走了。走廊墙面镶嵌着十二幅《红楼梦》情节的瓷片画，慈禧太后生前所制。

敬懿太妃带淑秀在殿门内候迎，站久了，赶去环廊："皇帝赏画呢？"

六飞回过神，道："是呀。"

敬懿太妃："淑秀是我调教的，能不能给我个面儿，少看两眼画？"

六飞笑了："给面儿。"

六飞与淑秀独处，得知她不通英文，因家贫请不起洋人教师。感慨人间不平，六飞道："我有钱，我给你请。"

淑秀谢恩。两人半晌没话，淑秀憋红脸，终于开口："皇帝，听戏累了吧，您不歇息呀？"

六飞猴子般挠着手背："你没受过西方教育，有些话我怕你听不懂，反觉得我在欺负你。得等你上两年学，才好跟你说。"

淑秀:"敬懿太妃说您从小心眼好,您说吧。"

六飞闪开眼:"今晚不能圆房,要圆,得两年后。"

淑秀:"行。我就再穿两年旧衣裳。"妃子旧衣入宫,得皇帝临幸后,次日方穿嫁衣。

六飞:"忘了这事,害你不能穿新衣,抱歉抱歉。"抬眼细看她。

迎着他目光,淑秀笑了:"皇帝,原本我怕您,您一来,我就不怕了。因为好像是您怕我,您一直在挠手。"

六飞停了手,保持笑容:"两年后,我也不会跟你圆房。你得一辈子穿旧衣。"为免再挠手,两手互握,紧紧团住,"我已爱上皇后,没法再有你。"

淑秀红了眼睑。

六飞过意不去,道:"不想耽误你一辈子。咱俩君子之约,你在宫里待两年,我给你请四位洋老师,好好学两年,两年后再出宫。"

淑秀:"要休了我?"

六飞:"是离婚。离婚是文明的开始,英国百年前颁布了离婚法,英国从此富强,赶超了大清……唉,你得学习,两年后才能明白我今晚说的。"

最终两人和衣躺在了床上,中间隔着一人距离。六飞告之,这空虚一人是皇后,不可逾越。同榻而眠,只因不忍心她穿两年旧衣,而假装圆房。

淑秀："敬懿太妃说得没错，您心眼好，我怎么报答？"

六飞挠额："你家祖上是萨满，你家秘传的咒语法术，献给我吧。"

淑秀翻身伏于床面："皇帝，我家改了信，是蒙古族穆斯林。"

东北地区的蒙古人有一小股信奉伊斯兰教，然而不穿回族服饰，保持蒙古衣着。蒙古族穆斯林只拜造物主，不拜神鬼精怪。咒语法术是神鬼精怪的玩意儿，蒙古族穆斯林认为，神鬼精怪的特征是失败，他们没有改变世界的能力，却向人类夸口说有，骗人类向他们祈求。

淑秀："神鬼精怪必然失败，世界不是神鬼精怪造的。神鬼精怪也是造物，怎能改变世界？我们只向造世界的主祈求，只要主佑助。"

六飞："嗯！听着很有道理。"

淑秀羞红脸："蒙古族穆斯林有好听的歌，您想听么？"唱起，腔调低沉回转，有着旷古幽情。

听了会儿，六飞突然变色，举手打断淑秀："我得出宫了。"迈腿下床，拎衣服走出二十多步，回身见淑秀光脚追来。

淑秀："我大喜日子，您离了我屋，别人会笑话我！"

六飞："去半个时辰，完事就回。"

淑秀阻在六飞身前："两年后您休了我都行，就是今晚别出屋。"眼泛泪花，毕竟才十四岁，少女的祈求神情如同天使。

六飞手抚她肩："我去办的，是国家大事。"

淑秀："您心眼好——"

六飞缩手："带你一块去！咱俩不分开，就没人笑话你。"

陈泊迁住皇宫外东侧的灵境胡同七号，六飞和淑秀未能进宅。皇上驾临，陈泊迁不但没有迎接，反而认为皇上突然造访大臣家，有失君臣体统，命门房传话，他绝不会开门。

六飞在门外等了二十分钟，挽淑秀上台阶，未等门房说话，直接迈进门去。门房不敢拦，步步后退，便进了门。

陈泊迁书房亮着灯，其实早已起身，穿戴整齐，听见庭院脚步响起，便出屋迎接。书房落座后，陈泊迁莞尔一笑："知道门房拦不住您，您说了什么，让进来的？"

六飞："还用说什么？我是皇上，他敢拦我？"

陈泊迁愣了下神："本以为您会用我教你的礼法，以礼服人……"

六飞："找您是商量国事。国事紧迫。"

叫淑秀唱歌，唱了十来句，陈泊迁喊停："那是儒家学堂里《论语》的唱法。您五岁时教过您。德宗景皇帝废了儒家学堂，转眼二十年了。现今的年轻人已不知《论语》是要唱的。"

六飞："蒙古族穆斯林歌曲为何不用中东曲调，用《论语》腔？"

陈泊迁应答，大明末年、大清初年，回族学者兴起一股以儒家理论解释中东经典的学风，所谓"以儒解经"，代表人物有王岱舆、刘智、马注、金天柱。不用中东古曲，用《论语》调子,是那时的创举。

六飞:"好啊,大清复国,满族和蒙古人是心向我的,回族则冷淡。现今我妃子是蒙古族穆斯林,正可得回族拥护,如此满族所在的东北,蒙古人所在的蒙古,再加上回族所在的甘肃陕西,已有半壁山河。"

陈泊迁苦笑:"皇上,不成。高宗纯皇帝办了错事。"

外来宗教在中国延续,得经过儒家包装,认同中华人伦。佛教在东汉时传入,屡遭官方和民间的排斥,至唐朝末年几乎被铲除。北宋和尚重新阐释佛经,表明佛教本有敬天祭祖、忠君尽孝、尊妻重友的儒家理念,方才幸存于中华。

读书人以儒家为正统,谈佛论道是业余雅兴。如果全心信仰佛道,会被认为人格偏激,不好交朋友。

乾隆打断了回族在大明末年开始的"以儒解经"进程,将代表人物的著作划为禁书,发现持有即定罪。拒绝回族汉化,为分化回族和汉人,方便治理。

陈伯迁:"回族跟你家不亲近。大清一亡,立刻拥护民国政府,大清复国,指望不上他们。"

六飞败兴,转向淑秀:"看来,我娶你是白娶了……"

淑秀大喝:"皇上!"少女元气十足的高音,利箭般穿透陈泊迁耳膜,震得口里发甜。

皇后所居的储秀宫中,晚蓉眼神亮如夜莺。见外国大使的那天,御医让她抽了鸦片,从此备上伺候吸鸦片的宫女。

六飞今日入住长春宫……心情糟透。鸦片过后，竟觉得那是件可乐事。后半夜了，仍亮着眼睛。

皇后入夜有十余名宫女陪睡，床前四位，隔间外四位，殿外走廊搭棚坐六位。十一岁至十四岁当宫女，便爱躲避夜巡队，独逛紫禁城。用少女时的技巧，晚蓉从床帐后侧下床，掀窗板时，被值班宫女听到响动，忙潜回床上，感慨："当了皇后，确不一样。"

宁寿宫后花园西南隅，有座二层小楼，名云光楼。西侧是睡房，东侧是念佛堂，书"西方极乐世界安养道场"的匾额。李敬事现住这里。

皇上大婚前，会安排五个宫女跟皇上试床，以免迎娶皇后时不知所措。六飞十四岁有了性事，两年里生了四个小孩。六飞不知有孩子，宫女怀孕，便迁出宫去，不再让她见六飞。

皇上大婚前跟宫女试床生的孩子，算代替皇上出家人的孩子。宫中旧习，皇上十一岁时，会选定一个八字相同的少年代他出家，住宫中佛堂。六飞十一岁，康谨太妃怕报界知道此事，指责满清帝制没人性，强迫少年出家，毁人一生，于是明里暗里都没找。

皇上大婚前，得有人代皇上出家，否则不合礼法。内务府应急，建议在随应的里选，见李敬事和六飞越长越像，顾不上八字，定他做了替身。

李敬事剃了光头，不烫香疤，每日在念佛堂待到深夜。云光楼侍卫敬他勤修佛法，其实他修的是李谙达法术。入宫四年，终于有了独处的大段时间，格外珍惜，希望很快能让开枪人手偏。

六飞携淑秀回长春宫，仍中间如隔一人的躺法。六飞想心事，淑秀不敢先他睡去，努睫支撑。

六飞困了时，淑秀凑上来："禀告皇帝，我有个想法。"

六飞："去去。"

淑秀卧回原处，听六飞呼吸声还未沉下去，又言："皇帝，请听我言。蒙古族穆斯林诗歌是代代口传，从未落成字。我翻译成汉文，这份功德能帮您得到甘陕回族的好感吧？"

六飞："能。"

淑秀："那我做了？"

六飞："准。"

六飞呼吸变沉，淑秀亢奋得不困了，能帮上男人，似是女人的幸福。

十　梨花落尽春去了

大婚两年后，未有皇子诞生。

初夏，传来八世哲布尊丹巴的死讯。外蒙古人民革命党改组政府，宣布不寻找转世灵童。哲布尊丹巴活佛体系就此终结，外蒙古成共和国。

六飞在中正殿雨花阁，亲笔画了一幅水墨梅花，题词"未及相见已相别，天下梅折又一枝"。比喻大清疆土，如被折下一枝，不可复原。

仲夏，张作霖来信，说他重整军队，即将南下跟吴佩孚再战，一出山海关便打龙旗，以复辟大清的名义开战。对张作霖的来信，六飞提不起兴致，回信只说忠心可嘉。

九月十五日，张作霖兵出山海关，未打龙旗。来信说，请皇上理解，实在是民国日久，百姓已认同共和制。打出龙旗，会引发民变，加大风险，等彻底击败吴佩孚，再打龙旗。

十一月三日，吴佩孚兵败。当年为扳倒徐烛宾，敢放张作霖回东北，是有军事自信。数年内，吴佩孚购买德国军舰飞机，武器装备优于张作霖，一贯"以少胜多"的他迅速扩军，兵力上也超过了张作霖。

不料部下马玉镶被张作霖策反，大战关键时反戈一击，造成吴佩孚全线崩溃。当年如何打败的张作霖，今日也如何被张作霖打败。

吴佩孚从天津出海，逃去南方，张作霖仍未打龙旗。

十一月五日上午十点，高小亭、兰词芳进宫演《霸王别姬》，康谨太妃所召。

两年前大婚，京城名角儿进宫连演二十天，高、兰以《霸王别姬》压轴，竟然未出变故，第一次未被打断，演成了。皇帝、皇后模仿英国歌剧习俗，走上戏台，向高、兰二人献花。

扮装时，兰词芳问："演《霸王别姬》必出事。上回是没出事，可两年了，咱俩也没敢再演。叔，我心不安。"

高小亭："《霸王别姬》是邪行，只有皇帝镇得住。之前出事，因为看戏的不是乱臣便是贼子，镇不住。"

兰词芳："也是呀。"

高小亭："放心唱，听叔的。"

一夜无事，《霸王别姬》演完，六飞携晚蓉、淑秀上台献花。高小亭自抽一记耳光："要知道今晚能演得好成这样，早该求皇上，用您的摄影机给拍下来！瞧我这张嘴啊，为什么不多这一句话！"作态虚打，不坏装容油彩。

下台后，晚蓉问六飞："你打耳光的毛病，是跟他学的？"

六飞眼现迷惘，摇首："他这毛病是近年有的，我是五岁会的，比他早多了。到底是谁教我的？多少年都没想起来……"

台下响起一声宫女的高腔："兰词芳，下来吧，康谨太妃赏你啊。"

兰词芳激出一身汗。六飞十二岁时，兰词芳刚成名，第一次进宫献艺。康谨太妃以腕上戴的翡翠镯子赏他，却不摘下，想肌肤相亲，要他亲手摘。

行到康谨太妃座前。他是蛾眉杏眼的装容，她是久病者药物激出的反常红润。

康谨太妃："兰词芳，我心疼你，你两条大长腿，为跟高小亭配戏，多久都屈着膝盖，苦了你。"

兰词芳："旦角高过须生，台上难看。该如此。"

康谨太妃落泪："我此生没别的愿望，就想你以后别再矮着身子唱戏，能伸直了你两条腿。"

兰词芳："您心肠好，老天已全了您心愿，亭叔给我找到一位大高个，正教他，日后我跟他配戏。"

台上站起位大高个，高小亭为带他开眼界，充个拉京胡的乐师进宫。看他比兰词芳高出一头有余，康谨太妃有了笑容："放心了。大个子，你叫什么呀？"

"柴慕之。"浓重的山东口音。

康谨太妃怒了脸："高小亭，你找的什么人！"

高小亭："这是个奇才，平时说话口音扳不过来，但要开口唱，就是满打满算的太戏腔。快，给太妃唱口黄天霸！"

柴慕之作揖行礼，唱起《连环套》："豪情踏上马良关，一见此马心喜欢,果真是大胆英雄汉,定要到手不空游。"

康谨太妃摆手叫停,舒了心:"你是奇才,兰大爷栽培你,日后要对得起兰大爷。"柴慕之答应。康谨太妃:"赏。黄金三十两。"

柴慕之:"多谢太妃,对我而言,有比黄金更金贵的东西,求您赏下。"

康谨太妃皱眉:"你是个刁人,说。"

柴慕之:"日后我接亭叔的班。亭叔最拿手的是黄天霸,那是康熙皇帝御前侍卫,守护皇宫的人,我想沿着皇宫城头走一圈,得览全貌。有了这一圈,我演黄天霸便内心真实了,会唱出彩。"

急了一旁的高小亭,向康谨太妃请罪:"您别理他,他是受演话剧的人影响,要体验现实。咱是唱戏的,在戏词上体验足够了。"

康谨太妃笑道:"让你走半圈。"言罢望向晚蓉,"罪过,忘了宫里我不管事啦。"

晚蓉:"您无错。走半圈。"

侍卫领柴慕之登城头去了。康谨太妃挑起右手大拇指,上面戴个扳指。扳指是男人饰品,射箭拉弦时的物件。女人不会戴它,是早准备赏给兰词芳的。

康谨太妃:"兰词芳,你的了。"

扳指灰白色玉质,并不摘下递太监转交。

兰词芳跪倒谢恩。

康谨太妃又道:"你的了。"

扳指仍挑在自己手上。

兰词芳起身，原地再次跪倒谢恩。

七年前赏翡翠手镯一幕，六飞尚有记忆。此时已经历过女人，登时明白当年实情，暗觉好笑，正思索要不要自己上前取扳指转给兰词芳，耳听康谨太妃喊道："兰大爷！接住了！"

扳指脱手而出，飞向兰词芳。

兰词芳一身飞贼功夫，抬手即接住。扳指触到掌心，骤然心慌。怕有万一闪失，手折在胸前，腾空一个小翻子，整个身子卷住握扳指的手。"啪"的一声脆响，后背结结实实摔在地上。展开身体，扳指套入拇指。

康谨太妃："没摔坏吧？"

兰词芳："没摔坏。"

康谨太妃："那我就不管你了，下去吧。下辈子遇上，你要还唱戏，就还唱给我听。"

兰词芳急抬眼，见十余名宫女抬屏风封住康谨太妃座位四面，已看不到她脸。兰词芳痛如骨碎，霎时血丝满眼。

宫女领班传康谨太妃口唤，要众人离场，只让皇上一人入屏风。

行入屏风，见康谨太妃手握一信封，言："交给张作霖。"

六飞答应，蹲在她膝前，她摘下三片湖蓝色假指甲。真指甲呈紫黑色，服毒迹象。

六飞眼中闪过一道凶恶之光后，温和下来，如一个乖乖的四五岁小孩，讨人喜欢的笑脸："您伤了我心。孩童时入宫，您最照顾我，三年前，我已没了亲娘，您真舍得抛下我？"

康谨太妃："你亲娘是个豪杰，我想我这老姐妹了。"

六飞笑得灿烂："我娘傻，您也跟着傻呀？"

康谨太妃："只要张作霖打出龙旗，您得着了好，我们老姐妹两条命是赚足了便宜。"

六飞："呵呵，大美事。"

康谨太妃："说对了，大美事。"

面容满是慈爱，眼珠少女般透亮。

对视着她，不知过去多久，六飞听到有人在哭，惨如狼嗥，刺耳至极。终于忍无可忍，起身怒吼："兰词芳！你在外面瞎哭什么呢！御前侍卫，把兰词芳给我砍了！"

屏风打开道缝，晚蓉闪入，迎面抱住六飞："兰词芳早走啦，除了我和淑秀，外面没别人。"

六飞："淑秀哭的？太难听了，赶出宫去。"

晚蓉："皇上，是你哭的。"

六飞歪嘴一笑："我？宫里都知道，皇上没痒痒肉、没眼泪，我从小不怕人挠痒痒，从小没哭过。"转视康谨太妃，见她眼皮已合，早是死态。

两行泪淌下，六飞道："看看，好好的大清，亡在这些刚强娘们手里。当今世道，还有'以死相逼'就能办成的事么？晚蓉接旨！淑秀你也来吧。"

二女跪下，六飞指向康谨太妃遗体："你俩要以她为戒，千万不要觉得自己能明白国事,千万不要觉得你们能为我做什么。日后无论情况多糟糕,都不要管我。我的事我自己管,听明白了吧?"

二女未答。

六飞抬手自抽一记耳光,未用技巧,面颊落下红肿指印:"我这当的什么皇上,就没人听我的!"

二女急应:"遵旨。"

六飞抹去眼泪,望了会儿天,道:"那个大个子柴慕之,还在城头上瞎溜达吧?你俩拿上棍子,跟着我,把他打出去!"

上了围城,侍卫禀告,柴慕之已走。临走时留了话,说愧对康谨太后嘱托,这辈子不能跟兰词芳配戏了。因为鸟瞰皇宫后,觉得戏台上扮黄天霸扮楚霸王,都没意思了。他要投身军队,实实在在当个豪杰,方不辜负男儿身。

六飞沿他走过的路线行了一遍,见层层叠叠的大殿背脊海涛般壮丽,感慨:"不怪他。我看了都生豪气,觉得该做点什么。"

俯视下,进来一队军警,持手枪,见到人就喊立正。军警有二十几名,一路深入,被喝住的侍卫宫女越来越多。

六飞摘下腰牌,传令城头侍从,速调景山御园的骑兵进宫。

军警行到天街广场,景山骑兵仍未赶到。过了天街,便是女眷所在的后宫。六飞带八名太监,骑挂步枪的英国军用自行车驶来,拦在后宫大门前。

领队军警五官清俊，书香子弟模样，四十余岁，身边陪着伦贝子。伦贝子介绍，他是新上任的民国京城卫戍司令鹿忠麟，他叔伯里出了位大清名臣——鹿滋轩，历任四川总督、陕西巡抚，病逝在大清亡的前一年。

提到鹿滋轩，鹿忠麟表情有欠自然，对六飞说："见了您，不知行什么礼。当您是皇上，还是民国国民？"

六飞："你叔伯当我是什么，你随你叔伯即好。"

鹿忠麟大笑："不愧是皇上，厉害。"

当即三拜九叩，额撞石面，砰砰作响，之后起身："礼数到此为止。我要行使民众赋予我的权力，赶您出宫。皇宫财富是你家二百多年压榨的民众血汗，不该一人独贪，要还给全体国民。你无权再住下去。"

伦贝子："景山御园的一千二百护军、皇宫东西侧的治安警察，从昨夜子时到今早九点，都已让鹿司令缴了枪械。"

六飞面露赞许："不愧是我大清名臣的子侄，办事干净利索。"

鹿忠麟："过奖。我现在该当你是皇上，还是民国国民？对封建反动的皇上，民众有权流放、囚禁、送上断头台。对国民，我作为国家军人，有保护每一位国民的义务。"

六飞："包括我？"

鹿忠麟："包括您！"

六飞拍手称快，平民听戏般喊了声好。

鹿忠麟原意是要宫中所有人三小时内全部搬离，经伦贝子辩解说明，终于承认人多事繁，不可能三小时忙完。况且康谨太妃刚过世，人死为大，妄动尸身，会遭天下唾骂。

鹿忠麟允许其他人拖延几日，但为新闻效果，坚持要六飞携皇后、皇妃下午四点准时出宫，一人可带两个手提箱装衣服，不许匿藏古董金银。

六飞买的汽车不能用，宫中汽车库贴上封条，成为国家资产。鹿忠麟从北京市政府调来五辆美国顺风牌轿车，他陪六飞共一辆，晚蓉、淑秀各一辆，各携两名随侍宫女和一位赶来的年长女性亲戚。伦贝子和赶到的三名内务府官员挤一辆，最后一辆是四名鹿忠麟保镖。

四点出发时，六飞要求多带一人。向鹿忠麟解释，那是代皇上出家的化身，皇上出宫，化身还留在宫里，等于皇上还在。

拖延了十分钟，剃光头穿僧袍的李敬事被军警押来，上了六飞的车。

四点十分，车队启动，自此皇宫再无皇上。

鹿忠麟瞥见六飞手上捏着个布娃娃，布面陈旧失色，甚至还有脏斑，不知多少年没洗过。问："你拿个什么东西？"

六飞一笑："我也不知是什么东西。丁巳年张勋复辟，率兵进京，大夜里闯宫，非要见我。我是十二岁孩子，觉得他长相吓人，不知该怎么办，但明白这当口不能说错话。我不说话，他也不说，对坐到天亮。我腿面上的汗，腻得像抹了肥皂，不知出过多少遍。我父醇亲王进宫，跟张勋谈事了，我才发觉手里多了个布娃娃，已经捏了它一晚上。可这东西怎么到我手里的，全无记忆。"

鹿忠嶙道声"邪行"，恍若身陷其境，入了七年前那一夜。

前座的李敬事扭头望向六飞，心道：那是兰词芳家传的大师哥，我带它进宫，被你夺去，过了这么多年，没想到你还留着。

鹿忠嶙："皇上，十二岁你捏着这东西渡过险境，是不是心底拿它当护身符了？觉得捏着它，我就不会伤害你？"

六飞眼神闪向车窗外。鹿忠嶙弹开腰际枪套，冷冷道："不是，就开窗，把它扔了。"

六飞盯数秒窗外，回过脸，上眼线利如刀刃，似成了另一个人："鹿忠嶙！你想什么呢！"

惊得鹿忠嶙合上枪套盖："哪里哪里，开个玩笑。"

六飞"嗯"一声，侧身看窗外，不再说话。挨着他，鹿忠嶙有股强烈的自责感，不自觉垂下头，不再说话。

轿车猛停下。

车窗可见，兰词芳梳背头，着雪白西装，骑车冲来。英国双人座军用三轮自行车，车斗里是一架马可沁机关枪，子弹带乱晃。六飞十二岁，他进宫首唱，六飞所赐。他一人蹬原本双人蹬的链条，十分费劲。

鹿忠嶙开门下车："兰大爷，您这是干什么？"

兰词芳："我受恩多年，皇上有难，我得来。"

鹿忠嶙变脸："我礼敬在先，别给脸不要脸，逼我打死你这不男不女的妖人。"

身后一声断喝："鹿忠嶙！说什么呢！"回视，见六飞下了轿车，迎风而立，清瘦身形给人一种说不出的压力。

看得鹿忠嶙心服，回想自己的长官马玉镶，以及亲见过的当世豪杰吴佩孚、张作霖、段祺瑞，似乎都比不上这位十九岁人的气度。

唉，想错了，马、吴、张、段，年轻时受的是兵营操习，他是自小培养的皇帝威仪，一眼望去，人的高下立判，还得看早年受的是什么训练……

转念想起他像一人，暗道"不对不对"，前年回河北老家，家乡新修了关公庙，这十九岁人的怒容是家乡关公的眉眼！

六飞走来。宫里养成的习惯，步子走得理所当然。军警们看着，竟无人想起要拦他。越过鹿忠嶙，六飞握住三轮车车把："兰词芳，下来吧。"

兰词芳"唉"一声，左脚蹬右脚，腾身小翻子，轻巧落地。动作之漂亮，激得军警喊起好来。

六飞："这时候你还卖弄？"

兰词芳："不瞒您说，我是打算今儿就死。唱戏得了一辈子好，死前想再听一声。"

六飞："你是全为我？"

兰词芳："皇上圣明，小半为您，大半为……"

六飞转眼，见鹿忠嶙近前，伸手阻止："我跟兰大爷聊两句私话，劳你退步。"

鹿忠嶙想说"别太久"，又觉得这么说，显得自己特别没意思，想着该说什么，人已退出十二三步。

见他远了，兰词芳问六飞："康谨太妃……真的仙去了？"

"你来救我，为死给她？"

兰词芳："我这辈子是聪明人。今儿这阵势，没想过能救出您，我纯是要死给她。"

六飞："你倒讲实话……咦，高小亭呢，他怎么不来救我？"

兰词芳："他心小，不装事，管他呢。皇上，我这辈子几句话交代给您吧，这辈子我是坏人，坏过不少良家媳妇、未嫁姑娘。可我享了大名、挣了大钱、得了大好，我自个都觉得没天理。谁想今天报应就来了，康谨太妃一死，我也不想活了。大爷经过的女人多了，不至于——我能在嘴上这么劝自己，可就是止不住心里难过。"缓口气，"这难过是太难过了，我吸气都没耐心了。老天通过康谨太妃报应我，之前犯的种种罪，一次性罚下来。"

待他静一会儿，六飞道："你要敬我还是皇上，就跟我赌一局。赌这一路，高小亭、王果味、胡可式、陈泊迁、赵共乡一一出现，拦车护驾。少一个人来，你就死。"

机关枪三轮车由两名军警骑着，遥跟在车队后。兰词芳入轿车，和六飞、鹿忠嶙挤在后座。

六飞递上布娃娃，让兰词芳捏手里："这东西能稳住心神，我验证过，你试试。"

车队重新启动，想到颐和园距京十五公里，路途长，老朋友们怎么都会赶到，兰词芳的命是赌下来了。六飞觉得惬意，吩咐侍从般吩咐鹿忠麟："我打个盹，到了颐和园喊我声。"

鹿忠麟："您去颐和园干吗？"

六飞："啊，出了宫，我不就住那么？"

鹿忠麟："颐和园已归国有，属于民众。"

六飞："属于谁？"

鹿忠麟："每个人。所有人。"

六飞："不包括我？"

鹿忠麟尴尬点头。

六飞："那我去哪儿？"

鹿忠麟："回家。"

六飞："我还有家？"

鹿忠麟："你父母家。"

六飞："那太近了。啊？到啦！"

醇王府在皇宫后门外的什刹海甘石桥，往日从宫内养心殿到醇王府是十二分钟车程。六飞下车，兰词芳辞行，递还布娃娃："您到家了。皇上保重，我寻死去了。"

未等六飞说话，兰词芳掉头即走。六飞想不出话，反是鹿忠麟追一句："兰大爷，您的机关枪不要啦？小的们马上骑来了。"

兰词芳没答话，不回头地走远。

宅门规矩，儿子回父母家，也需门房通报。众人等在车里，鹿忠麟和伦贝子上台阶，跟门房交涉不通，愤愤回到车前。

鹿忠麟："世上竟有这样的父亲！"

伦贝子："皇上，醇王回话，这是天大的事，他接不住，还是让皇上回宫吧！"

六飞大喜，狠捏手里布娃娃："进不了家门，路就没走完。快把兰词芳喊回来！"

兰词芳回来时，请进车里，听六飞正向鹿忠麟聊醇亲王。

"太皇太后仙去前选皇帝，没选伦贝子，选了我。我才三岁，要有个人当摄政王，帮我把天下看住了。太皇太后又没选伦贝子，选了我的父亲。父亲没看住，从此性格孤僻，说话也口吃了。

"我小时候回家，难见到父亲面。见到了，觉得他脸奇怪，跟别人长得都不一样。长大了才知道，那叫——满脸歉意。"

鹿忠麟："唉，当爹的，要总觉得对不起儿子，日子可怎么过？我挺同情醇王。"

六飞："但当儿子，得孝敬，你知道我怎么孝敬他？"

鹿忠麟已能熟人老友般接话："您给讲讲？"

"父亲大人孤僻后，喜欢上画画。我的天赋在书法，看到梅兰竹菊就心烦，为报父恩，耐着性子画画。画好一幅，叫侍卫送到醇王府，求父亲大人题诗。题诗的画送回宫里，我补诗一首，大意是——您老人家书法好,书法通人品,可见您是位品格高尚的人。再将画正式赏赐给父亲,命内务府官员列队送去醇王府。听弟弟妹妹说,接到赐画,父亲好多天都是笑模样,挂在书房反复看,有时还半夜起来挑灯看一会儿。"

鹿忠麟拍手称道:"父子合璧,艺术珍品!"

六飞:"我擅字不擅画,父亲擅画不擅字,我爷俩弱项凑一块,能好么?"

鹿忠麟:"您不最后写字了么?"

六飞:"我补诗,是赞美父亲大人书法好,得故意拙笔,不能好过他。"

鹿忠麟听罢大笑。此时胡同跑入三十名持枪士兵,驱赶看热闹人群,二十名工程兵拉车进来,在醇王府大门左右设立了栅栏岗亭。

鹿忠麟止住笑:"送您进醇王府,是我老总马玉镶的意思,我必须办到。醇王再不开门,我要让士兵砸门啦。"

六飞叹气:"我有办法。"上台阶吩咐门房,"你进去禀告,再不开门,儿子要在大街上骂爹了。"

三年前,生母服毒自尽,醇王不愿六飞看到死态,拒之门外,他便是用这话逼开了家门。

传话不久,正门迟缓打开。醇王站在门口,歉意满脸,口吃得说不上话,反复念叨:"这算什么事,算什么呀?"

士兵接管门房。鹿忠麟劝兰词芳把机关枪三轮车带走:"民国政府尊重个人私产，兰大爷您还是骑走吧。"

六飞喊一嗓子："宫里尽是我私产。"鹿钟麟没接话，六飞请他远几步，问兰词芳："你是今儿死么？"兰词芳点头。

六飞："太皇太后仙去，她的大总管李谙达可是守墓三年才死的。"

兰词芳："大总管是官人，求的是事上周到。我是伶人，伶人求心里痛快。"

六飞："起码过了头七吧？"

亡者死后七日，据称会还魂，与守灵者相见。兰词芳点头，跨上机关枪三轮车而去。

子弹带晃悠悠，瞥见夕阳光照的一片深红。诧异世上竟有如此美的色彩，兰词芳遥望片刻，反应过来那是宫墙，竟然不自觉骑近皇宫。

眼前路不通，马玉镶部队封锁了皇宫后街。兰词芳要转路，见五名士兵持枪将街上二人逼进个胡同，竟是高小亭和一个枯瘦文人。高小亭作揖说好话，那人是昂首就义的模样。

兰词芳骑车绕去那条胡同，高小亭介绍，同行的枯瘦文人叫王果味。宫中出事时，高小亭接到胡可式电话，说王果味拿着望远镜和笔记本候在皇宫外，记录卡车数量和车号，取得证据，认为马玉镶驱逐皇上出宫，是要劫掠宫中财宝做军费。

胡可式担心王果味被士兵殴打，托高小亭也去，高小亭名气大，会得善待。高小亭刚找到王果味，便被士兵发现了，没挨打，望远镜和笔记本遭没收。

胡可式联络二十多名京城名士去民国政府抗议，闹给新闻界看。陈泊迁拉着皇后父亲远嵘，耍老脸，骂马玉镶去了。赵共乡离京去找张作霖了。

兰词芳心想："亭叔给皇上唱黄天霸唱多了，以致皇上一时只想到戏里的拦车救驾才是忠心，忘了你们都是才干之士。唉，你们都知道该忙什么，我的命便赌输了。"

耳听王果味愤愤而言："鹿忠麟驱逐护军侍卫，调两个连军警看守皇宫，留在宫里的敬懿、荣惠两太妃一直无消息传出。"

兰词芳一个激灵："两个连！一连多少人？"

王果味："一连一百人，但鹿忠麟派的是加强连……"

兰词芳急了："加强连多少人？"

王果味："多三十人。"

最多不过二百六十人，在广阔皇宫，如一把盐撒于大海。兰词芳稳住语气，继续问："宫中还剩多少太监宫女？"

王果味："应该没剩多少。去年皇上已遣散了千名太监，下午皇上走后，四百零七名太监、一百零一名宫女被军警赶出宫，不许带行李，发太监十块钱、宫女八块钱做路费。"

兰词芳："你怎么知道得这么清楚？"

王果味："拿望远镜一个个数的！"

近乎狂喜。七年前首次进宫献艺，与康谨太妃一见生情，可怜一身飞贼绝技，在严密的皇宫守卫系统前无隙可入。康谨太妃转到灯市大街念佛堂过夜，又遭赵共乡阻拦……

皇宫守夜是专门技术。鹿忠嶙用军警守大街守仓库的方法，岗亭位置、夜巡路线都不会对，视觉上必有盲点。人多眼杂的太监宫女又不剩多少……

这一切发生在七年前该有多好，潜入宫中易如反掌，康谨太妃却人已不在。

康谨太妃停灵在慈宁宫西暖阁，按夜里制度要二十人守着。宫里人被赶出大半，缩编为四名宫女在殿内正厅搭床睡觉，殿外走廊搭棚坐四名太监。

一名宫女半夜醒转，隐约听见有男子哽咽哭泣。正害怕是闹鬼，整个人落进个牛皮袋子，腾空而去。

一个时辰后，她被袋子倒回床上，另三名宫女仍在酣睡，她忍下了此事。

次夜，她睡得昏沉，临天亮，被痛哭声吵醒。有名宫女发生了和她昨夜一样的事，没忍住。

晚蓉出宫，康谨仙去，敬懿太妃在"庚子国难"时曾主持后宫，宫里人自觉以她为主。询问了两名宫女的经历，都是没来得及反应即被装入牛皮口袋，背到间空房成欢。

敬懿太妃排除是驻宫军警犯案，判定是古老的飞贼技。责问第一晚遭难的宫女："出了事，当日怎么不言语？"

宫女涨红脸："迷迷糊糊，觉得那男人还挺好看的。我认了。"

"后来怎么又说了？"

宫女："没想到害了别的姐妹。"

"还算仁义。讲讲那男人有多好看。"

宫女："兰大爷一般。"

"啊！你看清了他五官？"

宫女："看不清，脸上蒙着布呢。就是觉得是个兰大爷一般好看的人。"

敬懿太妃吩咐宫女们晚上都别睡了，在走廊搭棚里跟太监一块坐着，白日再补觉。连日无事。至头七日，亡者的亲戚好友要在灵柩前坐至凌晨，给亡者游魂看一眼。敬懿太妃和荣惠太妃来慈宁宫，荣惠太妃体质不佳，勉力支撑到子夜，回重华宫歇息了。

敬懿太妃守到凌晨两点，命宫女太监退出大殿，仰面道："上面的先生，你也守了大半夜，辛苦了。"

梁上闪出一位背袋子的蒙面客，袋子里取出长绳，顺绳落下，浓烈的山东口音："太妃厉害，怎么察觉到我？"

敬懿太妃："猜你在。康谨太妃有恩于你？"

蒙面客点头承认。

敬懿太妃："为何还要坏她的宫女？"

蒙面客："您有没有经历过这种心境——事情已很坏了，正着急该怎么挽回，却忽生一念，想让事情变得更坏。这念头越来越强，根本克制不住。"

敬懿太妃叹气："有过。"

蒙面客："第一夜入宫，我只为看康谨太妃遗容而来，灵柩前一哭，却想作恶。我是恶行累累的人，再增点恶行，能早点受报应。"言罢哽咽。

敬懿太妃："是该受报应。你害的两位姑娘，罚你背回家去，选好日子娶了。"

蒙面客止住哭："绝不成。"

敬懿太妃："真以为我不知道你是谁？八天前，宫里来了位学戏的大个子，求康谨太妃特许，沿围城走半圈，得览皇宫地理。他跟你的口音可是一样呀。"

蒙面客忙作揖："太妃英明，柴慕之知错，两位姑娘今晚背走，菩萨一样供起来。"

敬懿太妃："今晚别背了，明晚来背，今晚托你办件事。"掏出一枚白色珍珠，橄榄核般，天然圆润，"大清历代皇帝大典大礼上戴的帽子顶珠，赶在鹿忠嶙军警封养心殿前，我派宫女摸出来的。此珠是祖宗所在，有它在皇上身边，皇上出不了事，你送去醇王府吧。"

蒙面客接住，指尖微晃，已不知藏于何处。以山东口音呵呵笑道："太妃真敢信任人，不怕我这飞贼给贪了？"

敬懿太妃提声呵斥："还耍嘴皮子！学了柴慕之口音，就以为我真不知道你是谁？你不害臊，我报你名啦。"

蒙面客单膝跪下："别别，日后大家怎么见面？"

敬懿太妃降了声调："知道就好。"

蒙面客不再装山东口音，太戏念白："服了您啦，保证送到。"

十一　押下女人哀　赢得诗句满

母亲在世时，六飞一月要住八九日醇王府，有固定居所，叫树滋堂。床如坤宁宫大婚喜幔，深蓝色垂布遮墙。深蓝，是汉人葬礼上的用色，满人却用于喜事，饱含水汽的天色，怎会不吉祥？

马玉镶听鹿忠嶙汇报，六飞给去探望的前清遗老、皇室叔伯留下坦然自若的印象，时常说几句笑话。

马玉镶评价："这就是当皇帝的好处，天生享福，从小没慌过，长大了遇上事，慌不起来。"慨叹一声，"我小时候为吃不上饭着急，为没钱上学着急，为老父亲被人欺负着急。心急如焚，是我的命啊！"

马玉镶下令，去醇王府探望者，从此只准进不准出。报界评论，马玉镶是痛恨帝制，"只进不出"的命令，是他要攒够人，火烧醇王府，一把歼灭。

醇王府再无人来，唯王果味曾自备衣物登门，却被以"官不及二品，无资格与君王共难"的理由拒之门外。

附近住户的一位妇女，半夜被浓重汽油味惊醒，呼号左邻右舍出屋避难，百多号人冷风里站大街到天亮。经警察厅调查，并无汽油，判定是妇女梦到汽油，醒来当真了。

马玉镶，北洋新军第四代，今日政局是他造就。他原是吴佩孚部下，在吴佩孚与张作霖决战之际，临阵倒戈，令吴佩孚兵败。他率军先占北京，张作霖大军迟迟不入京，不知两人间有何协议。

"只进不出"命令下达时，陈泊迁和赵共乡正在醇王府，两人选择留下。几日，身上馊了，换上管家的衣服。

赵共乡禀告马玉镶底细，袁世凯毕竟是荣禄大人晚年培养的接班人，学了荣禄大人一招套一招、一手藏一手的心思。他培养北洋三杰给他打天下，还培养警戒军制约三杰。警戒军首领叫陆建章，马玉镶是他的接班人。

北洋三杰龙虎狗，典故来自太戏《铡美案》中包公所用的龙虎狗三口铡刀。龙铡杀皇亲、虎铡杀官、狗铡杀民。

陈泊迁："呵呵，当年袁世凯称帝，得全国乡绅商贾拥护，南方秀荞也感无奈。眼瞅着老袁要成事了，不料是嫡系的三杰举兵反他，老袁是给自家孩子逼死的。"

赵共乡："老袁还是厉害，死后这么多年，还留有一步棋，灭了三杰最后香火吴佩孚。"

陈泊迁："唉，这就是袁世凯当不上皇帝的原因。商场、战场、官场都要权谋，荣禄大人作为第一权臣更要机关算尽。但向上一步，做皇帝，反要正大光明，不能玩权谋，在最高位玩权谋必被权谋所诛。老袁和三杰互伐而败，败在他们只是将才。"

赵共乡："猛将能臣的才干，反是当皇帝的败因，天道巧妙。"

六飞："陈奢佛，我该怎么办？"

陈泊迁："《老子》有言，我无为而民自化，我好静而民自正，我无事而民自富……"

六飞："闲待着？"

赵共乡元气十足地应答："可以闲待着！大清复国啦！张作霖大兵临近，进京便打龙旗，会迎皇上回宫，再登大宝。"

六飞敛去笑容："你那么确信张作霖是你的人？"

赵共乡："是您的人，您外公荣禄大人生前种下的人，自家孩子。"

六飞被这个词逗笑："自家孩子！哈哈，自家孩子！"笑声从体腔深处发出，似夜半猫嚎。

赵共乡赔笑两声，自信的双眸忽而慌乱。

马玉镶崇尚革命，不住佛寺。驻扎的旃檀寺本是座喇嘛庙，掌管内蒙古的大活佛章嘉住所。庚子年被八国联军烧成平地。国难过后，章嘉活佛迁居嵩祝寺，旃檀寺废墟开辟为皇宫护卫兵营。

报纸登出的马玉镶照片小鼻小眼，传统说法，是个面目不清的人，难成大事。但他体魄伟岸，一米九三的身量，站在平均人高一米六的当世，显得惊天动地。

胡可式来旃檀寺替六飞论理，见马玉镶现身，如骤遇猛虎，吸了口气。"这是民国最不名誉的事情，公然违反立国约定！对手无寸铁的人使用暴力！"胡可式镇定心神后，用力说话。

马玉镶语气柔和，音量重如钟鸣："胡博士，您谈到了立国。请教民国是怎么立起来的?"

"当然是武昌兵变,吓住大清皇室……"

"不是!"

胡可式成为名人后,最恨讲话被打断。被马玉镶打断,却似天经地义,无情绪波澜,竟是准备要听下去的心情,暗怒自己:"我这是怎么了?"

"武昌远在长江,千里之外。天下事,还有个滦州兵变!运兵卡车从滦州出发,四小时到京城。胡博士,你说吓住大清皇室的,是武昌还是滦州?"

那年马玉镶在滦州领兵,袁世凯密令他做的。吓住清皇室后,便把他抓捕。袁世凯成事后要遮蔽阴谋,滦州兵变不准再提,让武昌兵变闻名于世。等他出狱,已是民国。

马玉镶:"坐在您面前的,才是民国真正的缔造者。"

胡可式如遭雷击,之后跟马玉镶又说了许多话。离开旃檀寺后,那些话一句也想不起来,心里纠结:"如果民国是他造就,他的确有权重立规则……我是怎么了?"

张作霖给醇王府送来了信,说马玉镶是个人胡闹,没打过招呼。吴佩孚大军毁于他手,功勋刚立,自己不好批评。

胡可式联合京城报界,向在天津当寓公的段祺瑞请求调停。北洋之虎段祺瑞早无兵卒,为自重,未到京城,写了封私信给马玉镶。

如段祺瑞所料,自己没面子,马玉镶把私信在报纸上公布,附言:"民国十二年来种种乱象,全因立国之初,革命不彻底,保留了皇帝。法国革命去除路易十六、苏俄革命去除尼古拉二世,为社会进步,我愿为全国四万万同胞做此大事。"

"去除"二字是为登报纸的缓和用语。世人皆知,路易十六和皇后双双被杀,尼古拉二世更甚,与皇后子女共十一人被杀。

迟迟不入京的张作霖也登了报纸,邀请广州独立的秀荞来京,共商南北统一,称自己拜服秀荞的政治理念,将以秀荞为上首,让秀先生主持大局。

伦贝子派信使向张作霖询问。张作霖答复:"全为皇上。把秀荞扣在北京,不必开战,便统一了南北。那时我再打龙旗,皇上收的是整块国家。"

信使:"皇上被软禁一事?"

张作霖:"多年来的报纸舆论上,秀荞都是正义的化身,他来京,正好主持公道。"

一九二四年的秀荞现出王者格局。联盟苏俄,创立长洲岛陆军军官学校,在九江镇、东莞县城、广州西关城区三处大开杀戒,剿灭地方商团武装,文治武功赫赫,春风得意之时。

他十月十日发表《北上宣言》后,十三日启程,十七日到达上海,二十三日乘船离沪,却不再北上,东渡日本。登船前受记者采访,被问如何看待皇上出宫。他神色悠扬,回答利索:"那本是我要办的事,感谢马玉镶。"

醇王府内的电话在六飞入府时已被剪断,王府平日订有四十七份欧美画刊、五十五份国内报纸,不准送入。鹿忠麟到来,持一份秀荞言论的报纸,对六飞笑言:"皇上,看来您性命不保。"

六飞眼扫报纸,发现登载了鹿忠麟访谈,说赶六飞出宫是奉命行事。服从命令是军人天职,如接到送六飞回宫的命令,也会立刻执行。

六飞笑了:"你这么说,不怕马玉镶不高兴?"

鹿忠麟:"不会。老马知道,面对记者,头面人物得会说漂亮话。"

六飞:"头面人物?"

鹿忠麟:"攻入京城前,老马跟我早有协议,北京归我管。我以后是京城头面人物。"

六飞:"以后,指的是什么时候?"

鹿忠麟:"你死以后。"

六飞冷了眼,指他腰间配枪:"我现在就可以帮你上位。"

鹿忠麟捂住枪囊:"您死是大事,得方方面面都好看才行。"

六飞拍手:"明白,得把这事办巧了!"

鹿忠麟赔笑:"对对,办巧了。告诉您这话,是想您趁着还有些日子,该吃吃、该玩玩,享乐享乐。"

六飞惆怅:"忠麟啊,我是皇上,从小有福,享乐至今,还怎么享乐?"

鹿忠麟恢复军人威严:"那就找点别的。"

做点什么呢？

久日无语的醇王张口："事已至此，别无他法，办个堂子[1]吧？求人不成，求神吧！"

六飞："那是太宗、世祖禁绝的事。再说，咱们这些人谁会呢？"

醇王禀告，高宗纯皇帝出资出人，整理了萨满仪轨，印成书册，发给每个王府。

六飞叹："又是他，大清真是盛极于他衰于他。办。"

自己的主意被采纳，醇王竟有些激动："这样好，这样好，有事做做，省得心闷，憋出病来。"

看父亲涨红的脸，六飞露出帝王特有的慈祥宽容的笑："所言极是。"

醇王大声道："老臣这就去办！"

六飞："有劳父亲大人。"

眼角泛酸，不能再面对，否则会失态。醇王目盯脚面，保持脑顶朝向六飞，一步步退出屋去。出屋后，暗叹："还是失态了！"

自己行的是仆人之礼。平时府里丫鬟杂役待自己的方式，看多了，情急时给用上了。唉，君臣之间不必这样，撤一步转身走便可，大臣背对皇上不算不敬。更何况是父子……

根据乾隆法本，将办堂子的细则逐条吩咐下去，专人专项，

---

1 萨满仪式。

布置得井井有条，几乎没犯口吃，很有办事的快感。

作为一代摄政王，出任便遭世人讥评是个庸才，不如有才华的伦贝子，也不如有脾气的肃王。果然守不住江山，办砸了天下，自己都骂自己是庸才。

其实，自己喜欢办事，只是没主见，逢当意见纷纷，不知抉择。越拿不准主意越郁闷，最后意志全无，许多事都变成无限拖延，暗觉着，不办总比办砸了好吧？

大清是被我拖黄的……

如果当年，皇上不是三岁，是今年的十九岁——他可有主见！我就省得想了，他说什么我办什么，全心办，全力办。他说得痛快，我活得痛快……那样，大清必不会亡。

醇王呆坐半晌，觉脸上发潮，抬手拭去，不是泪，一层似泪的凉汗。

王府堂子是皇宫坤宁宫的缩小版，西墙挂满树皮、口袋、车轮等不知是何神灵的杂物，蒙着厚厚尘土，刚烧完的炭灰般惨白。

院中立嗦啦杆。嗦啦杆是三丈以上的笔直小树，剥去树皮，不许涂漆，用雕花白石做底座固定，一年换一根。

嗦啦是满语"喉咙"意思，立在院正中偏东南两步的位置，错开正中，因为杆子象征人，不是象征天，只有天神可居中。

此杆比喻人的喉咙，把喉咙献给天，就是把生命献给天。办堂子求神，要杀一口黑毛大猪，挖出喉管缠在杆顶。

杆顶下二尺处安一个粮店里量米的矩形木斗，煮熟的猪肝、猪肠子剁碎了撒里面，乌鸦会来吃。乌鸦在汉人是不吉之物，在满人是大吉，它是老天的口，老天借乌鸦吃走人的奉献。

因为各王府立起的嗦啦杆，京城的乌鸦吃了两百年熟肉。

堂子中央是木板隔成的厨房，三个大号灶台两个中号灶台。黑毛猪横切下猪头，竖切猪身成门板般两扇，用一米二直径的大锅，一锅放一扇。另有两口一米直径中锅，一口单煮猪头，一口单煮内脏。

煮熟后，三分之一内脏送上嗦啦杆喂乌鸦，三分之二内脏剁碎撒白米饭上，配姜汁酱油香油，送门口路人。按规矩，路人要在门口吃完，不能带走。吃了这碗饭，便分担了主人家灾难。

醇王府封禁后，大门前没路人，送给了门外驻扎的军警。军警们赞不绝口，问菜名。醇王府管家张哈哈说："叫卤肉饭。"军警大惊，卤是制盐的废料，黑色液体，有毒。张哈哈解释，叫"卤"是取义黑色，说的是黑毛猪的肉，没毒，放心吃。

军警们每人都吃数碗。卤肉饭油水足，开胃口，十四五岁男孩狠起来能吃二斤多。

张哈哈回门向醇王禀告："祸害咱家的人分担了咱家祸事。他们人多，天大的灾也分得干干净净，不剩丁点！"多年无笑容的醇王笑了，口吃依旧："办、办得漂亮。"

猪肉煮熟后在一个大木槽里拼成完整猪形，猪脑顶插一柄银质尖刀，摆在西墙。

醇王手拍满文刻就诸神名字的榆木板，对着猪头，念道："愿大清复辟，皇帝回宫，马玉镶不得好死，秀莼不得好死，鹿忠嶙不得好死,袁世凯永堕地狱,徐烛宾病魔缠身,皇后早怀龙胎,皇妃早怀龙胎,英国衰落,日本衰落,苏联衰落,美国衰落……"

虽然口吃,却念得快速,跪在一旁也敲神名板的六飞跟不上,道:"父亲大人,您求的是不是太多了?"

醇王张眼,鬼眼森森。轻声禀告六飞,堂子供奉的神灵众多,被乾隆记录下名字的达四百一十七位,前代忘记名字的还不知多少。只提一个请求,让诸神抢着办事,那些没抢到事的神灵会有怨气,反而加害祈求者。

多求为妙。

醇王继续请求,越说越快。六飞再无法辨清他嘴里的词,放弃追随,改自己求自己的,片刻说尽了大小事。感慨人生有限,看似千头万绪,细想则没几件事可做,后来反复念叨"蜜桃双眸",念得咬字不清,忽高忽低,像是许多要求。

祈求完毕,盛猪肉的木槽从支架上取下,抬到厨房外地面。堂子不铺地砖,是故意不夯实的土面,保持松软的自然状态。醇王府王族不分男女老幼,围木槽而坐,坐具故意不讲究,高高矮矮的板凳、竹凳,以仿效祖辈山林时代的聚餐状态。

淑秀是蒙古族穆斯林,独信造物主,不拜山灵水怪,因而回避。晚蓉坐在醇王身边,因皇后身份,醇王坐的木板凳比她矮几分。

六飞在堂子南墙炕上,在炕沿垂腿而坐。炕前置一个四角镶花纹锡片的红木八仙桌,从大木槽分了份肉,盛木盘里送来。

皇上平日用膳一百二十道菜，分为"天地人"三桌，一桌是七张八仙桌拼成的长度。天桌和地桌各三十六道菜，人桌四十八道菜。皇上不上天地桌，吃人桌菜，仅吃临近的三五道菜，示范性吃几口走人。一百二十道菜，菜盘均有保温设置，皇上走后，是近侍、宫女、太监们吃。

皇上解馋和补充营养，是靠太后、太妃、皇后的私人小厨房加餐，那时从容，不限食时。

从没吃过全盛在一个盘子里的菜，见各部位的猪肉混搭，叠出塔尖，六飞暗道："都是我的么？"

正要大快朵颐，院中乌鸦鼓噪，叫得凶戾。一道蓝光冲破窗棂糊的高丽纸，射在地上。是只蓝灰羽毛的鸽子，脖子和左股淌着血，跳了两下跌倒，脖子歪软，喙里吐出血红的一物，橄榄核大小。

众人都起了身，醇王叹："吃米吃虫的鸽子，跟乌鸦抢肉吃，还能有好？可怜一条傻性命。"

晚蓉："好像……它吐出来的不是肉！"那物上的血滑落缩小，露出白亮质地。

六飞上前，抄在指间。那是他三岁便熟悉的东西，历代清帝大事庆典时帽顶上配的二寸珍珠。

晚蓉赶近："真是宝物，洁身自好，血落不上。"

醇王："顶珠自来，定能重回皇宫。"

没想到乾隆法本如此灵验，六飞望着指尖，被顶珠的莹白迷惑。

管家张哈哈在窗外喊话，张作霖进京，大公子张雪凉到府门口，由鹿忠嶙陪着，要见皇上。

六飞甩掉顶珠上残余血迹，回过神来："张雪凉……浑蛋。"

张雪凉步入醇王府东跨院树滋堂。六飞远远端坐，喊了声："张雪凉！"

想起五年前两人共游天坛所言，皇上对心腹重臣不称官职，直呼其名，重臣也不叫"皇帝"……张雪凉忙道："上边！"

六飞语调阴冷："你还记得。"

张雪凉小跑上前："这回怎么行礼？三拜九叩没学过，我就砰砰砰磕三响头吧。"

六飞答："没学过，就别做啦。你穿着军服，给我行个军礼吧。当年你是少尉，现今成少将啦，你干了什么？"

张雪凉跺响鞋跟，行个德式军礼："没什么！在吴佩孚大军前，救过老爹一命。"

六飞："孤身闯营，把张作霖从死人堆里背出来的？"

张雪凉："那是太戏里的黄天霸，我是职业军人，用战术。"

六飞："啊！战术，我也会。没什么！"

张雪凉扫视，树滋堂内仅六飞一把椅子，原有客位的椅子均搬走，是不打算让自己坐。五年前，六飞想跟张雪凉行君臣友道，竟遭拒绝。

鹿忠嶙未进府门，陪张雪凉来，为讨好张作霖。管家张哈哈一人引他进树滋堂，在旁躬身站立，等六飞说句"甭陪着了"，便会退出。

张雪凉笑道:"上边,五年前一句话,您还生气呢?我这么跟您说吧——"转向张哈哈,"我爹让我进了醇王府,先去您屋里磕个头。结果直接给领这来了,我在这先给您磕了吧。"单腿已跪下。

张哈哈慌了,双手揪他肩:"可不敢!皇上在的地方,你磕我?不懂事!"

张雪凉:"走,去您屋。"

张哈哈:"真要磕,去门口。"

六飞远远看着,二人去门外完成了磕头礼。

张雪凉回来说:"我爹跟张哈哈是拜把兄弟。差着身份,我怎么敢跟您行君臣友道?"

王府管家是四品官。下人封官以四品为极限,是内务府定下的规矩。内务府源于清皇室在东北草创期的家奴,所谓"包衣哈哈""包衣赫赫",包衣是家务,哈哈是男人,赫赫是女人。

张哈哈祖上和张作霖祖上都是辽人——世居东北数百年,生活已满族化的汉人。同是辽人,贵贱有别。张哈哈虽然官居四品,毕竟是贱格奴籍。张作霖属汉八旗,军人身份,跟奴才结拜,自居贱格,一般的八旗子弟绝不会做。

六飞:"张哈哈,搬把椅子来吧。"

椅子搬来,赐张雪凉坐下。六飞转过心思,生了好奇:"张哈哈,你跟张作霖能结拜,你俩有多好?"

"好着呢!我俩人好到用一个名字。我家上五代都给醇王府当管家,到我这代,求王爷给赐个满人名字。王爷给起了个蒙古名字，叫喀屯诺延，是个大草原上的神。"

大清好几代皇后是蒙古人，蒙古女孩出嫁会把娘家供的神带到婆家继续供奉，不知是早先哪位皇后从大草原上带来的。时候太早了，这位神只记得名字，不知事迹。府内堂子西墙上，挂着一个树皮、泥巴凑成的人形。

六飞："给了你个神名！"

"王爷厚待。张作霖求王爷也给他赐个名，王爷忘了给我赐过名，想了半天，想出的还是这个。"

六飞大笑："呵呵，我爹是这么个人。"止住笑，"甭陪着了。"

张哈哈自视脚面，头顶对六飞，一路退出殿门，候在台阶下。

瞧不见张哈哈人影了，六飞向张雪凉言："当年错怪你，你自守身份，拒我是应该的。"天生反应快的张雪凉眼神锈钝，未接话。

以为他爹结拜奴才的做法伤了他自尊，六飞劝慰："汉八旗也会穷途末路，包衣哈哈也会有钱有势。世事如此，贵贱和福祸不对等，放开了看吧。"

张雪凉抬眼："跟包衣哈哈结拜，不是我爹自取贱格，是荣禄大人——您姥爷的安排。那时我爹刚带兵，头脑还不灵，但办事敢玩命，这点狠劲让荣禄大人看上。指定我爹以奴才身份归附醇王府，是荣禄大人想他过世后，给女儿身边留下个人——逢当大难，一个舍命救主的人。"

六飞："你爹是留给我娘的，不是留给我的？"

张雪亮："两者区别大啦。留给您，是国家重臣。留给您娘,是家里奴才,危难时拿来一命抵一命,最坏情况用的。"

见他伤感,六飞反而乐了:"张雪凉,你心思不快呀。世事幻变,姥爷留给我的人一个个玩火自焚,你爹顶上来,最坏的成了最好的。人在什么地位就有什么脑子,你爹的脑子变灵光了吧?"

张雪凉被逗笑:"灵光!我十个脑子也追不上。"

两人对笑半晌,六飞冷住脸:"你爹呢,怎么不来?"

张雪凉:"他呀,骂了马玉镶一顿以后,去巡视他在城里的布防点了。四处亮亮相,好让马玉镶手下人明白,他来了京城,京城就是他说了算。"

六飞:"美国《时代周刊》说马玉镶有三十万大军,赵共乡说,二十万总有。你父子入京带了多少人?"

张雪凉:"总共五人,我爹、我、三个警卫。"

六飞略有惊色,迅速掩饰:"啊!脑子灵光了,当年的狠劲也还在呀!"

张雪凉:"黄天霸孤身闯营,方为好汉。"

六飞抬眼,生出帝王慈祥宽容的笑:"托你办件事,跟鹿忠嶙说说,天冷了,想从宫里给皇后皇妃取几件厚衣服。"

张雪凉:"这好办,您自个要取什么?"

六飞:"我喜欢大狼狗,欧洲有了什么好的,拿来照片,看了便忍不住买,不小心买下一百多条。让鹿忠嶙喂好了,每天给遛遛。"

张雪凉:"一百多条!您平日遛狗,还不跟放羊似的?"

六飞:"放羊?哈哈哈,放羊……"

张雪凉行军礼告辞,六飞未起身,道声:"甭陪着了。"对下人说的词。既然他告知了父亲身份,日后便是主仆规格。

他大步出殿后,六飞追出门槛,喊道:"张雪凉!"他回身应声:"老爷子!您吩咐。"

六飞:"什么'老爷子'!别说这种奴才话,以后你还是叫我'上边'。"

上边,是重臣大将对皇帝的称谓。张雪凉来了精神,仰头叫道:"上边,什么事?"

六飞:"春天里,花了二千大洋,从柏林警犬研究所买了条寻血犬,黑毛绿眼,马驹子般高大,你喊它德语名字'瓦格纳',它就从一百条里跑出来啦。为了它,我学德语……叫鹿忠嶙给我送过来!"

黄昏时,到了三辆卡车,送来三百二十八件貂皮大衣、五百零八件内外锦衣、四百六十双皮鞋,晚蓉和淑秀入宫两年置办衣物的小部分。叫"瓦格纳"的寻血犬没到,解释说宫中一百多条狗被马玉镶手下兵头、政府官员分走大半,小半归了警局,"瓦格纳"不知落于谁家,缓一日查明,即刻送到。

还推来一辆荷兰金拳头牌自行车。

六飞十一岁开始骑自行车,买尽欧洲名牌,十二岁已有二百余辆。送东西的军警班头说:"鹿司令在宫里看到那么多自行车,知道您喜欢,送一辆解闷。特意嘱咐,您要嫌醇王府不够大,想上街骑骑,让我们也别拦着。"

逗得六飞大笑:"醇王府不够大!哈哈,醇王府不够大……"

醇王府占地八十六亩,含有一湖一河,有东西马肆。东肆供男性出行,一百四十余匹马和二十七辆汽车,西肆是供女性出门拉车的骡子,近七十匹。

醇王府一日两顿正餐,上午十点三十分一次,下午四点一次,晨起和入夜后各有份点心。用过点心,六飞带晚蓉、淑秀去西肆,指给她俩看,骡子群里坐着只老雄猴,没系铁链,眉弓的毛稠密,如老人的寿眉。

六飞说自己八岁,听了《西游记》,吩咐张哈哈,孙猴子能在天宫养马,说明猴身上一定有克制马的东西,否则古人不会那么写。让他去试,马棚里养猴子,马是不是就不得病了。张哈哈遵旨,把这事办了。

逗得晚蓉一串笑,明眸俏丽。

逢当大变,最担心她病。入醇王府后,开府内库存,保证一日一个鸦片烟泡。眼前的她滋润白皙,眉宇间是女人最生动神情,该把她抱去书房……

给她看猴子,就是让她笑。此生最后一面,彼此留下的是笑模样,不可谓不圆满。转身不看她,六飞命王府随侍去通知化身李敬事,换身跑步的衣服,去大门口等。

换了西装,六飞去了醇王书房"九思堂",进门磕头,转身就走。醇王登时红脸,觉得要出事,追出门:"大白顶珠是列祖列宗威德所聚,有它在身边,你出不了大事。"

六飞笑了:"三岁我就戴上它了,出的大事还少么?"

醇王"不不不"重复,再不能成句。

离开九思堂,推自行车去大门口,见李敬事已候着。短衣襟高裆裤,扎腰带扎绑腿,踏厚底棉鞋,光头上戴护耳毡帽。

在四名王府侍女的陪同下,淑秀走来,伸上左手,成婚那夜出宫般与六飞十指紧扣:"带上我。"

六飞:"我就是出门遛遛车。"松开五指。

淑秀:"臣妾奉旨把蒙古族穆斯林古语译汉文,先译了一首。"

六飞:"我让的?有这事?"

淑秀急脸:"两年前第一晚,您睡着前下的旨。"

六飞并无记忆,道:"想起来啦!原以为你没毅力,就没催过。你真办了?不愧是我的皇妃。"

淑秀含住喜悦:"蒙古族穆斯林没有咒语,但我们的歌词也可驱魔。"译成的中文抄于一张书签上。宫中两年,她练出一手娟秀小楷,歌词为:

他一直在,他不变化,也不被变化,没有任何物可以与他匹敌。

六飞将书签放入西装内兜:"日常的话,胜过咒语?"

淑秀："不在于此，在于话后施为的是谁。坏人们施为时，造物的主也在施为，主是最终的施为者。"

十六岁的她比十四岁好看，六飞道："懂了。"忽然难过，哼声"歇息去吧"，命她退下。

皇上在醇王府，按皇宫编制，出屋身后便有六名随应的，拿着痰盂、尿盆、茶壶、水烟袋、马扎、笔墨杂纸匣子、医药箱、甜点盒子、洗手盆、军棍、佩刀、手电筒等杂物。跟到大门门槛前，被门房军警拦下。

军警班头："鹿司令说您能出去骑自行车，可没说一下出去这么多人。王府里的大花袍子落后时代，上街太扎眼，惹路人围观。"

六飞："知道他们出不去，带一个行吧？"

李敬事解释："总得有个拿尿盆的吧，总不成让皇上撒大街上吧？"

班头笑了："皇上打算骑多远？有尿，骑回来呀。"

李敬事："皇上从小身边有人端尿盆，从没憋过尿。"

尿盆由木架别着，封在藤条匣子里，李敬事双肩背，跟在自行车后飞奔，出了胡同口。

多数军警在府门外的宿营帐篷里歇息，府门两端站岗的五六个军警在抽烟聊天，班头已回屋檐内的门房。

骑上北河沿大街。入夜的京城，行人稀，北京人不爱夜里走，因为北京是鬼城。一九〇〇年八国联军进北京的"庚子国难"，死了三十万平民，民区水井全废，每口井都有自杀妇女的死尸，用石料堵住。从此北京人不喝井水，由城外运水，人人买水过活。

大街口都曾是屠杀场，各处有闹鬼传闻。光绪皇帝一九〇二年回京，下旨给民区街道安电灯，让京城亮起来，祛除庚子年晦气。六飞三岁登基时，京城已有八千盏路灯。

十六年过去，京城路灯增至一万一千盏，电量不足，电压不稳，频频闪烁，宛如鬼火。骑了二十分钟，不知行到何处。六飞单足点地，停住车。李敬事追上，卸藤条匣子，掏尿盆。

六飞："没尿。带你出来，不为这个。"

李敬事激动："阿弥陀佛！您是说……逃出京城，远走高飞！"

六飞："鹿忠嶙送自行车给我，就是要我上街，冷枪杀我。既然瞅破他心计，装傻不出门，多没意思。"

李敬事一步挡在六飞身前，望向周边暗处。

六飞："闪开，别把你也打了。带你出来，是带个自己人收尸，不想让陌生人动我尸身。"

李敬事："鹿忠嶙，不能够！这人对您恭敬，老爷子，您是不是想多了？"

六飞玩下车铃，待铃声尾音散尽，开言："想杀我的不是他，是张作霖。"

李敬事："张大帅？不能够！他一直向着您呀。"

六飞蹙眉："当了和尚，口气硬了，敢跟我说'不能够'啦。"

李敬事大叫："老爷子恕罪！"说完即跪，没矮下半个身子，又惊得站直，重挡在六飞身前。

六飞无了言语,伸手拍下李敬事肩膀:"事儿呀,闪开吧。马玉镶二十万大军驻扎京城,张家父子带三个卫兵便进来了。为日后舆论上好说,发生任何变故,张家父子都没法负责。马玉镶一心学苏俄革命,早嚷嚷杀皇帝。张作霖受我家恩,不拦不合适。但他可以——拦了,没拦住。"

街边暗影走出一人。二十岁人,穿讲究西装,戴黑边眼镜,拎黄牛皮文件包,英国绅士步态——京城人难走出,确实在英国生活过,才能有的步态。

心知是今晚枪手,没想到如此文雅。不派粗人下手,选了位品相佳的人来,说明马玉镶心底,对我还有份恭敬……

来人走近,道声:"皇上?"

六飞:"嗯。"头颅从李敬事身后错出。

来人大喜:"真是您!我见您,这是第二面!"

来人自陈身世,祖上是满人正红旗军人。民国成立后,八旗解散,对旗人穷困户,宫里拨出救济金。六飞十五岁后,接受陈泊迁提议,篚出一笔皇室散钱,设立基金会,从满人穷家孩子里选拔才俊,送英国留学,为复国大计储备人才。

他是这项基金的受益者。生来不是天天吃饭,十六岁之前,两天吃一顿饭的日子居多。而今二十二岁,已在英国过了两年好日子。出国前,在陈泊迁安排下,曾和五十余名同程留学生进宫谢恩。六飞不喜人磕头,他们候在六飞下午三点骑自行车锻炼身体的路线,远远鞠了个躬。

六飞欣喜:"你学的是军事?"

来人:"英国文学。我的志向是留名文学史,一直在写诗、写小说。"

六飞:"我也写诗,'蜜桃双眸'一类。"

来人:"胡可式!我今晚去他家。"

六飞:"他家?前头领路,我也去!"

他写小说的笔名叫"乱岗",在英国课余,售母亲和妹妹绣的鞋垫、手绢。他父亲过世早,他这大儿子撑不起家,直到出国卖鞋垫手帕,母亲方改善生活。

今晚出行,赴胡可式堂会,是朋友牵线。胡可式是新文学领袖,有爱才美誉,如得赏识,便可步入国内文坛,获大报大刊约稿,开了财源。

胡可式家住景山御园东侧的胡同,占地六亩,院落三重,有西式停车库、供暖锅炉房、浴室、卫生间。院中有百年松柏,竖插入地的大青砖地面,尤有一条百米长廊,平民不能用的朱红漆柱。

唱堂会在饭后,撤去桌子,请艺人不带装清唱。乱岗自忖身份上不了饭桌,约的是清唱时来。

正经人家大门向南开,胡家房屋原是景山御园的库房部分。民国后划归民区,未破墙再建新门,保持旧日朝景山出货的西开大门。门房是位五十岁老人,有两位十六七岁侄子帮忙跑腿。看过名片,他责问乱岗:"今晚堂会,就您一个生人。您什么毛病?自己还是生人,就敢带两人来。"

六飞摘手表递上:"请通融。"

门房接过手表,责问六飞:"您以为是要红包的前清衙门?这是大学教授家……表什么牌子?"

六飞:"瑞士积家。"

门房:"是金表么?"

六飞:"不是,比金表贵。英国皇室骑马戴的,世上首款防震表。"

门房将表递回:"还您吧,多贵的东西也换不来我人格清白,这门您不能进。"

乱岗赞美:"您这气魄,不是一般人。"

门房:"满八旗正白旗,祖上有军功。"

六飞欣喜:"咱们是自己人——"

李敬事帮腔:"你眼前就是皇上!"

门房大怒:"来了俩骗子!谁不知皇上给马玉镶囚在醇王府?你俩赶紧走!"一指乱岗,"看你也不是好东西,你们仨赶紧走。不走,隔条街就是警局子,我报警啦!"

走出胡同口,晦暗路灯下,可见景山御园外墙,绿色琉璃瓦似雨后生出的苔藓。门房追上来,依旧是责问口吻:"你们仨离开后,来了个军头,掏枪顶我脑袋,骂我没人味,说不让你们进门,他崩了我。你们仨到底什么人?"

六飞眼光亮起:"他什么人?"

门房:"谁知道!比我老,干巴瘦。"

十二 八月中秋雁南飞

堂会刚开,苏州评弹暖场,弹词是《绿牡丹》。"将门之子骆宏勋,江湖侠女落碧莲……"男艺人持三弦坐上手,女艺人抱琵琶居下手。

门房引乱岗入客位,六飞驻足在门边。小聚会,八九人,元气十足、棱角分明的青年,胡可式在北京大学亲近的学生。

胡可式身边留着空位,乱岗坐下,低声自我介绍。打开英式皮包,掏出两叠稿纸,各三十多页,蓝黑钢笔水写就,手写的字模仿印刷体,几乎是报纸的四号铅字。

两个短篇小说。乱岗递上即告辞,说等胡先生从容看完,十天后来恭听教诲。胡可式低头翻稿纸:"不用。我这人读字快,你听听评弹吧。"

乱岗直腰,僵了脸。

评弹说到兴处,胡可式读完小说,拿过乱岗膝上皮包,将稿放回:"你笔名起得好,乱岗——含着一个'坟'字,俗话常说'乱坟岗'。免了'坟'字,藏下你对时代的不满。这份聪明,我喜欢。"

仰头看评弹,胡可式不再有话。乱岗坐了五分钟,终于知趣,离座而去。行到门边,六飞问:"他没看上你?"乱岗点头:"命该如此。"

六飞拍住他开门的手:"我是皇上,皇上是给天下人改运的。"

艺人说的是《绿牡丹》四十一回"离家避奸劝契友",曲调将完。胡可式感到身边坐了人,余光扫去,惊得要起身,却被握住手,贴耳听到"别嚷"。

稳定情绪后,胡可式道:"您不是在……"六飞打断:"不谈这事。"胡可式又道:"我去过市政府、旃檀寺……"六飞打断:"你够朋友,先不谈。"

胡可式:"你要我……"

六飞指向门边乱岗:"提携新人。"

胡可式缓过心思,低声:"您这位朋友,估计从小受穷,满纸都是挣稿费的心思,大串讨好读者的漂亮词、俏皮语。卖文为生的腔调一重,便不是文学了。"

六飞:"出身苦,写不了小说?"

胡可式:"苦出身,也可以有贵气。给您看个小姑娘。"

今晚堂会,主唱是落子戏。苏州评弹过去后,上场一位十二岁少女,师范中学的学生套裙,白衬衣黑裙子,未描眼涂唇,打了层粉底,白皙之极。

年岁小,阵势大,带的乐师班有三十余人。板胡、二胡、低胡、大飘胡、梆子、板鼓、大鼓、悬锣、手锣、大镲、小镲、笛、箫、笙、琵琶、扬琴、筝。整合了梆子戏、太戏和南曲小调的乐器，六飞看到还有一只西洋大提琴，不觉一笑，有了兴致。

少女与评弹女艺人一个脸形，应也是苏州人，口里却是天津话："上两位说书，动乐器、扬声腔，以唱为说。为给上两位凑个趣，我今天以说为唱。"

板鼓乐师搭腔："听不懂，姑娘给解释下，什么叫'以说为唱'？"

少女："我说话，但列位听起来，觉着我是唱。"

板鼓乐师："你绝不唱？"

少女："唱了就认罚。"

板鼓乐师："嘿！但你要让我听出来你在说话——"

少女："也认罚！"

板鼓乐师向客席学生们努脸，做出个坏笑，学生们知道应和，喊好鼓掌。乐班起奏，太戏、山西梆子、南曲、西洋乐的乐器杂在一起，并不烦乱。因为被板鼓、板胡、梆子三件的震耳音量盖住，大提琴近乎无声。

少女开腔，却是河北唐山口音：

八月中秋大雁儿往南飞，
跑腿的在外边儿总有三不归。
这个头不归，
二老双亲面前不能够行孝哇；

二不归,

床前的妻子无人陪哇;

这个三不归,

病在了招商旅店哇,

端茶捧水没有人,

拉屎拉尿无人搀。

夫呀,

临行前为妻怎样嘱托你,

却怎么,

人不回来,你信也不归。

罢了,

叹息多时,天色向晚。

百鸟朝凤,不能没完没了哇,

拜见了凤凰,大雁儿得归。

词语俚俗,少女唱得气宇轩昂,不似在演一个家里犯愁的小媳妇,如忧国忧民的一代名将贤臣。

胡可式低声问:"怎么样?"

六飞怅然:"贵不可言。赏!"摘下刚才没送出去的英皇室骑马减震表。

板鼓乐师引少女到六飞座前。落子戏效仿太戏,以板鼓为尊,板鼓乐师往往是领班。板鼓乐师道谢,接表转递少女。少女接了不谢,眼睛骤然张大,直愣瞪着六飞。

板鼓乐师作揖道歉："小孩子不懂事。"抡巴掌拍少女后脑勺，"爷给东西，不接着，还瞪人，你作死呀。"

少女不改视线，眼睛瞪得更大，显出了一层水露亮光。

是她挨打受痛的泪花。

看惊了六飞，指示胡可式："蜜桃双眸。"

胡可式急视少女，两秒后，点了下头。

板鼓乐师被学生们喝退，批评他打人不文明。

少女递还手表："不要你东西，知道你是谁。"咬住嘴唇。

六飞探身："谁？"

少女近一步："我看报纸。不认字，看照片。"

受陈泊迁和赵共乡建议，为日后复辟，皇上在民国要有存在感，一是参与慈善事业，常为粮荒地震的难区捐款。二是常在报纸杂志登日常照片，都是穿西方时髦着装，他拍照时呈现的沉静气质，颇有大众缘，认为是绅士典范。

看照片与看真人，有差距。胡可式的学生们相逢不相识，她却一眼认出自己。小小年纪，走江湖的聪慧与谨慎兼具。六飞暗赞，接回手表："英皇室的表，送谁，谁不要。看来大英帝国已走衰运，好景不长！"

减震表是六飞大婚一年纪念日，英王乔治五世寄来的礼物。清皇室曾有过与英皇室联姻的企图，乔治五世始终态度暧昧。

六飞轻声："多谢你认得我。"少女亦轻声："不谢，你娶的女人美，我总看她，顺便记下你。"

除了自己,还在报纸杂志公布了许多晚蓉的生活照,落落大方的她,是许多女孩的偶像。

六飞:"她呀——"听《三不归》时,便想到了她,今晚死后,她想我,也会想出三个不回来的猜测吧?

耳听得少女愕然问:"爷,您怎么哭了?"

六飞迅速揉眼,重戴眼镜:"瞎说,我还真以为流泪了呢?我天生是个无喜无悲的人,从小没哭过,也没痒痒肉,不怕咯吱。"展开双臂,"不信你试试?"

这一刻,她是她这个岁数的孩子了,眼显调皮,伸手在六飞腋下急挠数下。果然没笑,她靠上,又抓六飞脖颈。

六飞神情自若,不似强忍。

她从六飞身上滑落,伏身解开六飞双脚鞋带,准备挠脚心。六飞忙将她抱起,稳在膝上,笑道:"脚臭。"

她:"不怕。"身子滑坠,坐在地面,掏出六飞一只脚,脚底狠挠。

板鼓乐师奔过来,将她抱起,训斥:"一眼看不住,你就翻了天,没皮没脸啦!"六飞挥手,示意他别把少女抱走,放下即好。

少女瞪着蜜桃双眸,钦佩之情溢于言表:"真没痒痒肉!"

六飞颇为得意,胡式可凑近:"您不会系鞋带吧,要我帮您?"报纸上披露的清室秘闻,说皇帝不会穿衣,都是四人伺候,要自己系个鞋带,比杀了他还难。

六飞:"不用。"伏身系鞋带,手很快。成形后,胡可式见是自己未知的一种系法。在美国留学时,打领带只会最简便的一种，领带的烦琐系法，是同学中富豪子弟们打的，无缘学到。六飞的鞋带系法，应也属此情况。

少女闻闻手指，皱眉："你什么人，鞋里洒香水？"放袜子的柜子里有防虫的樟脑丸，六飞逗趣："你知我什么人。"

刹那间，实际年龄的她消失了，恢复了走江湖的聪慧谨慎。她端正身子，道："戏还没完。"

板鼓乐师忙搭腔："你得认罚了，刚明明听得你在唱。"她泛起成年人礼貌的笑容，笑对六飞："你的感受？"

六飞："是这么觉得。"

少女："你是富贵人，我是劳苦人。乡下庙会的大日子，一日五六场，轻易便哑了嗓子，唱不出来，只能念词，我们行话叫卖字。此时要乐班配合，听起来还是在唱。被人识破，会挨骂给赶下台。"

胡可式赞许："原来奥妙在大提琴上！"

少女："胡博士，您错了，是低胡和琵琶给调的。大提琴没人会，做做样子，不敢拉出声。唱落子的身份低，摆件洋物件，乡下人高看。"

胡可式鼓掌："请你们来家多次，怎么不说这个？"

她朝向六飞："今儿您家来客人，看着不像一般人，我就说点不一般的。"

板鼓乐师："这位爷，姑娘都说这话了，您得赏。"

六飞："赏！"手摸腕上，再次摘表。

她摇头，妇人风韵的笑："上面一番话，是演给您看，我在乡下怎么向人要钱的。"

六飞起身鼓掌,从小身上没装过钱,向门边乱岗喊:"带钱了么?"乱岗忙过来,问多少。六飞:"全部。换我这块表。"

乱岗:"哪能要您东西!"急掏出一卷皮筋扎的钞票,票面都不大。六飞转递,板鼓乐师接下,连连称谢。

少女眼光冷酷:"我不是要钱,是觉得跟您有缘,把我的活法告诉您,让您知道我。给钱,说明还是没缘分,您把我看作寻常人!"一串碎步,回到乐器丛中。板鼓乐师作揖道歉,也坐回板鼓前。

六飞:"怎么说怒了?"

胡可式:"她是要再给您唱一曲。"

六飞叹口气:"不及听!我大事未了。你我好朋友见一面,行了。"

准备上街受冷枪,临出屋门,想起淑秀给的书签,下意识摸下左胸。霎时身冷,胸口平坦,内兜里原还放着列祖列宗大典上戴的二寸顶珠。

六飞回首。

少女已唱新曲,冲六飞映了下眼,甜若蜜桃。

方才,挠痒痒肉时,她摸走的?

顶珠是皇室神物,传说大难将至会自行消失,重现时,国事转机。一八六〇年，英法联军攻至北京，文宗显皇帝[1]出逃，路上惊觉不见顶珠。一年后，文宗在避难处热河过世，懿贵妃慈禧回到京城，顶珠重现，预示将有四十年女主天下……

命丧今晚，顶珠是该消失的。

又望了她一眼，扬手掀帘，踱出屋去。

乱岗和胡可式追出。六飞摘表递给乱岗："给你，就拿着。"乱岗要张口推辞，六飞阴了脸："别碎叨。回屋听戏吧。"乱岗只好遵命，进屋前，听六飞问胡可式："他这人，能帮么？"

胡可式："他学了一手英国《泰晤士报》的油滑文风，手坏了，这辈子写不了小说，没法推荐给文学界。但《泰晤士报》，国内报人争学，我介绍上海、汉口几家大报给他，写趣闻杂议，吃穿不愁。"

乱岗暗中大喜，但估计回身相谢，六飞会不耐烦，掀门帘时默念句"龙恩浩荡"，戴好英皇室骑马减震表。

胡可式引路出院，六飞奇怪他听落子戏。

落子戏原名莲花落，是盲人乞丐唱的。盲人手杖上挂彩纸，仿效佛教法会上纸扎的五彩莲花。落，是流浪之意，所谓流落天涯。

落子在河北唐山定型，也叫唐山落。戏词情色，有看客出高价，会半裸演出，流连在大村小镇，不准进城。

---

[1] 咸丰皇帝。

六飞:"如此低贱,怎么请家来?"

胡可式:"太戏在乾隆年间也是不能进城的低贱戏,给咸丰皇帝提纯拔高,成了国粹。我搞白话诗运动,正是从底层挖掘语言,有咸丰皇帝提携太戏的先例,我也想把落子拉上台面。"

六飞:"你一介平民,效仿皇帝?"

胡可式僵住。六飞:"开玩笑。民国啦。"

胡可式展颜。六飞:"文宗显皇帝是少年学戏,文戏会唱三百折,武戏可连翻十个跟头,二十岁翻跟头摔残脚踝,瘸子身做的皇帝。你效仿得了么?"

胡可式:"我——努力。"

六飞:"小姑娘连'卖字'行话都不愿告你,你努什么力?学者般考察,会挂一漏万,看不到大块精彩,因为总是外行。想提拔一门戏,先得把自个捐献了,真唱真摔,拜师学艺。我看呀,你拜小姑娘为师吧。"

胡可式前面听得点头称是,听到末一句,惊呼:"使不得。"此刻已到宅门,六飞笑道:"使得。接旨吧。"

胡可式:"皇上,真不成。落子跟太戏还是大有区别,唱太戏的已上正道,唱落子的还是半伶半娼。小姑娘虽贵不可言,两年后她十四岁,要铺床接客,一生不休。我的身份,不好拜娼为师吧?"

六飞:"是有点糟污……你刚说'一生不休',一旦卖身,七老八十也要接客?"

胡可式:"娼业短命,到不了老,唱落子的女人罕少活过四十岁,轻易一场病,便死了。二三十年,是她们一生。"

说得六飞湿眼。胡可式:"皇上别难过,这就是贱业呀。唱落子的,一生三卖身,生下被父母卖给戏班,长大了卖身客人,即便退行从良,也是有男人出钱买走。许多孩子卖戏班时还在襁褓,不记得父母模样。小姑娘家在苏州,人贩子卖到天津,落子是唐山腔,她一会儿天津话,一会儿唐山话,独不会半句苏州话。想也是幼时被卖,不知父母。"

六飞落泪:"别帮乱岗了,你帮她吧!"

胡可式:"忙不能乱帮,落子女会选人,看她不要您东西,冲您甩狠话,是有心选您当她两年后的恩主,身子长熟后首位托付的人。"

六飞:"啊!"

胡可式:"两年时光眨眼到,我不忍心她就此糟污,跟班主商议给她赎身。班主一再涨价,要到了五十包烟土。"

六飞:"五十包烟土什么价?"

胡可式:"二百大洋。"

从德国购买的寻血犬为两千大洋。六飞失笑:"还以为多少,这个钱,你出不起?"

胡可式正色:"二百不少。京城警察一月八块,可养六口之家。世道崇洋,海外留过学的教师富比商家,我一月课时费四百,一月可买两个她。但赎她便是她男人,小姑娘心气高,不要我这钱。皇上,您说她贵不可言,她也对您使上心思,这钱您出吧。"

难道要回醇王府取钱么？

即便半路被冷枪打死，也可先写下字条让李敬事代取，老父醇王会办。只是原本设计了一个利索死法，豪气归天。买上她，死得有点乱套……

门灯下，六飞没了主意。李敬事背尿盆老实候着，刚才未让他跟入府。胡可式追问："助人出贱业，可是功德。您怎么想？"

街面传来一声东北口音的大吼，旱烟烈酒熏坏的嗓音："你个贱人，敢难为皇上！"

马靴声响，一位腰别日军南部式手枪的警卫显形，标准官话国语发音，向胡可式铿锵诵道："我们出八百包烟土，把戏班所有人、所有东西都买下来，全给小姑娘。还有什么赎身不赎身的事？整个戏班都是她的！烟土天亮到！"转向六飞立正敬礼，"老爷子吉祥，这么料理，合您心意么？"

"吉祥"是宫里下人向主子打招呼的专用语，官员和平民不说这词。六飞想想，向街面暗处挥手："办得漂亮！"又想想，道："甭陪着啦！"吩咐下人走开的话。

暗中的烟酒嗓再次响起："傻狍子，回来吧，老爷子叫你'下去吧'。"警卫跑离，掩入黑暗。

烟酒嗓不再响，胡可式惊疑："那什么人？"

六飞："喀屯诺延。"踱出门灯光亮。

胡可式："您走啦？"

六飞："嗯，下辈子见。"

景山御园东侧，走四十余步会有盏路灯。六飞步行，李敬事背尿盆推自行车离二十米跟随。拉开距离，便于暗中的枪手瞄准。

景山御园在皇宫北门外，往年回醇王府看额莫[1]，都是轿车从皇宫北门开出。从这里去醇王府的方向，还辨得。

如死，就死在回家的路上吧？

六飞向醇王府走去。就着晦若鬼火的路灯之光，念书签上的小楷："他一直在，他不变化，也不被变化，没有任何物可以与他匹敌。"不知行了几时，或许十分钟，或许数小时，抬头见到醇王府正门。

多数军警在帐篷沉睡，五位值班的晕了四位，窝在椅子或靠墙打盹。醒着的一位埋怨六飞："您去了好久。"

班头在门房里响着鼾声。知道他们没找过自己，六飞扭身回看，街面空荡，仅有推车跟进的李敬事一人。

入府后，身边跟上了六位王府随应的，行过百步，方可以重新起心动念："没想到今晚枪手是张作霖本人，他为何不开枪？"

喀屯诺延是草原上的神，管家张哈哈与张作霖共用的蒙古名字。

想到英国剑桥大学，剑桥大学内有国王学院，国王学院内有礼拜堂，礼拜堂墙壁有鲁本斯名画《贤士来朝》。

十五岁曾想留学英国，十九岁也可办十五岁的事。

---

1 满语：妈妈。

十三 寻血

上午十点半，醇王府第一顿正餐时，张雪凉送来叫"瓦格纳"的寻血犬。寻血犬大多棕黄毛、栗色瞳孔，凭血味追踪受伤猎物，所以得名。作为警犬，凭十四小时前遗留的气味，可做二百二十英里追踪，逢到河水阻隔，一般警犬断了线索，寻血犬则有越河寻味的接续能力。

此条寻血犬黑毛绿眼，混血德国獒种，大如两月马驹。《福尔摩斯探案集·巴斯克维尔的猎犬》中的杀人巨犬，便是这狗配种。《福尔摩斯探案集》一八九六年首译中华，连载于热门政论报《时报》。买一条侦探名篇中的狗，是六飞的少年兴致。

张雪凉解释，宫中一百多条狗被兵头、官员、警局分领，均有登记，独这条显眼大狗不知所踪。后查到，是进献了马玉镶。今早五点，兵营吹响晨号后，张作霖到旃檀寺要狗，马玉镶爽快答应。不料张作霖情绪失控，破口大骂，不可收拾地骂了二十分钟。

张雪凉："马玉镶待人接客没毛病，是我爹不讲理。骂的东北土话土到我都听不懂，不知是哪儿的话，从小没听他说过。"

被听不懂的话骂了二十分钟后，马玉镶哭了，说从此退出政坛，剃度为僧。现在旃檀寺已空，除了鹿忠嶙军警，京城已无兵了。马玉镶领军出京西行，去了距京三十四公里的天泰山慈善寺。

马玉镶崇尚革命，不敬僧道，他历年驻军地附近的寺庙皆遭驱僧毁像。大军西行途中，《京报副刊》和《国闻周报》记者拦路采访，提问此番入住古寺，有违他一贯作风，为何如此反常？

马玉镶回答："反常，因为我已精神失常。前途黑暗，不见光明。请把我的可悲现状，告知民众。"

张雪凉来时，醇王退席，女眷退席，六飞赐他同桌就餐。赐座同食，宫里常见，皇上叫太监和随应的坐身边陪吃是恩典人情。张雪凉不知，坐下后，不禁得意："和皇上平起平坐，我怎么跟我爹说？"

六飞醒悟："咱俩是'上边'和'张雪凉'的关系，不该如此。"吩咐随应的把张雪凉碗筷挪到空出来的女眷桌上，坐在两米外。六飞解释："坐皇上身边吃饭的是下人，敬你是大臣，所以隔个桌。"

张雪凉颇感失落，道："懂了！"吃两口菜，高兴起来，"上边，您吃得没我好，看着漂亮，到嘴里不够味儿。"

六飞笑道："没你好。你爹为条狗跟马玉镶翻脸，是什么算计？"

张雪凉："我也奇怪。问了爹，爹说真没算计，是突然无名火起，等明白过来，已不知骂了多久，刚要收口，马玉镶就哭了。出了旃檀寺，我爹说了句，马玉镶不是傻狍子。"

昨夜暗中喊话的人，也说过"傻狍子"一词。狍子是小型鹿种，东北常见，遇上狼会跑，遇上人会好奇上前闻人味，全无自我保护意识，被猎人称为"傻狍子"。

六飞："走了马玉镶，我该咋办？"

张雪凉："回皇宫呗，我安排。有我父子二人镇着京城，没人敢欺负您。"

六飞："真能回宫？"

张雪凉："有何不可？唯一秀荞麻烦，已在天津上岸，即日来京。之前舆论支持马玉镶逼宫，现在受访天津的《现世报》，说日本天皇让日本人前所未有地凝聚起来，而您的存在，只会是分裂国家。"

张雪凉走时，取消了"只准进不准出"的门禁。

下午即有遗老旧臣来拜见，六飞见过三批后，没了兴致，再来人改由醇王接待。面对众人，醇王恍惚回到初任摄政王的辉煌时代，只是大清亡后患上口吃，再难如当年般侃侃而谈。

醇王府西花园，有片竹林坡，坡上有座三层木楼，名"停雨楼"，抱志殉难的陈泊迁和赵共乡入府后的住处。六飞带晚蓉、淑秀进西花园，避开停雨楼，南行至小戏台。

戏台屋顶塑一支方天画戟，六飞解释，在南方是戏台标志，北方不多见。自己小时候爱来这儿玩，因这支方天画戟看着新鲜。

王府另有大戏台，花园中的小戏台多年不用，维护尚好，不显破旧。未立守旧[1],可望穿后台。台口两侧立楹联,上联"历史清浊遐迩一体",下联"今古忠奸到时循环"。

六飞变得肃穆:"背主叛恩,是人天性。"教导晚蓉,"他人的不忠心,要早提防。事发了再抱怨,就是寻常老娘们,不是皇后了。"

晚蓉:"淑秀呢,她也要跟我一样心思?"

六飞看眼淑秀:"她可以抱怨。咱们家总得有个人遇上事抱怨抱怨。"言罢与晚蓉相视而笑,双双显得极其愉悦。

淑秀接不上他俩思路,只知在嘲笑自己,嗔言:"笑什么?看你俩贼眉鼠眼的。"

六飞甩眼:"哪有用这词形容皇上皇后的?"

淑秀大慌:"我家祖上穷得早,几代人跟贫户粗人住一块,从小听左右邻里们讲话,嘴里没好词。不是有心的,顺嘴说了小时候听的话,您别怪。"

六飞:"嗯。咱们家得有个会讲粗话的,否则让人欺负了白欺负。淑秀接旨,日后有人欺负皇后,你得骂。"

晚蓉刚要笑,见淑秀认真点头,便忍住。

淑秀:"我办。要有人欺负你,也帮你骂。"

六飞:"不必管我……"不禁要笑。

淑秀反应过来:"对对,皇上是欺负别人的。"

六飞强忍笑:"你这水平,只能做妃子,听听皇后怎么说。"

晚蓉:"为了人不欺负人,人间才要有皇帝。"

1　后景幕布。

逗淑秀，为博一笑。听了这话，六飞怆然，点了下头。

戏台后有两排备用库房，辟出一间十六柱大屋，内有灶台橱柜。已废止不用，仍有人清扫。随应的和宫女留在门口，六飞领二女入内，行到一张八仙桌前。

醇王府切菜，不用案板，用八仙桌面。屋里有五张八仙桌，荤素分开切。六飞让晚蓉、淑秀弯腰视桌面："不落刀痕，才配在醇王府里当厨子。桌面上留道疤，就给赶走啦。"听到二女赞叹，六飞行到一张桌前，"这刁难规矩，是我母亲定下的，因为她能做到。这是她用的八仙桌。"

荣禄祖上是满八旗正白旗将领，幼年时，祖父、父亲、大伯均战死。虽有朝廷奖赏，终是家中成年男子尽失，一度窘迫，仅存赶车、管账、杂务的几位男仆，祖母和母亲、伯母下厨做饭。

荣禄成年后就职，家道好转，日后可称"隆盛"，而家里女人仍保有亲手做菜的本领。六飞母亲是荣禄最小的女儿，嫁给醇王后，在西花园戏台旁开了个私人厨房。醇王府八十六亩范围，常住六百余人，来京办事的外地亲戚下属往往一住半年，多时达千人，均从大厨房出饭菜。大厨房是皇族正式编制，菜品、上菜方式均有规定。

设私人厨房，是正室夫人的特权。醇王本不好美食，六飞母亲过世后，扶正的侧室自觉身份低，怕被人诟病僭越，不用小厨房。

醇王便废止了它，一晃已停火四年。毕竟是夫人生前常在之地，吩咐保持旧貌，日日清洁。

六飞："张雪凉浑蛋，敢说醇王府饭菜不佳。唉，全因母亲不在了。"

见他伤感，晚蓉道："除了顶着方天画戟，你小时候也喜欢厨房？"

六飞："三岁当皇帝，一月有七八天回家看额莫，多是待在这里。"

晚蓉大叫："你会做菜！"

六飞苦笑："君子远庖厨——厨房下贱地，想不到皇上会做菜吧？"

淑秀学晚蓉大叫："您给做一个！"

六飞："做菜很麻烦，我不喜欢，但这是我从小就会的事情……"行到墙边橱柜，取出一柄窄面厨刀，滑指试下锋芒，"甭让我做菜了，显把手艺。"

要了淑秀的随身丝绸手帕，拢成黄瓜状，置于八仙桌，连切六刀。手帕切口如剪开，八仙桌面平滑无痕。

淑秀和晚蓉鼓掌。六飞道："放心了吧，即便被剥夺所有，我也能凭手艺养活你俩。"

黄昏光效，美妙宁和，六飞坐着不想动。有随应的禀告，说兰词芳和高小亭来了。六飞脸上起了人色："有朋友看我来了。见！"懒得走回树滋堂，吩咐："领这来吧。"

晚蓉、淑秀回避而去，临走晚蓉言："脸色难看，担心您。"六飞摇摇头："没事，兰词芳唱口戏，我就开心了。"

等半晌，进来的却不是高、兰二人。陈泊迁带进一位六旬老者，违背世风，穿着前清官服，竟然是一品官服饰，华丽之极。他进门瞄到六飞座位，便低头疾行，要在六飞身前五步跪拜。

六飞直手免礼，那人嘶哑道声："臣奇穆钦恭请上边圣安。"执着跪下。六飞起身避开："我穿着便装，不受大礼。起来吧。"

那人不听，仍完成三拜九叩。六飞神色不悦："陈奢佛，这人谁呀？兰词芳呢？"

陈泊迁说，兰词芳和高小亭，他给拦外面了。介绍这位是六飞三岁时封的巴图鲁[1]，大清最末一任的湖北提督，封疆大吏、国之重臣。

六飞隐去烦躁："平身。赐座。"随应的忙搬凳子，陈泊迁是帝师身份，从容落座。奇穆钦伏在地上仍不起身，吱吱微声，不知是哽咽还是气喘。

六飞轻声问陈泊迁："他这人，怎么不听话呀？"陈泊迁回应："此人忠心耿耿，在天津得知了秀莽阴谋，二百里赶来禀告。"转向奇穆钦，"提督大人，您是不是行得急了，有些难受？"

奇穆钦不抬头，开口说话，果然是曾经的勇士，敲石伐木的强硬音质："陈大人，您刚说我忠心耿耿，愧不敢当，大清亡于我手，我是本朝大奸臣！"

辛亥年，武昌兵变。袁世凯向朝廷禀告，打不过叛军的理由是，海军总指挥萨镇冰出走，致使大清海军投诚革命军，随时

---

[1] 国家级勇士。

可沿海攻到京城。一八四二年鸦片战争，英国便是如此威胁，打败了大清。

奇穆钦："我是湖北提督，武昌是我管辖，手下闹了兵变，我的罪过是无能，还不算奸臣。我拼死作战，在汉阳坚守不退，叛军地盘里插着我这把刀子，他们反不了天。此时袁世凯从北方发来了兵，如跟我里应外合，叛军便灭了。不料袁世凯调我下火线，去筹集食物供给！"

他仰面一声哭号，六飞未看清他脸，他已沉下头，灭了哭音，敲石伐木地说下去："袁世凯只比我大两岁，但官场上比我高一辈。我下火线，是看出了他的图谋，他要做大这次兵变，偷换天下。他吓住了我，跟萨镇冰一样，知趣地交出兵权。但我毕竟是封疆大吏——可以分庭抗礼的人，我耍浑不下火线，他也不能把我怎样吧？"

陈泊迁老泪纵横："提督大人，您没跟我说过这些呀。对对，这些事跟旁人说不上，只能跟皇上说。"

奇穆钦："当年局面，是人人都在观望。如果我当年发狠不下火线，萨镇冰也不会走。该出力的人都在出力，袁世凯必不敢妄动，大清一定不会亡……天底下缺一个发狠的人，便宜了袁世凯。放下枪，走下汉阳城头，我知道，我是个奸臣了。"

陈泊迁："不必如此自责。当年人人都怕袁世凯，你只是软弱。"

奇穆钦扬起头，六飞终于看清他的脸，鼻挺眼厉，英雄好汉的脸。

奇穆钦:"陈大人,世上没有软弱,只有贪婪。发不出狠,因为我有好日子过。我操控湖北全省皮革毛料生产六年,您说我捞了多少钱?"

六飞离座上前,手搭奇穆钦左肩,是请起的礼节:"你这人说实话,我喜欢。起来吧,咱们君臣好好说话。"

奇穆钦脸憋得通红,坐好后喘了多口气,方再发言:"上边,不好意思啦!我来,原只想告发秀荞,将功赎罪。但见了您,却说不了秀荞,觉得是我对不起您。"

六飞是王者宽和的笑:"过去的事,过去吧。说说秀荞。"

奇穆钦:"辛亥年后,我拿皮革毛料上捞的钱,在天津买了二十亩地,建了所半酒店半游乐场的园子,收门票收房租,钱上生钱。"

六飞:"嗯,好事。"

奇穆钦:"不是巴图鲁该干的事……秀荞来天津,陈大人希望他为您主持公道,要我免费招待他。我当然办,院子停业,只招待他。"

秀荞在日本启程时已知此安排,接受了。天津登岸时,奇穆钦听秀荞回答天津《现世报》记者,说六飞是国家分裂的祸源。采访结束后,奇穆钦道:"秀先生,您说出那样的话。您入住期间,我就不露面了,以表达我的立场,请您别介意。"

主人不待客,是严重失礼,这是拒绝接待的婉转说词。不料秀荞回答:"不介意。尊重你的立场。人人有立场,社会才能走向文明。"

秀荠安然入住。奇穆钦格外尴尬,既不能相见,只好格外优待,每日为选购珍稀食材操碎了心。

听此情况,六飞拍手大笑:"奇穆钦,你难道不知道秀荠是个不能跟他说话的人么?对这个大清的反贼,我七岁便研究了,看过他各种报道。他早年党羽回忆他,说一件事明明他办错了,经他一说,便觉得他是对的,等离了他再想,明明他还是错的。真如魔幻。"

陈泊迁赔笑:"世上有这样的人,思维差错,偏偏魅力非凡。皇家旧闻,大清初建时的摄政王多尔衮便是这样一个人。他在世,都觉得他事事英明,奠定大清基业。他一死,大伙惊觉,原来他许多事都做错了。错上加错这么多年,大清天怒人怨,已到灭国边沿。"

多尔衮打天下时屡屡屠城,建国后故意颁布侮辱汉人的法令,激得汉人造反,再发兵屠城。无人造反,便拿诗文定罪,大造冤案,继续屠杀。有见识的满人皆不安,群起责问他。他说缩小满汉人口差距,让武力型汉人绝种,人口少文化浅的满人方能坐稳天下——犹如中魔,满人们信了他,到他死后,才惊觉他的说法天理不容。

六飞叹气:"别拿老天说事。如此造孽,天理若在,早亡了大清。"

陈泊迁向天作揖:"天理一直在。大清未早亡,因为世祖章皇帝。"

多尔衮死后，十四岁的顺治皇帝得以亲政，他自幼随蒙古母亲修习佛法，深信因果。亲政后跟族长们说，满人的福气已被多尔衮败尽，报应将至，他这个皇帝当不了几天。

顺治掘了多尔衮的墓。那时满人还没学汉人土葬，以火葬后的骨灰入墓，多尔衮骨灰被挫成粉末，大风吹走。挫骨扬灰，是人间施加给死者最毒的惩罚，让死者魂灵坠入地狱，永受火刑。

顺治以为抵偿报应，这样就够了，平安坐享了七年天下。第八年，最喜欢的妃子和儿子毫无来由地急病死去，才知道还不够。顺治想，只有把皇帝之身捐献佛门，才能抵偿报应，再造福气，延续大清。

史料记载，顺治患病，在养心殿过世。赵共乡搜尽史料、遍访口传、实地考察，确定顺治是假死出家。出家处不远，距京三十四公里的天泰山慈善寺，遗迹还在。

六飞离座怒吼："瞎掰的话，您信得真真的！日本皇太子即戎身边有伊藤博文、西园寺公望、山县有朋、闲院宫一批经世俊杰，我身边是你和赵共乡两个老糊涂书呆子，我怎么跟即戎争……咦？天泰山慈善寺，不是马玉镶归隐的地方么？"

陈泊迁欣慰笑道："听一遍就记住，盛怒之下也能敏感到新词，您这份好脑子，是我执教成果。我和赵大人确是做不了事的人，但您脑子好，凭此一点就可和即戎争。"

日本皇太子即戎，比六飞大五岁，目前还未登基。六飞年少时，大清遗老们言论，说未来的中日之争，便是这两个小孩的竞争。即戎幼年入伍,受军校操习,六飞自小是赋闲文人的活法。

闲人怎么和军人比?

六飞垂头,瞄了眼奇穆钦,他已离座,不知所措地站着。六飞落座,陈泊迁肃了脸,上朝禀告般,朗声诉说。

距京三十四公里的天泰山,明朝建了座土地庙。明亡清立,土地庙住进一位和尚,早晨把庙门口一块磨盘大石头推下山坡,再一点点推上来,耗光白日,推回庙门已是黄昏,身上满是荆棘蹭出的血迹。

他一天天推着,被山民视为疯狂,再不敢进土地庙上香。也不知他吃什么,哪来的粮食。他死在康熙十六年,山民好长时间不见他推石头,大胆进庙。发现他以坐姿死去,肉身不腐,脸朝京城方向。

肉身不腐,明末第一高僧憨山才有此成就。不料他修成了罗汉身,从此土地庙改称"疯老爷庙"。五十七年后,乾隆皇帝登基,到天泰山游玩,夜宿疯老爷庙,留下些皇家用具,离去后拨款修缮院落。因是皇帝住过的地方,某些建筑细节改为皇家配置。疯老爷庙名称不雅,改称慈善寺。

以上是民间记忆,没人把疯老爷往顺治皇帝身上联想。

马玉镶退出京城去慈善寺,不是凭空选择,慈善寺本是他青年时代的故地旧居。马玉镶家庭是大清兵户,子承父业,十四岁入伍,二十九岁升任管带,京城外围防线上的天泰山是他的辖区,他不住兵营,住在房屋条件好的慈善寺中。

军中无事，山中日子长，寺中建筑上的皇家配置和疯老爷不腐肉身，引起他兴致。走访山民，据说找到一位古稀老人，说童年听爷爷辈的人讲，庙里那具歪头望着北京城的干尸是顺治皇帝。

又采访京城佛教界人士，得知汉地佛门没有推石头下山又推石头上山的修法，但它是藏传佛教的著名典故。八百年前的藏地圣人米勒日巴，为家人复仇学习巫术，咒死三十条人命。遁入佛门后，为消罪孽，长年苦行之法，便是推石下山再推上来。

顺治母亲是蒙古人，蒙古人信藏传佛教，米勒日巴如汉人的吕洞宾，是蒙古人一定讲给小孩听的故事。顺治削发出家，抵偿大清建国杀戮，那么他出家后，最可能选择的赎罪方式，便是效仿米勒日巴。

推理似乎成立。马玉镶兴奋之下，深挖慈善寺前后院子，掘出块刻石，刻有一首诗：

未曾生我谁是我，
生我之后我是谁。
人杀人事天计算，
江山坐到我时休。

马玉镶认为不是皇帝的人写不出这种气魄。有山民口传，有佛法佐证，还有诗——马玉镶确定疯老爷就是顺治皇帝。这个惊人发现，他从做营长时开始，说了很多年。

六飞怅然："想不到世祖章皇帝修成了罗汉！"转瞬想到，诗不押韵。大清建国前，满蒙贵族已流行聘汉人秀才当家教，顺治九岁启蒙，聘的是一位大明的举人，合辙押韵是他幼功，不会犯错写成顺口溜。

懒散了坐姿，六飞道："你说赵共乡搜尽史料，遍访口传，实地考察……明明是人家马玉镶做的！"

陈泊迁含笑。六飞："您难道要告诉我，马玉镶爱好清史，退出政坛后向赵共乡申请，要到清史馆谋个职位？"

陈泊迁笑出声："我逗你，你反过来逗我，这就是我从小教你的乐趣。"转而正色，"马玉镶霸占皇宫当日，我曾收到这样的消息——他手下将官受秀荞言论、苏俄革命影响，没有顾忌，但士兵们还不敢冒犯皇帝。于是他说自己是清军入关后第一位皇帝顺治转世，首皇赶末帝，是天数命定，不要怕。"

六飞："斩！斩！大胆马玉镶，欺负了我，还要充我祖宗！"

陈泊迁："他年轻时在慈善寺驻军，山中无事，度日如年，估计是对着庙里干尸，无聊至极产生的妄想。说自己闲待这么久，是后世陪前身。无独有偶，秀荞也曾说自己是顺治转世。"

一九一二年，民国初立，原大清内阁总理大臣袁世凯就任民国大总统，邀请南方革命党党魁秀荞北上议政。为表诚意，让出自己居住的前清总理府，作为秀荞驻所。

在京期间，秀荞遍游皇家园林，在颐和园、北海、鹿园皆见到一座金刚宝座塔——在一个正方形石台上立五座小塔，表示东西南北中五方。塔形模拟的是释迦牟尼的骨灰盒，可改风水降妖精，改了颐和园地理，调顺北海水脉，镇住鹿园里的邪气。

陪游人员介绍，北京最大一座金刚宝座塔不在城里，在出京城六十里的比喻寺，前清乾隆皇帝所造。秀莠问："这是要镇什么？"陪游人员回答："民间无口传，史书无记载，不知乾隆爷要干吗，糊里糊涂修了座大塔。"

秀莠感兴趣，让安排去。比喻寺的金刚宝座塔，孤零零立在寺后山腰。路上耽搁，黄昏方到，秀莠穿寺而过，直接看塔。夕阳斜照，满山绿树红如枫叶，白色巨塔如陷血海。

看得秀莠脱口而出："我当葬此地！"惊了一众随行。

很快天黑，寺中住持亲打灯笼，陪秀莠寺内参观。寺中另有名胜，为五百罗汉堂，贴金的木雕。五百罗汉信仰，源于释迦牟尼逝世后，四大弟子率五百和尚结集编纂佛祖生前言论，佛经始于他们，俗称的五百罗汉实则是五百零四尊雕像。

五百罗汉堂，广东、浙江、四川皆有，雕刻水平高过北方。秀莠见过好的，兴致不大，走马观花看看，忽然驻步。是第四百四十四尊，与众不同，不是僧相，着军盔战袍，灵牌写的是"破邪见尊者"。

秀莠惊叹："这不是杭州岳王庙里的岳飞像么？"

提灯笼的住持法号巨然，回答："不是岳王爷，是乾隆爷。"

比喻寺本是皇家庙产，不对百姓开放。民国后皇家园林多数划归国有，比喻寺偏僻，民国政府不愿耗人员财力，图省事划归住持个人所有。他是皇家私庙嫡系，接待过同治、光绪两朝皇帝。庙内口传，乾隆放大比例建一个金刚宝座塔，是给百年后灭亡大清的人准备的墓地，灭亡大清的人是顺治皇帝转世。努尔哈赤、皇太极两位皇帝均亡在东北，未享天下。顺治才是进京坐龙椅的新朝首帝，立大清灭大清都由他做。乾隆把自己形象塑进五百罗汉，为迎接这位灭大清的顺治转世。

听得秀莽怅然失笑。巨然和尚表白："天下人皆知，您闹革命推翻大清。六十亩地的比喻寺，是乾隆爷给您准备的。我愿奉献庙产，移交地契。"

六飞道："结果如何？"

陈泊迁："收了地契。巨然投靠新贵，您的这座家庙，一九一二年后是秀莽私产。"

六飞转向奇穆钦："刚你说大清亡于你手，你该上法院告秀莽，争这六十亩地。"

按刚才所谈逻辑，谁亡大清谁是顺治皇帝转世。奇穆钦叫声"不敢"，一个头磕下，僵住不起。

陈泊迁："他是老实人，经不起您玩笑。"叹口气，跪在奇穆钦身边，"袁世凯偷换天下，只能建共和制。全因秀莽多年舆论，帝制腐朽落后已成天下共识，袁世凯不得不顺从。秀莽私下自称是大清先帝，为何往这上面靠？因为口说共和，只为推翻大清，他真正想法是仿效日本的君主立宪。提督大人，您禀告吧。"

奇穆钦直起上身："秀莽在天津，访客不断，有段祺瑞秘书、张作霖特使、马玉镶参谋，我安插人窃听，才知天下悄变，秀荞办成了君主立宪。"

六飞失色："共和制已十二年，袁世凯都当不成皇帝，秀荞能办成？"

奇穆钦："秀荞北上，转去日本，一待小二十日。马玉镶和张作霖请赋闲在家的北洋元老段祺瑞充当新政府领袖，既不称总理也不称总统，叫了个奇怪名字——执政。"

六十年前日本明治维新，明治天皇离开历代皇家驻地京都，迁居东京，实行君主立宪，自称"执政"。与"陆海军大元帅"一样，"执政"是天皇的别称专用。段祺瑞称了执政，民国大众不懂，日本人则知道，称了执政，便改了国体。

陈泊迁："段祺瑞的'执政'前面，有'代理'二字，他是暂时的，等国体稳定后，便要让位秀荞。"

奇穆钦："段祺瑞是个探雷的，以他的名义宣告，执政制度既不承认《中华民国临时约法》，也不承认《中华民国宪法》。作为国家首脑，竟然否了宪法！再看宣布的执政权限——总揽军民政务，统率海陆军，直辖国际外交事务。集立法、行政、司法三权于一身，等同日本宪法上的天皇权力，大到无限。"

六飞："民众什么反应？"

奇穆钦："没有反应。"

六飞："不对呀！老百姓是以反对帝王专权为理由，不要大清，立的民国。分权是民国国本，老百姓敏感极了，见谁有专权企图，立刻舆论上骂死，袁世凯不就这样死的么？"

奇穆钦："袁世凯死后，战祸不断，老百姓被折腾惨了。见有人出来主事,无不拍手称快,能享太平日子就好,哪儿还有心再较劲?"

六飞沉默。

陈泊迁禀告:"段祺瑞蹚雷试险,平安无事,代理职能已完。下一步就是秀荞入主京城,做正式执政。"

六飞:"秀荞空身而来,张作霖手握重兵,为何自己不做要让给他?"

奇穆钦禀告,秀荞在广东的那点学生兵,不堪大用,但他建军校用的是苏俄资金和教官,马玉镶也早归附苏俄,用上苏军武器和参谋。秀马一南一北,看似无关,实则一伙,都是苏俄培植。

秀荞早年革命,受日本元老集团资助,后被日本元老们放弃,才转投苏俄。秀荞北上,逗留日本近二十天,是与日本皇太子即戎接上关系,逼张作霖退居第二。经过苏俄和日本双双肯定,秀荞稳当第一人。

说到即戎,六飞大感兴趣:"即戎有实权了?"

奇穆钦:"他在急速揽权,去年开始,有了与元老们对抗的能力。"

即戎没跟秀荞见面,让皇叔弦远宫代他会晤,立下日后对接消息的专使。即戎专使叫铃木十八吉,秀荞专使叫蒋无炎。

想到十四岁在天坛遇到的蒋姓杀手,六飞平淡问:"无炎——正常人会这么起名?"

奇穆钦禀告是僧名。此人生不见父,怀胎时父亲病亡,认了家乡一位和尚为义父。八岁前养活在庙里,唤作无炎,十五岁离家乡，用禅门名字闯俗世。

陈伯迁："'执政'一词，日本明治年间用过一次，也不再用。秀荞坐稳天下后，再下一步就是废除此词，自立皇室。国际惯例，施行君主立宪，君主得由一个旧朝皇族来做，英国如此，日本如此。您的存在，让秀荞尴尬，显得他没历史依据，如果有历史依据的人死了……"

六飞起身："明白了！秀荞进京前，我最好死。"

奇穆钦："上边圣明！秀荞在天津待得烦了。原本说好的事，事到临头，张作霖和马玉镶谁都不愿承担杀皇帝的责任。张作霖说他受过皇恩，下手了后世会有骂名。马玉镶更是借与张作霖发生口角，一溜烟躲出京城。逼得秀荞要自己派杀手进京。杀手，是蒋无炎。"

奇穆钦在天津定居，配有提督府护卫，雇佣英国枪手。蒋无炎再厉害，也是一个人，会死在来京的火车上。但不用那么做，他告知了驻天津日军司令小泉柳义。蒋无炎去火车站，被日军便衣拦截，关进海光寺兵营。秀荞还以为他已到京城。

六飞："秀荞已跟即戎结盟，日军敢扣他的人？"

明治维新后，一直是元老们控制陆军，拒绝皇室染指。秀荞是元老们多年前抛弃的人，忌讳他现在的苏俄背景，元老们并不想让他在中国上位。

六飞嘘口气："知道你俩必是有恃无恐，才敢跟我扯闲篇。"

陈泊迁："世事如文章，知道来龙去脉，才好下笔。上边，下一步，您看该咋办？"

六飞挠挠手："既然没杀手来京，事情便不急。"单手捂腮，起身出门。

候在厨房外的高小亭和兰词芳见六飞走出，作势下跪。六飞直手免礼，道："我牙痛，说不了话。"快步走过他俩。

出了西花园，吩咐随应的叫张哈哈到树滋堂。张哈哈来了，六飞嘻嘻笑道："给你干儿子张雪凉打个电话，说我牙痛要去医院。"

电话拨通。张哈哈说，张雪凉回复，天快黑了，他请医生上府出诊。

六飞："你让张雪凉告诉他爹，蒋无炎到京城了，他爹愿不愿意我上大街？"

片刻，张哈哈转话："我那老兄弟没跟雪凉在一块儿。雪凉说，不知蒋无炎什么人，不知您话里啥意思。您要是闷得慌，想出门逛逛就逛逛吧。天快黑了，注意安全。"

出门坐醇王的福特轿车，张哈哈一定要陪同。醇王送到府门口，口吃很轻地说："你随我，骨子里懒散，是做不成事的人。强求必败，别做什么，家里有你好日子过。"

六飞眯眼，小孩撒娇地笑："父亲大人，放心吧！我不随您，我随娘随姥爷。"手捏入府时带的布娃娃——兰词芳家的大师哥，进了轿车。李敬事和张哈哈跟进去，三名鹿忠嶙军警立在车门踏板上，手抓顶栏，伴车而去。

十四　封后

协和医院牙科有医生候着。张哈哈要跟进去,六飞说"甭陪着啦",要他和三名军警留在走廊。李敬事陪六飞入内。

诊室中是两位英国医生,三名中国女护士。一名医生摘下口罩,是洋帝师庄士虔,六飞的英文老师。侧室门开着,坐一位西式出行裙装的女子,戴垂面纱的宽檐帽,见了六飞,起步弯躯,行万福礼。

六飞进侧室,关上门,叹道:"答哈玛,第一次见您穿西装。"

太皇太后慈禧开始,后宫风行照相。为图乐子,照相时都奇装异服,慈禧爱着戏服,康谨太妃爱着男装,西式女装更是拍的人多。唯敬懿太妃认为乱穿衣有违礼法,但她只是自律,不评价别人。

她甚至没拍过照片。六飞曾问过:"都知道您是皇宫第一美人,干吗不留张照片?"她笑答:"人老了。留照片,就坏了漂亮的好名声。"

她和荣惠太妃在皇宫多留了十六日,终被驱逐。东城麒麟碑胡同一所宅院,是敬懿太妃早年买下的私产,多年闲置,装修后方能住人,她俩先租住在六国饭店。

六国饭店是法国人经营，洋人地界，尚安全。来协和医院，为避人耳目，敬懿太妃此生第一次穿上西式裙装。

六飞出宫时，不准携带银两，更别提珠宝书画，连换洗衣服都未带够。两位太妃软磨硬泡，带出了全部私房存银和用品，甚至为百年之后准备的出殡礼仗旗帜也带了出来，装满十五辆马车离的皇宫。

敬懿太妃："您的龙袍封在养心殿，我们老姐俩够不着，但我俩把德宗的龙袍带出来了，日后复辟，您好有穿的。"

六飞："您们出宫那天，我听说有军警搜查，只准带银两，不准带文物，您们藏哪儿带出来的？"

敬懿太妃："真要藏，就带不出来啦，必给搜出。摆在明面上，才可能被忽略，大布裹成个包袱，让荣惠老妹妹抱在膝盖上。有军警要检查，荣惠妹子说：'我们小姑娘进宫，老太太出宫，一辈子攒下点东西，您还好意思搜呀？'军警是个小伙子，不好意思，放行了。"

六飞慨叹："您们不容易，我听着都险……答哈玛，按您性子，越险越要自己扛，怎么您没抱包袱，放在荣惠太妃膝上？"

敬懿太妃掀开面纱："我这张脸精明，那番话我说，军警会起疑，就带不出龙袍啦！"随即一笑，甜润之极，二八佳人时的风情白驹过隙般闪现。

看得六飞恍神："答哈玛，您可真漂亮！"

敬懿太妃摘下帽子，挺起脖颈："那您就好好看看吧。我不留照片，我剩下的这点好就都留在您眼里吧。"

六飞湿了眼："我要走了。"

敬懿太妃落泪："猜到了。"

六飞："您别担心我。我是皇上，鬼神难测，知我者，唯有天地。拿常情来想我，您可就累着了。清室优待条款是民国立国的代价，欧美多国做的公证。京城有各国使馆在，马玉镶和鹿忠麟哪儿敢真开枪杀我？不过是装流氓吓唬吓唬，探个底儿。我一下便出宫了，估计他俩也吓一跳，没想过能办成。其实我早做了出宫安排，鹿忠麟傻了吧唧地来了，正好借用。"

敬懿太妃干了眼："您没找我商量，便出宫了，知道您被枪指着，没怪过您。"

六飞："我是个怕死的人么？您以为我这么说，为给自己找面子？"一脸得意，"您出宫，只准带银两，不准带文物——呵呵，鹿忠麟够傻的，现今宫里尽是三流货色，珍品我早运出京城。"

敬懿太妃："不会吧？高宗纯皇帝收购的神龙本《兰亭序》还在养心殿挂着呢。"

六飞："那是三流货色，明朝文物贩子丰坊伪造，骗得了乾隆爷，骗不了我。我告诉您咱家宝贝都去了哪儿——天津英租界戈登路一百六十六号，三年前我匿名买下的一座洋楼，真正的墨宝妙笔天历本《兰亭序》在那儿。"

敬懿太妃："这么大动静，康谨太妃没察觉？"

六飞："您想想，三年前，宫里最大动静是什么？"

三年前，六飞驱逐了二千八百名太监，说他们多年监守自盗，宫中库存文物流失惨重。存宝最多的建福宫遭窃最多，太监们弥补不上，纵火烧了建福宫，谎报是电线爆火。六飞说一日殿内习字，发现有持枪黑影隔窗瞄准他。推断是太监被逼急了，起了杀心。

六飞笑道："建福宫是我烧的，黑影是我编的。不闹得皇上没命，严守古制的康谨太妃不会同意驱逐太监。"

敬懿太妃当年有疑心。宫里太监的风气，是慈禧太后调教好了的，后辈受益。太监也有毛病，讨赏钱开口大，虚报伙食费、过冬装修费，买家具服装要回扣。

但太监不敢偷盗。小太监进宫前要皈依佛门，老了出宫是进寺庙终老，他们这辈子是居士，带发修行。皇宫聚集鬼神，绝不敢在这地方犯居士誓守的不偷盗大戒。

六飞："幸好是康谨太妃主事，不是您。太皇太后留下的太监班底确实不错，小事上占便宜，大事上死心眼。"

他召醇王府的弟妹进宫，携珍宝出去，屡屡被搜出。即便写了赏赐批条，太监们一句"先帝遗物，不在赏赐品范围"，便给扣下。他调库房文物出来，留在养心殿里把玩，太监们一一登记，隔几日上殿核对一次，看看还在不在。

六飞："答哈玛！皇上要调理人间，就是一会儿好心一会儿坏心的。"捏紧了手里的布娃娃。

敬懿太妃轻叹一声，点了下头。

六飞："赶走太监，宫中珍宝方能运出。不是让醇王府弟妹做文物贩子，是我要出宫。我出宫为重夺天下，夺天下得有资金。"

敬懿太妃："非得出宫？"

六飞："非得。您听说过'老话'么？"

大清立国，始于一场兄弟相残。满人首领努尔哈赤反叛大明，囚禁了身为大明官员的弟弟舒尔哈齐，决战前夕将他赐死。舒尔哈齐本是满人最大萨满，临死前对哥哥将要建立的王朝做出预言，称为"老话"。

老话最初被认为是恶意诅咒，但努尔哈赤战时病亡的突兀结局，被老话说中。于是老话被重视，成为努尔哈赤子孙独享的秘密，上一任皇帝临终前才向即位皇帝口授。

老话传到咸丰皇帝时不剩几句。咸丰病逝时继位皇子尚是儿童，接不了口授。咸丰说给辅政八大臣之首的肃顺，托他日后转述给成年的新帝。谁想政局骤变，咸丰的妃子慈禧揽权成功，坐主天下，杀了肃顺。

肃顺一死，断了老话。他死前曾从狱中传出些老话，不利慈禧，说"妃子主政，你家衰亡"，遭慈禧严禁，传播者判重罪。慈禧晚年，控制力下降，当年的零星老话沉渣泛起，重现民间，对大清灭亡的关隘，竟一一命中。

如"你家大业始于摄政王，亡于摄政王"。一六四四年，多尔衮以摄政王身份率军攻入京城，立了大清。一九〇八年，醇亲王做摄政王，三年后大清灭亡。

符合老话。

再如"你家孤儿寡母上位，孤儿寡母下来"。一六四四年，称帝的皇太极阵前病亡后，六岁儿子即位，母亲博尔济吉特氏相伴，进京称帝。一九一二年，六飞是六岁小孩，由前代皇帝光绪的皇后隆裕代言退位声明。

敬懿太妃："老话，不是断了么？"

六飞："失而复得。我大婚时，外蒙古活佛八世哲布尊丹巴派特使送我一把镶金花手枪做贺礼。如此薄礼，因为他已遭苏俄军队监禁。除了这把枪，还把失传的老话转告了我。"

敬懿太妃："远在天边，他怎会有老话？"

六飞："第一位哲布尊丹巴是康熙爷立的，他跟康熙爷是结拜兄弟，共处过十年时光。除了肃顺，能知道咱家老话的外人，只会是他。"

敬懿太妃："他说了什么？"

六飞："好多话，对我最有用的是——亡了国，能续上，出了宫，有一段。丁巳年张勋要恢复大清，谈妥了北洋大佬、南派军头，个个签了字，发誓责任共担，一块向老百姓交代。白纸黑字，板上钉钉，还是出了意外，让徐烛宾搅局破败。没有徐烛宾，也会是张作霖搅局、秀荞搅局，只要我还在宫里，事情就成不了。我出宫，大清就还有一段。"

敬懿太妃："这一段多长？"

六飞咻咻而笑，如一个突然寻到乐子的小孩："老话没说，看我作为。一两个月是一段，二三百年也是一段。"

敬懿太妃离座行万福："您给咱家再开三百年。"

六飞止笑，道："答哈玛，接旨。"

敬懿太妃脸色发白，双膝跪地。

六飞喊李敬事进来。他一路拿着的细条纸盒,是文具店卖毛笔的普通包装,打开,竟是黄锦小卷的谕旨。李敬事行到敬懿太妃身前宣读,表彰她品德高尚,庚子年立下守宫大功,特将她由皇贵太妃加封为皇太后,作为同治皇帝的第二位皇后。

惊得她伏地不起,呜咽连称:"使不得,使不得。"

六飞笑道:"有何不可?威慑天下的慈禧太后,因我才真当了皇后。我能封她,也能封你。"

咸丰皇帝仅懿贵妃慈禧生的一个儿子,早早立为太子。宫中习俗,内务府奴才、宫女太监对太子的母亲也称皇后。

咸丰的皇后才智平庸,遇事多让慈禧出主意。皇后无才、儿子年幼,慈禧得揽大权。官员和皇族献媚,随了后宫下人的口,唤她"慈禧太后"。但在礼法上,执掌天下四十余年的女主终还是妃子身份。

一九〇八年,光绪皇帝和慈禧太后双双病危,慈禧指定三岁的六飞即位,其父做摄政王。嘱咐醇王:"天下进了你家,你得还我点好。我这辈子,享了大权享了大福,没享过大名。"醇王会意,以六飞名义下旨,追封慈禧为咸丰皇帝的第二位皇后,宫中史册正式记她为太皇太后。

敬懿太妃扬起身,泪水污了粉黛的脸:"知道您好心,在成全我。我们一帮老姐妹,就剩下我和荣惠妹子二人了。我俩十五六岁前后脚进宫,处了四十多年,出了宫也是处一块,前后脚地死。我成了皇后,难道叫我那老妹子天天见了我,还要给我下跪么?"

六飞甩了甩手里布娃娃:"我蹚险而来,是为了封后!您不要,我白拼命啦。或许我一出门就会给人害死,我这趟真是不值!"

布娃娃往她裙上一扔,不等她言语,摔门而去。

李敬事追出,门簧反弹,门关上。

望着油漆尚新的门,她双膝未动,念叨句"孩子保重"。

八年后,敬懿太妃在麒麟碑胡同逝世,手里握着六飞留下的布娃娃。以皇贵妃规格出殡,三十二人抬幡,八十人抬杠。六飞未能回京,遥封她为"献哲皇贵太妃"。献、哲是皇后谥号的专用字,从未用于妃子。以此僭越的二字示现天下,她等同皇后。

十五　鳇鱼头

奔到牙科外室，六飞压嗓子出哀声，压得极低，很快止住。听得庄士虔瘆得慌，暗想："这就是中文说的'鬼哭狼嚎'吧，人怎么会发出这样的声音？"

离京计划由庄士虔制订。这套房原是急救室，有侧门，一条甬道直通停尸房。运尸车出行不走大门，有专用院门。房屋结构利于出逃，为六飞布置成牙科诊室。

乘运尸车去英国使馆，之后去英国，以客座教授的身份，受聘于牛津大学国王学院中的东方学系，向英国青年们讲讲中国宫廷典故，课时费颇高。实在烦了，可从伦敦大学召乱岗来聊天，还可帮他卖卖绣花鞋垫……

由执政到称帝，尚有诸多环节，不是秀荞能一一应付。他办事缺乏连贯性，屡屡食言，这也是日本元老们抛弃他的原因。卧薪尝胆三五年，等秀荞办砸了，再海外归来，收取天下……

穿行停尸间，竟心情很好。停尸间西墙是整面铁门，打开后是停车场，院灯电力足，可见一辆欧洲马车造型的运尸汽车。

还有一辆一九二一年生产的暗紫色英国宾利轿车，车旁站穿浅灰色晚礼服的两位中年白人。宾利轿车后，是两辆模仿美国通用轿车的日本太古里轿车，站着两名穿西式黑色晚礼服的日本老者。

见六飞现身，四人皆脱帽鞠躬。

庄士虔迎上去，与宾利车旁白人交谈后，转回对六飞禀告，英国使馆不接受他了。之前使馆和英国政府通气，欢迎去伦敦，但两小时前接到英王乔治五世急电，说英国不能承受中国皇帝来英的政治影响。

使馆参赞亲自前来相告，但事关英王，不好跟六飞谈话，远远鞠躬，以示歉意。参赞名义上是大使的个人顾问，实则是使馆仅次于大使的官职。

六飞语调平和："便这样吧。你让参赞鞠了躬，就甭陪着啦。"

宾利车开走后，庄士虔介绍太古里轿车旁的人："知道关系您人身安全，参赞备感愧疚，询问了日本使馆可否接受您。日本使馆说是他们的荣幸，表态会全力保护、全力服侍，大使亲自来迎接。"

两位日本老人遥行鞠躬礼。与关东军、京津地区的日军一样，日本使馆也是元老们的势力。秀荞已跟日本皇太子结盟，秀荞要除的人，日本使馆反而要保护，跟皇太子公然唱反调。

六飞暗道："即戎即戎，你的处境并不比我好多少呀。"点头，吩咐庄士虔："事情好玩了。听说日本太古里车盗仿美国通用车，外形别无二致，内核差着技术，费油、噪音大。咱俩去坐坐，看是不是这样。"

迈步行去，却听身后一声吼："老爷子！您走不得。"

张哈哈和三名军警穿过停尸间，在西墙铁门前驻足。六飞冷笑："怎么，为你结拜兄弟张作霖，要留下我？"

张哈哈屈膝行礼，谦卑地笑："猜对了。打您小就觉得您精明。"

六飞："打小就觉得你是不忠之人。我那老父亲镇不住你。"

张哈哈："这能看出来？"

六飞："你鼻梁是歪的，面相不正的人也心术不正。"

张哈哈："您的思想太落后。民国啦，怎么讲迷信？"嘱咐军警掏枪，"除了回家，您哪儿都去不了。堂堂皇上，要被枪指着，该多寒碜？"

三个军警低头按枪套，枪未上手。皇帝与天地神佛并列，旧时代禁忌在人心中尚有余波，拿枪指皇帝，怕招噩运。

六飞："是啊，够寒碜。别让日本人看笑话，我跟你走。"转身向庄士虔拱手致谢，"庄奢佛，辛苦您。事情败了，去向日本大使道声谢吧，我回家了。"

庄士虔瞳孔绿色犹如古铜钱的锈斑，道："五十岁前，我是个觉得佛好于上帝、中国好于英国的狂人，在英国同僚里没人缘。谁想大清皇宫镇住了我，让我静下来，这几年是我的好日子。"

六飞笑道："静下来，觉得佛不如上帝，中国不如英国了？"

庄士虔点点头："您的皇宫是我的教堂，让我感到上帝的存在。英国虽然不好，在我有限的交往里毕竟还有忠诚。以我在这里的资历，英国的大学都会聘我做东方学教授。以后，东方学不单是阿拉伯世界，将包括中国，包括您。"

六飞迈入停尸间，张哈哈示意军警关铁门。李敬事闪入，叫道："我代皇上出家，他是假象，我才是真身。"

张哈哈和颜悦色:"没说撇下你。哎呀,咱来一趟,别给人家医院弄乱了。"上前扯铁门把守,三位军警忙动手。别上门插销,张哈哈顺手一掌扎在身边军警咽喉上,军警晕厥顺门面滑下。

另两位军警呆住,叫:"张总管,您干吗?"

张哈哈走近:"干这个。"挑指刺喉,将二军警击昏。转身向六飞,手里多了支德国鲁格手枪。

王府皆有练拳风气,伦贝子府练太极拳,肃王府习八卦掌。张哈哈交谊广泛,京城多家镖局以醇王府为靠山,他要镖师奉献拳术,得了几手江湖暗算的秘技。

张哈哈:"除了张作霖,我还有个结拜兄弟——民国初立,秀莽来京,先拜醇王府,做出个大新闻,旧日反贼和旧日摄政王把手言欢,表示新时代和和气气地到来。醇王是个灰心人,做不了事,甚至说不了话,陪秀莽府内参观,久久无言,为不失礼,都是我在说。聊了一下午,秀莽赞我是才俊。"

六飞:"你俩才俊对才俊,拜了兄弟?"

张哈哈嗤笑,难掩得意,可想当年的兴奋。

六飞:"在天津出发的蒋无炎是个幌子,你才是秀莽派出的杀手?"

张哈哈:"我结拜兄弟搞暗杀出身,暗杀有暗杀的门道。奇穆钦和陈泊迁是文官武将,隔行如隔山。"枪指六飞,"老爷子,您在阎王爷面前骂不着我。我是替天行道,改朝换代了,新皇要除旧皇。"

李敬事抢在六飞身前,高举双手,指尖颤抖,似李谙达附体,要挡子弹。

张哈哈变了腔，常年的笑脸转为凶相："轮不到你表忠心。走开。"

室内响起另一个人声，高昂尖厉："轮不到他表忠心，轮得到我吧？"

张哈哈视线急扫，见存尸冰柜的间隙中纸片般飘出一人，兰词芳般五官精致，李谙达般神色蠢呆。

张哈哈脱口唤道："亮公公！"

那人不答话，扬手抽自己一记耳光，脆响。

六飞一个激灵，瞪住他。

他有着十五岁少男的身型，有着六十岁老人的衰容。

亮公公，是李谙达接班人，隆裕太后时期的大内总管。出身内学，本是个唱戏的小太监，眉清目秀最适合演旦角，但誓死要扮武生。十五岁本领初成，一日慈禧太后为解闷，来内学看小太监排练，他扮上《岳家庄》中的岳云，一双亮银锤耍得飞速，闪花慈禧的眼。慈禧道："我今天才见到什么叫亮银锤，比高小亭快多了，以后你就叫小亮子，伺候我吧。"

李谙达私下审他："高小亭多大道行，你能快过他？"他说是攒了英国烟盒里的锡纸，贴在锤面上，快不过高小亭，亮过了他，人对刺眼的东西会觉得速度快。李谙达道："你用心。跟我吧。"收为弟子。

一九〇八年，慈禧和光绪双双过世，李谙达出宫守孝，光绪的皇后隆裕升为太后，他接任李谙达做了大总管。四年后，隆裕病逝，他办理葬礼后出宫守孝，四大太妃一直保留着他的大总管。但他不再回宫,与奇穆钦一般,在天津英租界买地建小洋楼,做了寓公。

王府管家地位低于皇宫总管,要巴结逢迎。多年惯性,亮公公现身,张哈哈嚣张尽去,重现谦卑:"大总管,听闻李谙达能挡子弹,您学会了他这手?"

亮公公又自抽一记耳光,哀叹:"我对不起这名号。有话直说,再称呼我,我还得抽自己。"

张哈哈:"好!我开枪啦。"

亮公公一步跨到李敬事身前,与李敬事一般,双手提到脑门,螃蟹钳子般张开,指尖不住颤动。

张哈哈:"李谙达从义和团学的邪术,宫里骗慈禧老佛爷还行,战场上可是失灵的!谁练刀枪不入,谁给洋人枪子打成蜂窝煤。"

亮公公灰心丧气的模样:"不灵,当我是以死尽忠。求您开枪吧。"

张哈哈咬牙,狠扣扳机。

如亮银锤闪过,六飞眨了下眼。

无枪声。

张哈哈扣扳机的手指痉挛,连带小臂肌肉抽缩,波澜般延到全身,蹦跶两下跌倒,癫痫症一样抽搐不止,歪了眼,嘴角流出咬破舌头的血。

李敬事愣愣看着,"李谙达的绝活儿,他做到了……"一个寒战,从脖颈凉到脚跟,"何时我也能做到?"撑开的双手颓然垂落。

亮公公响头磕下:"老爷子吉祥!"

六飞拨开李敬事,叹道:"天下还有你这忠心人。"

亮公公道:"我不忠心。""啪"的一声脆响,又一记耳光自抽在脸上。

六飞凝视他,穿行到十几年前旧时光,道:"这招我也会。"

北京到天津二百里,亮公公安排一辆美国福特车出京。十五里后有个货运火车站,改乘一列运丝绸的货车,直达天津海港。下火车后,三辆坐有保镖的英国劳斯莱斯轿车迎接。

亮公公的办法,是先进天津租界,保住人身安全,再图他想。恩怨止于天津,是外国势力和民国政坛多年形成的默契。旧日政敌前后街居住,从未有过暗杀,即便是秀莠也不会犯禁。

火车上四小时,六飞拿李谙达闲聊,说他富可敌国。亮公公心知是对自己的财力好奇,禀告:"李谙达一世清白,宫里办事,批的钱不够用,会自己拿钱垫上。老了出宫还留给隆裕太后三百万两银子私用,奴才给主子零花钱,哪朝哪代有过这事?"

六飞:"大总管俸禄高,毕竟有数。不贪污,哪来那么多钱?"

亮公公:"李谙达不用贪污宫里,他有官场。"

世人皆知,李谙达是慈禧太后的红人。官场迷信,不给他送贿赂,升不了官。亮公公拜师李谙达后,曾经请教:"谁给钱多,就提拔谁。您不是乱了官场?"李谙达笑答:"老佛爷面前,我从没说过谁一句好话。老佛爷精明人,我要说谁好,定知我拿了银子，为私利而背叛她，早一顿乱棍打出宫去，哪儿当得了四十年大总管？"

六飞眼光亮起，来了兴致："李谙达白拿钱不办事，还白拿了四十年？"

亮公公："世风坏了，让李谙达取了巧。官员升降，自有评审制度。能送贿赂的人，说明他本有升官资格，李谙达不说好话，也能升上去。李谙达是闭眼收钱，从不跟送钱者说话。升不上官的，会想是钱没给够，下次要多给。"

六飞笑道："就怕人比人，越比越恐慌，大家都比着给李谙达送钱，便没人怀疑他不办事了。"

亮公公："老爷子，您明镜的心。四十年官场，争先恐后地给李谙达送钱，他能不富可敌国么？还没亏德行，这辈子一点没贪污，白来的便宜！"

六飞："太皇太后四十年都不知情？"

亮公公："多少有听闻，跟李谙达说过'你没错，是他们傻'，吓得李谙达要寻死，但老佛爷再没说别的。李谙达跟我讲：'老佛爷装糊涂，是体恤我。'"

六飞："李谙达一世清白，还富可敌国，因为大清尚在，他有官场。你当总管，大清已亡，没了官场，怎么一样富可敌国？"

亮公公扬手自抽一记耳光："老爷子，我亏了德行。"

作为隆裕太后心腹，他贪污宫用，越来越敢下手，直至有胆子贪污隆裕太后死后的丧葬钱。儿时入宫，知皇宫聚集天地灵气、仙佛鬼神。贪污后，心里瘆得慌，常常走神，每当觉得魂要飘走，便自抽一记耳光，打醒自己。

亮公公："老爷子，慈禧老佛爷病危，定下您当皇上，是我去醇王府，把三岁大的您抱进宫。"

六飞幼年见过亮公公自己抽自己耳光，小孩好奇，照着学了。见到皇上学自己抽耳光，亮公公一度精神崩溃，在宫里再也待不下去，借口给隆裕太后守孝，从此出宫。

六飞拍手："我问过，在我小时候，是谁使坏，教了我这门手艺。宫女太监没人提你，都说是我天生的。哈哈！你在协和医院一露面，模模糊糊的一星点记忆，我猜到是你！果真是你呀！"

亮公公请罪，解释十一年来，他不回宫，宫里却一直给他保留大总管虚名，是因为宫里太监体系在他当职的四年里，严厉整顿过两次。他不发话，没人敢就任总管。四大太妃选谁，谁就称病辞职。在宫里的余威，让宫女太监们不敢说是他教坏了皇上。

从天津海港乘车入城区，亮公公介绍自家洋楼在英租界爱丁堡路："老爷子，您在戈登路上的洋楼等于个仓库，没法住人。先来我家吧，已给您备好房间。"

六飞难掩惊讶："我在天津买房，你知道？"

富可敌国，是种恐慌。害怕被谋财害命，须层层设防。天津地面上任何风吹草动，第一时间要知道。戈登路上的匿名房主，引起亮公公关注。今日能在协和医院出现，因为监视六飞已三年之久。

他的保卫系统，有雇佣的英国枪手、印度刀客，养了数位退休的名镖师、归隐的大匪徒当门客，还收了一百五十名原属京城御林军的撒拉族骑兵。能动用的武力如此丰富,偏要自己冒险进京接六飞,为赎罪。

亮公公:"您大婚后驱逐太监,我已猜到是要运出宫中藏品。没我默许,太监们一定闹事,二千八百人能乖乖地走了?"

六飞眯眼,做出笑样:"我还得多谢你?"

亮公公:"贪污宫用,宫里人多嘴杂,哪瞒得过?我出宫时,心知骂我的人多。出宫五年后,没人骂我了,贪下的钱,我加倍补上了。贪下的宫用,我跟着英国银行投资南美,赚了大利,买下京津区域的大部分当铺、古董店,雇用太监们经营。老爷子,您驱逐的二千八百人,其实只有九百,名册上的小二千人早不住宫里,在大街上,我开的店铺里。"

六飞叹道:"当年给赶走的太监,聚在宫门外两日不走,非要向我磕个头。我登台露面,他们磕头后,一步步退行,退了百多步,等我隐去,才转身走。我诬蔑他们名声,他们还规规矩矩的。"

亮公公:"那天我从天津赶来,磕头的人里有我。一是怕出乱子,二是您是我抱进宫的,十几年不见,想看一眼。您露面,所有人都哭了,我事先嘱咐过,多难受也不准哭,在老爷子跟前闹情绪,是大不敬。最后一面,咱们得恭恭敬敬的。"

亮公公"哇"的一声哭出来,抬袖狠抹下脸,止住哭腔:"向老爷子禀告,那天好多人为不哭出声,嘴唇都咬破啦。"

六飞失了表情,道声:"对不住。"

车停下,亮公公突显困倦:"我家到了。老爷子您在车里别动,我下去。车门到家门,我亲手给您铺条红毯。咱们不是出逃,是您正正经经莅临臣宅。"

一路有说有笑,实则高度紧张,刚一松弛,疲劳如山压来。六飞缓缓扭头,望向他家门。日本太古里模拟美国通用汽车一般,模拟的是驻京英使馆大门。

比英使馆大门更好的石料。

红毯铺好,未及亮公公开车门,六飞摇下车窗:"不进你家。秀荞在天津,我去找他。"

奇穆钦园子里,秀荞正夜宵,张作霖作陪。奇穆钦给撒在京城,由园子经理、奇穆钦长子引领,穿过张作霖卫兵,六飞入厅。二人见六飞,都起了身,起身后尴尬,不知如何行礼。

从未谋面的两人,都比照片上更有气派。秀荞保留着早年旅居日本的生活痕迹,留着日本明治时代流行的胡须——缩小版的法国贵族胡型,神色倨傲,五官端正,是可以放在明治元老们中间的大人物相貌。张作霖宽额狭腮,一双狐眼,机警非凡。

六飞暗生感慨:"一个外务大臣的相、一个监察史的相,如大清还在,他俩当是国家栋梁。"

餐桌上木架支着一口萨满堂子里炖猪头的一米二直径的大铁锅。在炉灶上炖熟后,搬整锅上桌。锅里却不是猪头,是比猪头还大两圈的狐狸头,奸笑模样。

六飞瞥眼锅里:"你们可真会吃,天下竟有这么大的狐狸!"

张作霖忽然激动,叫道:"上边,张作霖给您磕头啦!"双膝齐跪,一个响头下去,木地板震到墙根。

他的声音,是烟酒嗓……

六飞直手免礼:"磕一个就得了。起来答话,你们吃的是什么呀?"

张作霖冒出满额汗滴,闷声答道:"禀告上边,鳇鱼头。"

六飞兴致大增,走向锅边:"鳇鱼!不是绝了么?"

鳇鱼生在乌苏里江、松花江的北方冷水区,极难捕捞。乾隆年间成为皇家贡品,江中立网,圈水养殖。此鱼如男孩,十六年长成。在高寒江域,常人无法坚守,自八旗兵户中划出一股,作为专职养鱼的世袭渔户,罪犯发配般,子子孙孙不能离开圈水殖场。

大清灭亡,八旗溃散,渔户终于解脱,重返城镇。圈水场荒废,皇宫里再吃不到鳇鱼。

秀荞在奇穆钦园子享尽北方美食,张作霖从北京打电话示好,礼节性问问还想吃什么口味。一般人答复会说已备受款待,十分感谢。秀荞的回答是,听说北方有鳇鱼。

只有皇室可吃鳇鱼。前清鳇鱼水场罢废多年,去人迹罕至的大江深处捕捞,看张作霖愿不愿费此力,以试探他是否向自己臣服。

张作霖捞来鳇鱼,三角脸盘,尖鼻斜腮,倒是跟张作霖脸型有几分相像。秀荞开玩笑:"人跟动物是越处越像,我见过,养猫的人像猫,养猴的人像猴。您家祖上,不会是养鳇鱼的渔户吧?"

不料张作霖说:"秀先生英明,张家本是渔户。从小看大江大水看恶心了,十四岁逃去人多的地方。渔户逃离驻地要定罪,我这个在逃犯，只好当土匪。幸好遇上赵共乡赵大人，他收编了我的匪帮，向朝廷禀告我本是汉八旗，受他密令进匪帮卧底。抹了在逃渔户的出身，否则我成不了大清二品官，他真是我贵人。"

秀荞："你派兵入江，捉这条鳇鱼很辛苦吧？"

张作霖表态干脆："给秀先生做渔户，是张家的荣幸。我这么想，我儿子也这么想。"

吃鳇鱼，定君臣——关系国家格局的夜宵。

六飞绕过秀荞，在张作霖座前抄起只空碗："闲着没用过吧？"

张作霖忙道："闲着的，闲着的。"

六飞持锅边勺子，自盛碗汤，无声喝一口，赞道："长见识。长见识。"

沉默观察许久的秀荞，此时开言："您来天津了？"

六飞："来了。"低头喝汤。

秀荞："下榻何处？"

六飞："还没地方。"

秀荞："噢！我住的房间尚不简陋，满厅满室的英国惠罗牌子家具，听闻您喜欢英国，不如住这。我立刻腾出，请您入住。"

把家腾出来给客人住，是北方待客的最高礼仪。一九一二年，袁世凯曾腾出自己住宅接待秀荞。

未及六飞点头，秀荞吩咐墙边候着的副官："通知夫人，收拾东西，一小时后离开，去北京。"

副官走后，秀荞坐下："大帅，皇上，请落座。我听说北方人爱面子，从不在家门口论恩怨。鳇鱼难得，咱们三人就不说什么话，只是共尽一餐如何？人生苦短，是是非非。无事地共尽一餐，是无上福德。"

六飞点头。张作霖道："秀先生讲话有道理，我就爱听您说话。"

一小时后，秀莽起身告辞："皇上，你六岁时让了天下，袁世凯没处理好，祸乱至今。这次，我会处理好，不辜负您让天下的苦心。"

听得六飞感动，脱口而出："秀先生，看你的了！"说完自恼，这叫什么话？传闻属实，秀莽果然是个不能跟他说话的人。

张作霖不再磕头，行了个军礼："上边，秀先生入京，事关重大，我得跟着，就不陪您啦。"

他俩走后，六飞呆坐许久。想吃口鱼肉，锅里狼藉，鳇鱼头被挖脑刮腮，碎如火柴。筷子转了一圈，竟找不出块肉可夹。

一小时里，其实紧张，没夹几口鱼肉，主要喝汤。张作霖对自己保持着恭敬，绝不比自己多动一下筷子，自己夹肉，他才也夹一下，自己不动，他也不动。

鳇鱼都叫秀莽吃了？

唉，天下该是这种人坐的。

当夜病倒，小有呕吐，发了两日汗。奇穆钦护送晚蓉淑秀从京城赶来，在园子门口挂上"清宫驻津办事处"匾额。

六飞病好后，奇穆钦要调换居室，说皇上不能住反贼的房。六飞制止："秀荞让给我，我无雅量接受么？不用调房，要跟他在时一模一样。"

陈泊迁、王果味、兰词芳等人来津探望，带来秀荞消息。秀荞和张作霖一到京城，即双双病倒，入住协和医院，诊断为食物过敏。张作霖吃得少，洗胃后无忧。秀荞食用多，引发胆囊病变，治疗效果不佳，时好时坏。

他搬入六国饭店顶级套房，由一位医生三名护士监护病情。六国饭店的顶级套房仅两套，505号和503号。秀荞住505，503号住的是敬懿太妃和荣惠太妃。北方人不在家门口论恩仇，二太妃曾和秀荞在走廊里遇上，秀荞行礼，二太妃还了礼。

六飞评价："聪慧沉着，不愧是敬懿太妃。"

陈泊迁禀告："伦贝子反复小人，归附了秀荞。"

袁世凯称帝时，伦贝子曾归附袁世凯，封为亲王，爱新觉罗子孙入了老袁家户籍。秀荞许诺，就任正式执政后，伦贝子可入内阁；进一步君主立宪，伦贝子入籍秀家，可为亲王。

秀荞养病，伦贝子每日必来，从不空手。送秀荞夫人各类奢侈品，皆是王府珍藏、欧洲新款。如奴才向主子请安，行个礼便退去，不让秀荞招待，十分懂事。

秀荞体质渐好，一日说话："贝子爷，别来了便走，我今日有精神，咱俩说说话？"伦贝子一副受宠若惊模样，连连点头，说了十几个"好"。

秀荞却久久不言，终于开口，说一句："袁世凯是怎么死的？"

伦贝子"唉"一声，道："执政在上，容臣禀告。这是臣独知的秘密，袁世凯患上眼胀怪病，看二十分钟东西，就得闭眼睡觉，烦恼不堪。"

秀荞："不是怪病，是眼压。人有血压，也有眼压，他是眼球压力大。西方有降血压的药，也有降眼压的药。我四十二岁患过，他为何不去医院？"

伦贝子："袁世凯为延寿，吃白熊熊掌，以为是补药的反应，想不起去医院。假死多年的大内总管李谙达现身，说慈禧太后临睡前会由四名宫女按摩，此法即可长生。人掌好于熊掌，不必再吃白熊。"

秀荞："啊——真能长生？"让夫人加枕头，将上身垫起。

伦贝子："袁世凯安排推拿，按一会儿，断了气。"

秀荞眼光一晃，久病之眼，鬼气森然："推拿师是李谙达派的杀手？"

伦贝子："是正经医生。李谙达用的是义和团邪法，类似西方催眠术，跟袁世凯交谈时，不知哪句话下了暗示，只要袁世凯一受按摩便会启动，自断心跳。"

秀荞眼光暴亮："天下竟有这种邪事？"

伦贝子："还是老袁非王种。皇帝等同天地，鬼神邪术伤不了真龙天子。"

秀荞以手背蹭上唇胡须，蹭得仔细："古时帝王登基一年后便建陵墓,皇帝掌管阴阳两界,大明亡国之君崇祯皇帝,登基后不修陵墓,以致群鬼投生,天下大乱……"

伦贝子恭敬言:"执政在上,您正式就任执政后,也该早建陵墓。"

秀荞叹一声:"那得多大工程?国家动乱日久,人人期盼明君出世,重整乾坤。我一上台便拿国款私用,百姓会失望。"

伦贝子:"老百姓懂得啥?死老百姓,蠢老百姓。这是关系国运大事,您必得做!"

秀荞眼皮翻起,变出笑容:"京城郊外,有我一片私产——乾隆爷留给我的金刚宝座塔。为不劳民伤财,便用它做我的陵墓吧。金刚宝座塔是存放佛祖骨灰的制式,以此做陵墓,我日后只好火葬。哈哈,哈哈。"

伦贝子:"执政为国为民,如此委屈自己……"以手掩面,哭出声来。

秀荞摆手:"贝子爷,你这是干吗?不过您这一哭,倒把我哭精神了。多日卧床,想走走。"

去了京郊比喻寺。

面对金刚宝座塔,秀荞病情明显好转,徒步走了许多路,归来后吃了许多饭。就寝时突然病危,抢救无效,凌晨三点过世。

陪他逛比喻寺的伦贝子失踪。五日后,马玉镶卫兵搜到了伦贝子尸体,在慈善寺前的坡下,摔得骨肉四溅。如当年疯老爷推的石头,一路滚下去的。马玉镶让卫兵捡残肢,装在一口瓮里,通知贝子府来人。

来了夫人和长子,说满人自古火葬,入汉地才学土葬。贝子爷碎尸万段的死法,太不吉祥,就地火葬,骨灰存入慈善寺即好。

火葬后,烧出三颗大如瓜子的白色晶体,还有一朵状如玫瑰花蕾的硬块。得道高僧才会有舍利子和舍利花。不信鬼神的马玉镶向卫兵讲解,这是伦贝子的胆结石和糖尿病病变后的膝盖骨。

贝子府意见,将结石和膝盖当作圣物,在慈善寺供奉,陪伴在传说是顺治皇帝的不腐肉身旁。秀荞尸身,遵生前遗嘱,存入比喻寺金刚宝座塔中。

段祺瑞卸任代理执政,继任者是张作霖,但他废弃执政名号,改称陆海军大元帅。执政和陆海军大元帅,均是日本天皇的专用别称。

百姓不知,张作霖偷换天下,共和制国家暗成帝制。

皇帝登基一年后,要修陵墓。张作霖在抚顺山区,按前清皇陵规格自修坟墓,称为"元帅林"。"陵"是皇帝专用词,为瞒百姓,未敢称陵,谐音为"林"。

一九一二年,南方革命党和北方北洋新军达成共识,以共和制先进为理由,否定帝制,建立民国。立国后,政坛潜流则是抛弃共和、重建帝制。经袁世凯、徐烛宾、北洋三杰、吴佩孚、秀荞四代角逐,独张作霖办成此事,后发制人,走到终局。

好景不长。枭雄巅峰,以四年为限。袁世凯做了四年大总统,张作霖做了四年大元帅。

一九二八年，张作霖乘火车回东北，被炸身亡。民间传说，他临死说的话是："一条腿给炸没了，看来是活不成了，不能再为老百姓做好事啦，我去见关老爷啦。"

张作霖早年土匪生涯，路上逢到关公庙，一定进去磕头。涉险后，留着命，总觉得是关公保佑。受朝廷招安，穿上官服后的第一件事是捐款修了座关公庙，升任东三省巡抚后更是大建特建。

民国后，向北洋三杰控制的中原地区捐修关公庙，说："没了皇帝，便没了道德，老百姓心慌。咱们不能还给老百姓一个皇帝，但可以给一个关老爷。关老爷讲义气，凭着'义气'二字，老百姓还能生活。"

得三杰赞许，容他南下建庙。

捐的关公庙，地方上得按照张家的图纸建。殿堂规格、关公相貌是张作霖多年搜集择出的最优样式。

张作霖出殡后，停尸奉天城关公庙后堂，抚顺元帅林距完工尚远，无法入葬。张雪凉接管父亲大军，废止"陆海军大元帅"职称，以"东三省保安司令"的名义即位。

张家不再用帝王代称，因为秀荞接班人蒋无炎在南方建军成功，得苏联军费和日本即戎暗助，一路北伐，占领北京。蒋无炎在，张家无脸称大。

夏日炎炎，天津奇穆钦园子，平远楼东套房，来了位客人——留了八字胡的张雪凉。他带来一张支票，说父亲死前向他交代，张家开发东北用的是皇室家底。现大业已成，要还利息，每月十万大洋，先付一年。

张雪凉："上边，听说您带皇后皇妃买手表项链，都由亮公公支付——这也太不成体统，奴才给主子零花钱，天下哪有这个道理？我来就是告诉您，您以后别花他钱了，您自己就有钱！"

六飞笑道："亮公公做得绝，探知我去哪家店，他就在那家店提前放上张支票。我们几次出门花费六百左右，想他支票不会过千元，我便使坏，故意买了两千。不料照样可用，他留的是空白支票，随便填写。"

张雪凉："无限啊！哈哈，无限！"

六飞沉下脸："你爹是怎么死的？"

张雪凉低头："上边，这便是我来的原因，有些事，我爹要向您交代。"

与民间传说不同，张作霖临终之言是："一条腿没了，看来是要死了。关老爷不保佑我啦，因为我亏了心。"

作为荣禄留下保护女儿的死士，却福缘际会，成了一方诸侯，诸侯要问鼎中原……

张雪凉："我有两个爹。我爹是两个人。"

给康谨太妃、六飞母亲写信，屡言发兵即打龙旗的张作霖是一个人，不写信时，是另一个人。每封信都耗四日，这四日，军中诸事皆停。让代笔秘书一改再改，时而痛哭时而狂笑，两日方能成文。信寄出，得废两日，方能缓回精神。

张雪凉："您信我吧，我爹写信时是忠心的。"

六飞没有语气地道一句:"除这时候,他还有什么时候是忠心的?"

张雪凉:"有啊——您忘了,给您要狗的时候。"

六飞被驱出皇宫后,养的一百多条狗被瓜分,珍爱的寻血犬归了马玉镶。张作霖代六飞去要狗,忠心爆发,大骂马玉镶二十分钟,失心疯一般。

六飞起了兴致:"除了要狗,还有么?"

张雪凉:"有啊——花钱的时候。"

民国银圆铸的是袁世凯头像,世称"袁大头"或"大洋"。张作霖鄙夷袁世凯叛主背恩,说:"不忠之人,怎能称大?"逢当给灾区捐款,捐款簿上写的是多少多少"小洋",搞得人恍惚,不知是什么钱。

张雪凉:"上边,还有!修庙的时候!张家修的关公庙遍及东北、中原。嘿嘿,世人不知,关公像塑的是您姥爷荣禄大人的脸!张家受了他大恩惠,我爹用这方式报恩,让您姥爷永受香火!"

六飞"哦"一声,道了谢。

张雪凉:"不谢,应该的。"重复三遍,突然起立,"上边!我爹遗言,让我转告您,做个忠臣,是他很想的事。"

六飞:"没不让他做呀?"

张雪凉:"您是皇上,怎么学下人说话,不给人留面儿呀?"

六飞笑了:"多心啦,接着说。"

张雪凉:"我爹讲,他背了恩,所以关老爷取了他性命。张家辜负你家的,他一条命补上了,从此张家清白了,他没办成的事,儿子办。"

六飞:"清白了——你爹让你做忠臣?"

张雪凉:"您心思快,您想想。"

六飞拍手:"你爹让你当皇上?"

张雪凉赞叹:"您快。"

六飞:"张雪凉!日本关东军炸了你爹火车,你不报仇,还跟关东军司令、日本首相相处甚欢,你还是个人么?"

张雪凉:"您又说下人话。看您这样儿,我爹是对的,该着张家出皇帝。上边,人之将死,其言也善,我爹临终,还是视您为君。臣死君知——他的死法,要向您交代。"

炸死张作霖,非日本关东军司令和日本首相策划。东北大地上的关东军是日本元老山县有朋嫡系,田中义一是山县有朋的接班人,以陆军领袖身份做的政府首相。张作霖与田中早有结盟,维持现状,共抗苏俄。

日本北部紧邻苏俄领土东端,无战略回旋余地。在发明了轰炸机的年代,苏俄东端建机场后,可迅速飞进日本,像一个不护头的拳击手,日本随时会灭亡。

日俄世仇,切下苏俄东端的西伯利亚,才无亡国之忧,这片广漠冻土,是日本的头盔。"头盔计划"实现之前,不能侵略中国,否则两面作战,增加无谓风险,元老们对中国的野心仅限于在东北扶持亲日势力。

东北大地是头盔下的软衬，有软衬，人头才能承受盔的铁硬。与张作霖保持友善，东北和平，日本才能专心攻下西伯利亚。张作霖是日本对俄开战的保障，关东军和日本政府皆不会杀张作霖。

元老们的视野，远眺西伯利亚，聚焦国内。本土上的政体改革，是一八六八年明治维新以来，元老们的百年大计。分三个步骤：第一步，高抬天皇，贬低军阀，建立中央集权；第二步，架空天皇，建立元老们的共议制度；第三步，元老退席，建立政党政治，让日本成为真正意义上立宪制的现代国家。

日本元老，皆是明治维新时确立天皇地位的元勋，共有伊藤博文、黑田清隆、山县有朋、松方正义、井上馨、西乡馨、西乡从道、大山岩、桂太郎、西园寺公望九人。

为日本能顺利过渡到政党政治，元老仅限九人，子女不能继承，日后资深功大者也不能晋升为新元老。待九人寿尽，元老政治自然完结。

六飞："一伙阴谋家，不料有理想。"

张雪凉："还有一个隐形元老，即戎的叔叔弦远宫——我爹死于他手。"

明治维新，元老们创建国体，用的是"树上开花"之计，寺庙举行庆典，把假花挂在树上，远看是树上真开了花——借假的东西，造成真的效果。

天皇一系千年来只是名誉虚位，掌握实权的是幕府将军和各地军阀。元老们立宪法，规定天皇享有至高权力，然后借假修真，以此法理依据，向幕府和军阀开战夺权。

夺权成功，权归元老，天皇依旧是树上的假花。即戎的父亲继任皇位后，也曾想借假修真，依据宪法施展权力。结果被元老们搞惨，直至逼疯。

但假的东西确立起来，便有了由假变真的可能。为实现政党政治的终极目标，多位元老放弃培养继承人，即便有，也是如田中义一继承山县有朋般，继承的是人脉资源。山县有朋并没有将其打造成元老一代"阴谋创世"的枭雄强人，希望他是有序世界里的一位圆熟政客，当个规矩人。

元老们自弱后系，而天皇一脉出了弦远宫和即戎，叔侄二人皆是谋略天才。势力不足脑力补，山县有朋逝世后，叔侄二人行动，不惜毁掉进攻西伯利亚的国土安全大计，把对俄战争的后方基地——东北搞乱。

关东军是田中义一的班底，关东军杀了张作霖，他背上"暗杀他国元首"的黑锅，引咎辞职。元老势力遭重创，皇家便可由假成真，接管军权。

张雪凉："我爹之死，不是日本要占领东北，而是要完成远在日本本土上的争权。关东军司令不知情，实施暗杀的人，是两年前弦远宫安插到关东军里的几个低级军官。"

六飞："对东北，即戎没有野心？"

张雪凉："他是没有能力。田中首相已有应对，泼向他的脏水会反溅到即戎身上。皇家地位是元老们生造出来的，原创者对他的作品，能造出来，也能毁了它。即戎退回祭台上，当一个神,是最好结果。"

六飞:"弦远宫呢?"

张雪凉:"会被暗杀,这是田中对我爹的交代。元老们以大规模暗杀开启了明治维新,后为建国,采用文明方式。但暗杀毕竟是元老集团的发家技,多年不用,不见得不会了。"

六飞:"多谢你让我知情。之后,会是怎样的天下?"

张雪凉:"不管什么样,都没您事了。"

六飞:"在祭台上当一个神?"

张雪凉:"一动不动、一言不语的神。如果您想说什么,想挪挪脚,会是弦远宫相同的命运。"掏出枚张家兵工厂自制的手雷,放于桌面,"真发生这种事,您可以用它保护自己。"

走出平远楼,张雪凉一身轻松,迎面见三辆劳斯莱斯开进院子,下来八名英国保镖,簇拥着一位怀捧扫把的人。

六飞入住奇穆钦园子后,昔日大内总管亮公公每日拿把新笤帚来扫院子。他是作息混乱的人,有时早上有时下午,醒了便来。六飞不理不问,遇上了也当作寻常用人,冷眼走过。

保镖散开,他开始扫地。

张雪凉喊声:"是亮公公吧?"

亮公公出身内学,平常话带着太戏念白的腔:"呀——是张公子吧?"

张雪凉:"见过我?"

亮公公:"您是新上位的东北王,报纸杂志尽是您相片!"

张雪凉:"你干吗呢?"

亮公公:"皇上来了,我尽尽心。"

张雪凉:"您做给谁看呢?皇上都不理你。"

亮公公:"不是做给皇上看的,是做给您这类人看的。告诉你们,人间还有忠心这桩事。"

张雪凉露齿一笑:"不愧是大总管,真会说下人话。"

看张雪凉轿车驶出园子,六飞向李敬事说:"我的真身,跟我走一趟。问亮公公,天津哪儿有张家捐修的关公庙?今日才知道,关老爷塑的是我姥爷相貌。"

租界内没有关公庙,供奉海神妈祖的天后宫里有供奉关公的一个殿,张家捐修。亮公公协商主持,封了天后宫大门,禁绝香客。

仰视关公像,六飞转向李敬事:"嘿!倒是更像你。"

李敬事忙道:"不敢不敢。"

六飞灰下脸:"没让你说话。甭陪着啦!我跟我姥爷说会儿话。"一众随行退出殿外。

原以为上炷香,不料等许久。

李敬事挪到亮公公身侧,轻声言:"有高小亭做证,我是李谙达过世前收的徒弟。"

亮公公恭敬候立,脸向殿门,"噢"了一声。

李敬事:"不是学戏学管事,学他的法术。"

亮公公转脸,眼眯一线:"你是个正常孩子,用得着学法术?"

李敬事:"李谙达教我本事是让我保护皇上。跟皇上身边,历过三次险了，一次没使出来。协和医院您不来，我就对不起李谙达啦。您教教我，我想像您那样。"

亮公公："哎，咱俩到拐弯说话。"

转到殿下围栏的另一面，避开众人，亮公公说："能成法术，全因我是不幸之人。李谙达老糊涂了，教你这个？"

贵为大内总管的李谙达，追捧乡野粗人的义和团法术，因为得了好处。义和团发源于淮河边上的偏僻农村，满人萨满一般请神降神，瘟疫般遍及山东，转向河南。李谙达奉慈禧密旨，下访考察，以精明老眼，看穿并无神迹，尽皆骗局。

准备以"愚弄大众，迷惑中原"的结论禀告，却遇上一场义和团魁首作法。降神到一位妇女身上，她霎时失态，呈现出性爱时的火烈反应，一声叫，软在地上。

看傻了李谙达，忽觉此生有了念想。他九岁受残做太监，壮年富可敌国，心生邪思娶了房夫人。娶了便后悔，做不成夫妻，坏女孩一生，损德行，难道下辈子受报应还做太监……

学了降神之法，李谙达又娶了两位妾室。

亮公公："李谙达得了好处，向慈禧老佛爷禀告义和团是假里藏真，确有神迹，领三名义和团魁首入宫，展示刀枪不入。老佛爷轻信，让义和团跟洋人开战，酿成八国联军进京屠杀的大祸。此法不祥，你还要学么？"

李敬事迟疑："我不对付女人。李谙达隔空让伦贝子开枪时手偏，您隔空让张哈哈抽风，我只学这个。"

亮公公："小兄弟，李谙达邪术为应对床笫。你看到的，是转用他途的一点发挥。不学根本，便没有发挥。"

亮公公来天津娶了一妻一妾，为不伤害正经女孩，皆是赎身妓女。婚礼奢侈之极，轰动京津，成民国怪谈。

李敬事咬唇："好！为保皇上，我学根本。"

亮公公惨然一笑："你学不成，你是健康孩子。我心里的歹毒和可怜，你永不会有，又怎能学成？"

此刻，六飞行出关公殿。望着他悠悠身影，李敬事默想："保不了你，我该离去。"

张雪凉失算。弦远宫未遭暗杀，活到了一九四五年，在日本战败前夕病逝。

炸死张作霖一案，即戎责令田中负责，向国际交代。田中调查结果，种种证据指向弦远宫是幕后黑手，即戎耍蛮骂了田中，田中怒辞首相之职。

陆军领袖与皇室闹翻，引发股市暴跌。风传陆军将有异变，准备罢黜即戎，拥立即戎弟弟秩父宫上位。

但这一切没有发生，田中突然夜死妾宅。

十六　树上开花

一九五九年冬,五十三岁的六飞回到北京。改天换日,新中国成立已有十年,蒋无炎、张雪凉皆成过眼云烟。

他曾做过十四年皇帝,创立一个叫满洲的国度,被视为日本侵华的最大帮凶。作为战犯在苏俄软禁五年,回国在高尔山蹲监九年,皇上与囚徒的时光相等。

奇穆钦过世,他的园子几经易主,现为政府接管,改作天津武警办公楼。陈泊迁过世前自费印了个人诗集,获赞寥寥。才华有限,好诗不多。年轻人已不懂诗词格律,好的亦看不出好。

赵共乡未修完《清史》,过世前怕资料散失而匆忙印刷,称为《清史草编》。因"立场腐朽,观点落后"而恶评如潮。他的双剑传了下来,固定为太戏《霸王别姬》中虞姬舞剑的剑法。

他取佛教三十七道品中"观身如身,观受如受"一句为练拳口诀,创编的"三十七品太极拳"也传了下来,京城一些公园清晨有人练。

八十六亩的醇王府划归民区,办了学校,入驻了机关,停雨楼住上人家,母亲的小厨房改为车库。

接管六飞的人一米八四大个,张口叫"皇上",之后是爽朗大笑，吓白六飞脸。待那人唱出句黄天霸戏词，才认出是一九二四年不辞而别的柴慕之。他是高小亭选给兰词芳的搭档，受康谨太妃特许围城上走半圈鸟瞰皇宫，不料生了英雄志，弃戏投军。当日以为他狂妄，不料成事，身具战功，现在转为一名文职干部。

柴慕之热情呼唤："午格，午格。"

六飞茫然。

柴慕之："你不知道自己乳名？"六飞摇头。柴慕之大笑："那你得谢我。没我，你不知自己叫什么。检查你爹日记，生你那日，在你生辰八字旁，批下'午格'二字，不是你乳名是什么？"

"哎呀……"

六飞生于丙午年、庚寅月、壬午日、丙午时，生辰八字里有三个午。估计父亲记录时觉得有趣，随手批了"午格"二字。格是位置之意，钟表上也有时格，午格是个数字，做不了人名。

暗想：大清遗老、满洲重臣多在诗文中以"六飞"之名记我事迹。柴大个子没文化，判"午格"是我名，倒可藏下诸多旧日。嘴里叹道："柴同志，太感谢啦，今日我才知我真名。"刹那落下感恩的泪，"原来我叫午格！"

柴慕之约谈六飞，要把他在高尔山监狱九年的供词重问一遍，需耗时三周。好心解释："您别嫌烦，接管的必要程序。人记不住自己谎言的每一个字，同一问题，隔久再问，会天差地别。"

六飞："我不说谎，证明给您看，您问吧！"

柴慕之："很好。秀荞是怎么死的？"

六飞："您感兴趣这个？中了伦贝子催眠术，肝脏衰竭而死。"

柴慕之："听谁说的？"

六飞："李敬事说的。"

柴慕之："他是谁？"

六飞："我随侍。他是大内总管李谙达的弟子，说李谙达传的法术，伦贝子得了些。"

一九二五年年初，秀荞入京，与伦贝子义定君臣。两人同游比喻寺，见金刚宝座塔上种了棵松树幼苗，住持巨然正领一众小和尚绑扎，把枝干弯折成飞龙之形。这一松种最高能达三十七米，日后长成，是一条巨龙自金刚宝座塔钻出升空的景观。

一生做事决绝的秀荞突生怜悯，说金刚宝座塔是释迦牟尼骨灰盒造型，我佛慈悲，不忍见如此蹂虐生灵。绳索拆除后，松树恢复天然，枝条舒展。巨然赞秀先生慈心广博，让自己受了教育。

伦贝子问树苗是否庙里栽种，巨然说非人栽，莫名有的，种子该是鸟粪里落下的，松鼠埋冬粮忘了的。伦贝子叹声"天成的"，沉下脸，回京路上虽还说笑，但神色戚戚。

到北京饭店，秀荞终于忍不住，问他出了何事。

伦贝子哽咽汇报："秀先生，那棵松树，就是您啊，老天要您成龙做主。巨然不是多事人，起兴致绑扎它，是受了老天感召。您今日自毁龙身，怕是违了天意。"

秀荞大笑："嗨，你不早说，没事没事，明天派人再绑上不就行了？"

晚上，临睡前，抬眼见秀夫人卸妆背影，她解开发髻，乌丝散落的一刻，犹如松绑的松枝——

霎时肝痛，疼到凌晨三点逝世。

柴慕之慨叹："李谙达法术如此厉害——从科学的角度讲，是伦贝子话里催眠，毁了秀荞的生命意志。如果我说的没错，巨然和尚是伦贝子的搭档，那棵树苗是他种的。否则哪有那么巧，秀荞一来正碰上他绑树？"

六飞："柴同志，您怎么那么聪明？"

柴慕之："不是聪明，是经验。我是打过仗的人，耍过大心眼……等等，不对，不管叫法术还是催眠术，先得证明它真有作用，才能证明你讲的事成立。"

六飞："太好证明了！太监娶妻，便是靠催眠术让女人满意。李谙达的徒弟亮公公流连妓院，天津百姓都知道，经了他的妓女，反嫌正常男人没劲。"

柴慕之："亮公公早死了，这是传言，没法做证据。"

六飞："嘿！他该多活几年……还有还有，李敬事！"

高尔山供词记录，皇后晚蓉大婚后，被英国医生确诊患有遗传性精神病，平日靠抽鸦片缓解。皇族非议颇大，只因六飞坚持才没有废后。满洲国建立第三年，晚蓉二十九岁，俩人冒险生子，为避免可能诞下患精神病孩子的影响，瞒下皇后怀孕的喜讯。

通例，皇后怀孕要向国民公布，举国庆典。准备孩子长到十六岁，如逃过了患病概率，再行公布。

不料孩子长到两岁，随侍李敬事用催眠术，让宫廷侍卫、日本警卫队熟视无睹地看着他抱小孩走出满洲皇宫。皇子丢失两日后，才有一人反应过来，想起李敬事。之后陆续有人恢复记忆，最后统计竟有四百二十三人看到他走出皇宫的一幕。

蒋无炎比满洲国早五年组建了南京政府，承担民国，在领土上、在文化上均跟六飞争夺。皇帝自古是道德的最高象征，而蒋无炎推行恢复传统生活方式的大众运动，自诩为中华文化的守护神，一时称为"大地双心"，人间出了两个道德主宰。

李敬事受蒋无炎手下特务头子戴雨浓策反，偷走皇嫡子，以便要挟六飞。失去孩子，晚蓉发疯，吸多少鸦片亦不能复原。她不再能认出他，他一直保留她的皇后之位。

柴慕之："你丢孩子跟秀荞死，是两件事，不能证明催眠术是真的。"

六飞："那我没辙了，催眠术我不会呀，没法向您表演。"

柴慕之："你话里有漏洞。伦贝子和秀荞在北京，你那时在天津，李敬事跟着你，他怎么知道伦贝子和秀荞的事？"

六飞："他是李谙达关门弟子，伦贝子受李谙达点拨，同门技艺。秀荞之死，是轰动大事，报道多。看到解绑松树、夫人解发时秀荞发病，李敬事确定伦贝子施了法术，语下催眠。"

柴慕之："什么确定？他这是编故事！"

六飞："那我没辙了，他怎么说的，我怎么告诉你们。"

柴慕之："……嗯，我们再查。伦贝子为何杀秀荞？"

六飞："张作霖迫于苏俄和日本即戎的压力，退居次位，捧秀莽当执政，但他不想当第二人。大清皇族跟秀莽有亡国之恨，最好是皇族下手除掉秀莽。"

柴慕之："你说谎！伦贝子在秀莽死后滚坡而亡，粉身碎骨。没好处，还搭上命，他怎么能跟张作霖做这种交易？"

六飞："李敬事说，邪术必招邪。学了李谙达邪术，伦贝子就患上糖尿病，小腿都烂了，难忍病苦，生而无趣。杀了秀莽，觉此生大事已了，便以死殉大清。滚坡而亡的地点是慈善寺，那是大清立国的第一位皇帝顺治的出家归隐处，选这地方，明明是殉国。"

柴慕之："他帮张作霖杀秀莽，必有交换的好处，落不在自己家，也是落在你头上。"

六飞："没落在我头上！戊申年[1]选新帝，不是我就是他，他是差一点当皇上的人，对我一直不服气。李敬事说，伦贝子拿了李谙达的秘藏黄金，在李谙达规劝下，答应助我复辟。熬到乙丑年[2]，对局势绝望，重拾旧念，要去巴西买地，由他儿子做主，建一个没有我的大清国。北京城被多方军队控制，李谙达庞大的黄金出不去。李敬事判断，伦贝子帮张作霖杀秀莽，只求对他的建国资金放行。伦贝子把儿子培养出来了，死后能顶事，是位才俊。您查查，这么多年，或许他真在巴西野地建了个大清国。"

柴慕之："嗯，我们查。怎么又是李敬事说的？"

六飞："皇上是天下最傻的人，我从小养在宫里，隔绝人

---

[1] 一九〇八年。
[2] 一九二五年。

间。遇上事，都是靠下人们讲讲，否则真不明白是怎么回事。"

柴慕之："嗯……李敬事下落？"

六飞："他偷我嫡子，害疯皇后，我恨他入骨，派特务追杀。但他南下投奔戴雨浓后并未做官，竟再无消息。怕是戴雨浓拿到孩子，不想兑现对他的高官许诺，一杀了之。"

柴慕之："……嗯，我们再查。孩子下落？"

六飞："戴雨浓精明，我抢不回来。一九四五年，日本战败，满洲亡国，我被掳去苏俄，断了追寻。苏俄人不没收我东西，配女服务员，还给报纸。看到戴雨浓四六年死于飞机失事，一位被他囚玩的女影星获得自由，去了香港，身边带着个十岁大男孩。苏俄人猜测是戴雨浓的种，我猜测是我皇儿。"

柴慕之："苏俄报纸还写了什么？"

六飞："说那影星携戴雨浓遗产，来香港投资了两家罐头厂，控股九龙自来水公司后，男孩便不再在她身边出现……去了哪儿？我可怜的儿呀。"不禁泪流。

柴慕之："您这说戏词呢？孩子被戴雨浓旧部转移到美国去了。"

六飞登时泪干，满眼钦佩："啊！你们查出来啦！"

柴慕之："不见得是你的种。高尔山供词写着，大婚前，你跟五个宫女试床，得四个小孩，秘密养在皇室投资的河北井陉煤矿的职工幼儿园。你二十六岁要建满洲国，内务府才禀告你这事。问要不要作为建国喜讯，向民众公布，你没许可。你是企盼日后跟皇后有孩子，不想让庶子夺了嫡子的彩？"

六飞:"您怎么能这么想我?将天真无邪的孩子分成贵贱,是落后的帝王思想,为我厌恶!我建满洲国,要建立君主立宪的现代国家,如果公开大婚前试床的清宫旧制,必被视为野蛮,有损我形象。柴同志,我当年十四岁,还是个孩子,与五个宫女一样,我也是受害者!"

柴慕之:"……你说谎,你的庶子不是四个,是六个!"

六飞:"是你说我有四个,之后迅速说到井陉煤矿,又迅速说到庶子嫡子,我来不及纠正您啊!"

柴慕之:"别激动,这是一种审问技巧,看看你会不会利用审问人疏漏,趁机隐瞒。"

六飞笑了,获得新知识的喜悦:"原来是这样啊!你们水平高。"

柴慕之变得严肃:"多出来的怎么回事?"

六飞:"不都写着么?"

柴慕之:"要你说。"

一九三四年晚蓉怀孕,六飞上吉林乌拉城外温德亨山,望祭三十六里外的长白山巅,祈祷祖宗保佑,顺利诞下皇子。清室祖先来自长白山,大清建国后封为圣山,列为禁区,不许有人烟。长白山神封为兴国灵王,在温德亨山顶建灵王殿,春秋两季,均派京官赴山代皇帝跪拜。

望祭要行萨满法事,大清亡了二十二年,灵王殿供职的萨满们早散了。听闻乌拉城有四千朝鲜移民,朝鲜萨满尚白色,爱清洁，不以动物血肉，以清水鲜花祭祀，跳仙鹤之舞，便道："这个好，这个吧。"

来的朝鲜萨满是一对双胞胎姐妹，白裙乌发，舞姿妙曼，恍若仙子。祖先意愿，只爱晚蓉的六飞痴了二女体态。在灵王殿承欢，一女未孕，一女生下对双胞胎女婴。

两个女儿五岁时送去日本，由定居日本的肃王长女抚养。肃王病逝在满洲建国前，一九一二年大清覆灭，他便离开京城，来到满洲，是满洲建国的始作俑者。不病逝，满洲皇帝会是他。

肃王一生瞧不起同辈，觉得尽皆庸才，企图脱离皇室，另立国家。同辈人不好直言他忤逆，说他"独树一帜"。不料天不予寿，大病急来，肃王临终前嘱托子女："你们个个有才，可惜都是怪才，坐不正国家。皇帝还在，满洲国是他的。"

庶出的女儿，送肃王府养，加深渊源，表示不忘肃王赠国之恩。

柴慕之："一九四〇年，你去日本，不单是送女儿，还请回了日照大神！爱新觉罗的子孙供奉日本皇室祖先，篡改祖宗，我为你感到羞耻！"

六飞："柴同志，您忘了我是满人。满人多沿袭蒙古习俗，草原上的强者，每吞并一个部族便供奉那部族的神，一并当作祖先。二百多年前大清建国，皇宫里供奉四百几十位祖先，还有你们汉族的宋徽宗、崇祯皇帝的母后。多一位大神，不算事吧？"

柴慕之："你说谎！对日照大神，你没放进四百几十位里，是建神庙立神龛，单独供奉。"

六飞："您水平高！看出了问题。高尔山九年，我没说，因为那里的领导让我交代罪行，忘了问我功绩。请来日照大神，实是满洲国一次外交胜利。"

一九四〇年，日本皇室两千六百年大庆。作为盟国国君的六飞受邀同庆，享至高礼遇，下榻在即戎在太子时住的赤坂离宫。

公元前六六〇年，首位天皇登基，自称是创世界的天照大神血脉，人躯神性的现世之神。天照大神是女神，至高无上，以人的脑力想象她，一定错误，以人的手艺描画她，一定不及，画不出她全部美丽，便是亵渎。她没有画像，体现她的是三件神物——勾玉、天丛云剑、八咫镜。

天丛云剑供于热田神宫，八咫镜供于伊势神宫，勾玉供于皇宫。皇宫亦有剑镜的复制品，以便一同拜祭。

六飞赴伊势神宫，即戎特许他等同自己，亲睹八咫镜真身。除历代天皇，凡人不许眼见。八咫镜平日由紫色丝绸包裹、封在木柜中，紫色代表高贵，木柜未刷漆，陈年木质原色。

离开伊势神宫，六飞详细画下八咫镜造型，嘱咐李敬事采购白铜，回满洲造一个，日本神镜最好用日本的铜铸。

买铜消息，惊了皇室。六飞赴热田神宫拜祭天丛云剑真身归来，即戎等在他下榻的赤坂离宫，询问他为何想复制天皇才能拥有的神器。为免尴尬，问完补了句："不会是因为好看吧？"

六飞坦白说，满洲政府半数要职由日本人担当，建立现代国家，他这个皇帝经验不足，日裔官员会对他直言批评。如在宫廷内摆上日皇室神器，他们必不敢放肆。

即戎："受屈了，该早对我说。不用买铜，我宫中的剑、镜送你。"只有天皇能祭祀神器，凡人仅能远远行礼，满洲的日本人见他祭祀，便会视同天皇，不敢不敬。

柴慕之："即戎待你不薄。"

六飞："一直厚待。一九三五年第一次访日，他来火车站接我，如同他早年访英，英王乔治五世接他。事后才知，为我，他曾跟仪仗队发火。他检查接站预演，仪仗队表示，当我向仪仗队行礼后，他们要违背国际礼仪，不向我还礼。因为他们手持绣有皇室族徽的旗帜，象征历代天皇，神不能向凡人行礼。"

柴慕之："最终向你行礼了么？"

六飞："行了，即戎强硬。那日火车站开始，我便等同于他，是日本的神了。"

柴慕之："你说谎！一九三五年，即戎派亲信东条英机做关东军司令，十日一次向你禀告。在制度上，关东军司令是你下属，谁敢对你不敬？怎么可能到一九四〇年，还会有'日裔官员放肆，讨神器震慑'的需要？"

六飞愣住。

柴慕之："我查到的多人口述是，你在满洲日裔官员里口碑好，普遍赞你是明君，东条英机四处说他折服于你的风度。"

六飞缓过神："柴大个子，我佩服你。能问到这个深度，高尔山领导跟你没法比。我没说谎，是真需要，讨神器坐镇，不为我，为帮东条英机——这一点，我比即戎先想到。张雪凉脑子快，跟我前后脚。即戎没我快，但我做了，他就明白。"

山县有朋之后的陆军，尽是专业型军人，没有政治家，更没有即戎级别的谋略天才，与即戎交锋，屡屡中计，被一次次削弱。陆军积怨日久，一九三六年暴动，大规模刺杀政府要员，终极目标是攻占皇宫、软禁即戎。

陆军传统，相信独立于军队、皇室的政党政治，是西方现代文明精髓，可带来日本的社会进步。一九三一年，政党政治家犬养毅出任首相，社会转型启动。经过明治时代造神天皇的神话政治、大正时代的元老政治，终于在昭和时代演进至政党政治，达成陆军夙愿。

一九三二年，即戎指使海军军官暴动，尽杀犬养毅为首的政府要员。政党政治就此终结，即戎随后建立起虚假政府，继任的内阁为皇室傀儡。

一九三六年的刺杀，是对一九三二年刺杀的报复。要消灭假象，恢复政党。但陆军高层临阵胆怯，不敢冒渎神之罪，改擒王为威慑，止步在皇宫外。

即戎得以腾挪，利用神威，经多重谈判，变魔术般让刺杀分子缴械认罪，并以陆军叛乱为由对陆军换血，大批军官遭免职。

天皇神威本是明治时代陆军元老们为统一全国、消灭地方军阀，一手造就。不料作假成真，反而制住了后代陆军。

柴慕之："即戎从此掌控陆军？"

六飞摇头:"陆军是个专业,大换血,也只能从陆军军校学生和不被重用的现役军官里换,换不上别人。新一拨军官成长起来,还是老一拨的想法,陆军还是陆军。"

柴慕之:"东条英机是即戎的私人文书,在陆军没根基,皇室越权委派。一个谈话记录员,怎能服众?好在陆军有个不能触犯神威的底线,你请剑镜神器来满洲,为给记录员撑腰?"

六飞一笑:"他是杆笔,不是脑子。"忽然英气勃发,"即戎换血不成,因为没人可换。他没有,我有——关东军扩军扩进了大量满洲人。另外组建满洲人的独立部队,形成对关东军的制约。即戎立我为神,是希望我有实权。我有实权,才能帮他改变日本国体,实现理想。"

柴慕之:"什么理想?"

六飞古怪一笑:"大清光绪皇帝羡慕日本天皇制,学明治维新发动改革,结果学得朝野大乱,伤心病亡。哪能想到,被元老们架空的日本皇室羡慕大权在握的大清帝制,爷孙三代是这一理想。"见柴慕之吃惊,六飞又一笑,"日军战场上的怪事多,不单是在打中国的时候。"

柴慕之维持镇定:"即戎为改国体,不惜败坏陆军?"

六飞略显疲惫:"说来话长,不是三周审问么,不必一日说完。"

柴慕之:"最后一个问题,一九四六年东京审判,你出庭做证,为何说自己是傀儡?"

六飞:"日本投降,我被苏俄掳去。去东京前,苏美两国已达成默契,我和即戎双双脱责。我俩都自称傀儡,是被东条英机裹挟操控,他是东方最大坏人,由他担负战争责任。他在法庭上一直冷笑,说来的不是我,法庭为定罪请了位演员。他伺候我多年,熟悉我举止音容,满洲皇帝威严高贵,不是下人腔调。"

柴慕之:"我也查到,服侍过你的日本官员一致说,来的不是你,只有步入法庭时的风度有些仿佛。到底是不是你?"

六飞:"是我。柴大个子,你没当过皇帝,皇帝之道是潜移默化,深藏幕后。底下人多了,哪儿轮得到我当面骗人?没说过谎话,法庭上怎么张口?忽然想到——李敬事,我学他的腔调讲话,嘿,还越说越顺啦!那腔调,原来是谎话连篇的腔调。李敬事打小服侍我,可想他骗了我多少回吧!"

柴慕之:"东条英机感觉是对的,没看到你,看到的是你演的李敬事。"

六飞:"不该学他。东京审判的纪录片,苏俄人给我放过,看着害臊。才知李敬事太不成器,说话一惊一乍,手还瞎比画。"

柴慕之:"我看过上海的话剧皇帝石挥演出,你在法庭上全情投入的状态,跟他一个劲儿。"

六飞:"呵呵,变成另一个人,是很过瘾的事。每回走下法庭,我都像抽足鸦片,那种快乐,没法跟你形容。"

柴慕之:"同样是神,美国不让即戎露面,苏俄为何放你出来丢人?"

六飞叹气:"为在国际上洗白我。我无战争责任,苏俄便可立我再做君主,重建满洲国,以免这块地方被美国侵占。谁知局势急转,你们厉害,新中国成立。从此没我事了。"

他被苏俄送还，回国受审，定为战犯。

六飞："刚你说是最后一问，这又说了多少话？"

柴慕之："今日到此为止。上一番话，你没称我'同志'，说了两次'柴大个子'，忘乎所以，说明你讲的是真话。"

三周后，高尔山供词复审完毕。柴慕之请六飞故地重游，参观皇宫。

改称了博物院，对民众开放，票价三角。加看钟表馆特展和坐龙椅照相，需一元。柴慕之买了一张一元票。

他未带六飞走游客门，捏着票，进了保安办公室。因职位关系，保安人员会对他开放非游览区，他带六飞走上围城。

三十五年前，柴慕之作为兰词芳日后搭档，经康谨太妃特许，走围城半圈，鸟瞰皇宫。不料激起了英雄气，不辞而别，弃戏投军。

两人未走人行楼梯，走的是大斜坡车道。看柴慕之走势，六飞笑道："您一迈腿，还是太戏的台步呀。"本是打趣，不料柴慕之慌张："我不好，我不好，耽误了兰大爷。"

车道老砖破损严重，六飞脚下一绊。柴慕之手快，扶住他后腰。六飞一激灵，整个人僵住，上望云天："我说谎了。"

一九四〇年，六飞第二次访日，住赤坂离宫。即戎生母祯觅太后前来，亲手调茶，以茶道之礼侍奉六飞，之后带他观赏赤坂离宫园林。祯觅太后说："不要翻译，我说英语，你说英语？"

六飞说他年少聘英国教师，当然可以。祯觅太后温润一笑，命侍卫宫女遥随在五十步外，不要干扰他俩赏景雅兴。

上坡时，祯觅太后晃一步，六飞手快，抵住她后腰。

祯觅太后回视，映着天色的浅蓝眼白。

即戎随她。紧削的五官，如以中国人做比，京城蓝旗营许多骑兵都这般长相，冲动易怒的体力型人种。祯觅太后和即戎的骑兵脸上，均有一双改变整张脸构成的眼，空茫茫的宛如天意。

祯觅太后："皇帝，您要帮助日本。我儿子已死。"

一九二三年九月一日，关东大地震，对东京、横滨两座大都市的毁坏程度，重于一九四五年原子弹对广岛的毁坏。按传统，天灾是神的谴责，王者应退位。

当时王者是即戎，以皇太子身份摄政。民间口风，王者失德引发天灾，关东大地震是神要重选王者。祯觅太后希望，即戎遵循传统，有风度地引退，将皇太子位转予二弟秩父宫。皇室彰显美德，方不负民望。

即戎没有引退。三个月后，慰问地震灾民途中，一名杀手越过护卫，冲到他乘坐的德国戴姆勒轿车前，距车窗三英寸开枪。报纸报道，神庇佑，子弹在车内反弹五次，镶进司机椅背中。司机感到脊椎泡澡般暖了一下，即戎安好。

祯觅太后认为，她儿子死于那次枪击，现在的即戎是一位皇家远亲装扮，"那人叫华顶广忠"。即戎十五岁时，听说了好久有个人像自己，便召来皇宫。看后起玩心，跟他穿一样衣服，让母亲分辨，引起祯觅太后极大厌恶。因为她没认出来。

"我儿子是拖足，十步后必蹭地，他走路抬脚跟。我儿子自小受神道修习，祭祀上叠腿正坐是幼功，他坐不住。为免人看出他腿疼，截短祭祀，现今皇室大祀不过四十分钟，真是没脸。"

祯觅太后追查那个跟儿子相像的人，发现死于一九二三年的轿车枪击事件后四十二天，警局记录是急性脑膜炎。她判断，那日子是她儿子的真实死期，枪伤后许久方死。

"我可怜的儿子。华顶广忠消失，成了我儿。"

祯觅太后调查华顶广忠，皇叔弦远宫知道后，赶来解释。大地震后即戎不引退，相信天谴之说的百姓埋怨他无德。为防意外，作为宫内大臣的弦远宫安排华顶广忠做替身，代即戎慰问灾民。

华顶广忠被杀手击毙后，警局记录为传染病病亡，掩盖皇室用替身的丑事。弦远宫的说法未赢得祯觅太后信任，她依然认为儿子已死。

"皇帝，请帮助日本。"她没说怎么帮助，说完这句话即告辞。日本的宫廷权谋法则，与中国相通，表面的客气话犹如电报密码，要另行解读。

六飞心知，她要换掉假人，扶持次子秩父宫登上皇位。弦远宫会遭暗杀或软禁，近日便会发生。作为日本友邦的满洲国皇帝，届时要向国际宣布，支持日本新皇。

她走后半小时，即戎来访。他一直候在赤坂离宫外，太后走后，为容六飞休整，空半小时方登门。

即戎："你说英语，我说英语？"遣远随从，道，"太后是不是跟你说，我不是她儿子？"

六飞哑然。

即戎:"她一定是这么说。"

他是长子长孙,预定的皇位继承人。按宫廷制度,襁褓时从母亲身边抱走,由宫廷女官和导师养育,一年向母亲致敬几次,见面即走,除了行礼,没有闲话。剥离母子情,为成就人神君主。

弟弟秩父宫在母亲身边长大。按制度,作为太子妃的母亲不能下厨房,有失身份。她发脾气大闹,迫使宫廷让步,给秩父宫亲手做过几次饭。

即戎十岁时,母亲便为秩父宫争过皇位。

即戎自幼导师叫临森四典,等同养父。他是即戎爷爷在陆军插入的第一个皇室亲信。东条英机般基层干部才具,日俄战争期间,由皇室强力塑造为名将。

母亲联合了他。他写奏折,说作为导师,观察考量多年,确定即戎非帝王之才,日本的未来要交给秩父宫。皇位上的是即戎爷爷,温言劝导:"你忘了么,你本是校尉之才,将帅的眼界尚不具备,又怎能看出谁是君王?"

即戎爷爷过世,临森四典剖腹自尽。一品高官方有殉葬资格,临森差着级别,被指责为不懂事,令皇室尴尬。僭越殉葬,皇室按制度不能表彰,但付出生命,不表彰又显得皇室无情。

即戎:"他死,不为我爷爷……"

六飞:"为了你。"

即戎:"……你脑子快。"

身为导师,提议罢黜弟子的皇位,于情于理,都不该做。即戎当太子成了事实,临森四典无法面对,借为爷爷殉死,而向即戎谢罪。

六飞："你不恨他？"

即戎："怎么恨得起来？我从小知道，他是个糊涂人，只会做最笨的事。笨人总希望自己高明，母亲跟他说日本的未来系于他一言，他舍命也愿干。"

即戎以皇太子身份摄政后，表彰临森四典殉死忠心。正式登上皇位后，将他奉为陆军军神。

即戎："昨日的临森、今日的东条，都是庸人。爷爷和我重用庸人，为向陆军争权。庸人有庸人的坏处，希望皇帝陛下的满洲国可以用真正人才、正经官员。"

六飞感谢即戎期许，即戎转为严肃："满洲建国之初，人才匮乏，军政骨干用的是张作霖留下的班底。我听闻，您用一伙满蒙年轻贵族来争权，他们缺乏教养、不讲常识，身为贵族，事同流氓，搞得老人们很难受。"

六飞笑脸回应："泼皮耍赖，是争权最快的办法。"

即戎："快则快，伤害大。皇帝陛下，请听我一言，用庸人已是下策，绝不可用流氓。"

六飞："您有远见，受教了。"

即戎："满洲的流氓是您的子弟兵，您一句话可除。日本的流氓，高在云端，我除不得。流氓只适合压在底层，以流氓手段办国事，必遭天弃。日本正在自毁，目测未来，我夜夜噩梦。"

六飞："说的是弦远宫？"

即戎赞叹："您脑子快。"之后正面相对，道，"皇帝，请帮助日本。"

京城故宫，登围城的斜坡车道上，阳光明媚。柴慕之阴着脸，六飞说得神采飞扬："他的话，让我确信祯觅太后是对的。即戎一九二三年已死，我面对的是华顶广忠。"

如同之前的田中首相一样，祯觅太后暗杀不了弦远宫，谁也暗杀不了他。他活到八十五岁，在日本战败前夕，老死了。

即戎皇太子时期访问英国，是六飞少年时即研究的事。比见英王乔治五世更重要的，是转途法国，与皇叔弦远宫会和。作为驻法的日本大使，弦远宫在法国德国军校的日本留学生中培植亲信，为即戎日后向陆军争权储备人手。

弦远宫身为皇族，手段下流，炸死张作霖、南京大屠杀是他操盘，暗杀政敌、虐杀平民，确实的流氓行迹。但他是即戎最大支柱，即戎反对弦远宫，唯一的可能是——他不是即戎。

柴慕之："华顶广忠当上即戎后，想脱离弦远宫摆布，借假修真，享有皇权？"

六飞："是呀，除了弦远宫知道他是假的，别人都当他是真的。皇位上，可做许多事，他对我大开便利，我实权越多，满洲国越强，他越可以制约弦远宫……我在这儿说的，是日本的底牌，你向上级汇报，保你立大功！"

柴慕之沉下脸，等慌了六飞。半晌，柴慕之开口："我不会汇报，你在这儿说的，要止于这儿。"

六飞："为什么呀？这些事，件件惊人，你不想立功，我还要立功!"

柴慕之:"你讲的事太离奇,上级不会信,还会质疑我为立功,对你无休止逼供,逼得你乱讲。"

六飞急眼:"啊?不能说真话啦!"

柴慕之眼如古井,深幽可怖:"你怀疑即戎是假的,我怀疑你是假的。苏俄回来的火车上,苏俄看守懒散,几乎不监视。六飞找位相貌接近的亲族换了服装,以随从身份下火车。替身去高尔山坐牢,跟着其他随从一起,受几个月审查后遣散原籍,入了民间。"

六飞:"您怎么能这么想?"

柴慕之:"因为跟东条英机一样,我见过他。六飞是自小当皇帝的人,心高气傲,不是你这副下人腔。"

六飞:"你觉得我是谁?"

柴慕之:"不知道,可能是你嘴里常提的李敬事。遇上解释不了的问题,你就拿他说事。你知道我们不可能找到他对质,他是个永远消失的人,因为你是他。"

六飞鼓掌大笑:"哎呀!柴大个子,您真是打过仗,动过大心眼,能把事想得这么复杂。请简单判断,以你们的审查水平,下了火车,我可能调包么?"

柴慕之面容冰冷:"虽然我觉得你不是他,但按我们的工作能力,你只能是他,跑不了。"

六飞止笑:"此事只能有一个解释。"

柴慕之:"嗯?"

六飞:"当年一面,我给你留下的印象太好了!"

柴慕之一愣，随即发笑，整个人安宁了："解释通啦！哈哈，你这么说话，我觉得你是他。"

围城上俯瞰皇宫，层层琉璃黄瓦，如群龙麟甲。柴慕之神情迷茫："年轻时，这是激起我英雄气的景观，看了这一眼，才有我今日。进京工作后，每月都来看一眼，仍是激动不已。你说，我是不是中魔？"捻起一元门票，"你下去故地重游吧。"

六飞："你不去？"

柴慕之："进京八九年了，没下去过。我这辈子的福气是围城上看一眼看来的，我怕下去了，福气就没了。"

六飞打趣："嘿！您这么大干部，还迷信呀？"

柴慕之未被逗笑："我换个说法。我要陪着下去，按你现在品性，会一路看我脸色，琢磨怎么陪我说话，看不了别的。放你一个人去，故地重游才有意义。"

六飞歪嘴一笑："柴大个子，你人不错。"

一元门票，可看钟表馆，可在金銮殿坐龙椅照相，相机需自己带。六飞随游人排队进殿，看到龙椅，怆然失色。

皇帝登基的龙椅，与养心殿朝议群臣时坐的龙椅、保和殿宴请蒙古藩王时坐的龙椅样式不同。眼前龙椅是保和殿吃饭用的，拼了御书房和太后寝宫里的屏风、桌靠、脚踏等物件。

难道是哪位领导嫌原样简单，为满足大众对皇家气派的想象，拿各殿花哨凑了把龙椅？

看简介牌,九年前为向民众开放金銮殿,曾聘请陈泊迁做顾问,他定下的样式。之后他便老得死去——那时我还人在苏俄。

此生三次登基,两次在京城,一次在满洲,陈泊迁都是见证者,不会出错。陈奢佛为何这么做——不在世上留龙椅真形,日后再有人要当皇帝,坐不上龙椅,也不是皇帝——这是他对我最后的尽忠……

六飞坐下,值班管理人员问:"老同志,有人给您照相么?"

六飞:"没人,我坐一会儿。"

管理人员:"您这门票钱可亏了。"

六飞:"亏大了,我坐一会儿。"

恍然去了钟表馆,亦是人满为患。顺陈列柜走着,一位老妇人拽他袖子一把,低念"皇帝"。他反应快,做手势不要她说话,快步出馆,行到人少处。老妇人跟过来,他问:"你的钱给人骗光了么?"

老妇人点头:"给人骗光了。"

她是淑秀。皇宫驱逐事件后,随六飞在天津租界过了几年,协议离婚,得三十万银圆安顿费。两人告别,她没话,六飞说的话是:"你人傻,小心钱给人骗光了。"

她在六飞身前站了许久,终于说话:"我人傻,哭不出。"

六飞:"够傻的。不过,你老了,倒比你年轻好看了。"

淑秀:"是么?你说得我都想笑了。"

她没哭出来,也没笑出来。她来故宫,是柴慕之安排。远远地，跟着六飞从金銮殿走到钟表馆。离婚后，她结过两次婚，都两年左右，一次男人卷钱跑了，一次男人病亡。

她一人生活了二十多年，做过小学老师、纸盒厂工人，现由政府安排，在一家蛋糕厂看仓库。日后有退休金，每月有两瓶鸡蛋清的生活福利。

晚蓉在满洲国覆灭时病逝，柴慕之想撮合他与淑秀复合。

六飞："老了，能跟小时候熟人一块过，是老来福。"

淑秀："柴同志也这么说。"

六飞："可有一样，小时候，我没喜欢过你，老了待一块，有一天我会烦。"

淑秀："你还有个烦，真好。这么多年下来，我什么心都没了。什么心都没了，日子好清静。我也舍不了我的清静日子。"

故宫重游后，淑秀再没露面，托柴慕之给六飞捎来包稿纸。她十四岁开始汉译的蒙古族穆斯林诗歌，没译完。说当年奉旨翻译，算是个交代。她这辈子，字没练出来，写得又大又丑。

嫁入宫两年里，她临写《灵飞经》，曾练出一手娟秀小楷。脱了帖，自己写自己，便这样丑。还捎来四瓶鸡蛋清，她两个月攒下的工厂福利。

柴慕之批评六飞有福不享，淑秀经过苦日子，珍惜人情，能把他照顾得很好。听他说多了，六飞一日不耐烦，叫道："我是李敬事！她是皇妃，我怎么敢？"

柴慕之怒斥："混账混账！"

十七　蜜桃双眸

一九六六年，六飞和乱岗重逢。

柴慕之觉得六飞口供有史料价值，应整理成书，得上级支持。委派乱岗润文，增加文学性，便于阅读，以教育民众。

《泰晤士报》风格的讽刺小品文，乱岗早已不写，破解了胡可式对他"卖文心重，写坏了手"的判定，成了有名的长篇小说家。胡可式已侨居美国，时过境迁，作为上一代文学领袖，这一代青年已不知道他。

六飞惊讶乱岗进境，乱岗说得益于早年穷苦的惜钱心态。徐烛宾在四年大总统期间搞成《新元史》，为博身后名，下台后常年自费印刷，四处送人。死后亦由子女延续，送来送去，送到乱岗一套。

史书典籍，均价格昂贵，乱岗舍不得买。白得的这套《新元史》，受学养局限，阅读困难。但惜钱的心重，觉得这么贵的书，不看亏了。咬牙看下，竟脱胎换骨，写长篇小说，谋局深远，立意多层，再无人说他俗气。

六飞笑道："大奢佛求名，不料是助成你大名。"

回忆录，写到秘养在井陉煤矿职工幼儿园中的四个孩子。六飞说病死了两个，另两个在满洲国建立后，送去日本做即戎的"质子"。这是满人沿袭的蒙古习俗，送给结盟者养孩子。具体教养，即戎委托给皇叔久仅宫。

大清三百年来累积的皇亲国戚多达四万，人人要特权，尾大不掉。满洲国宪法规定，六飞是建国的首位皇帝，其父亲和弟弟都不能算皇族。皇族从六飞的孩子开始，从此甩掉大清皇族。

继承权上，如六飞的妻妾无子，六飞的弟弟及弟弟的儿子并不能继承皇位，将在这两个私生子中挑一个，名义上由即戎选荐。宫女生的私生子，成为盟国君主的养子，由盟国君主举荐继承皇位，是拔高身份的方式。

乱岗费了五千字，将六飞的苦心安排写得感人，彰显人父之情。

柴慕之审阅后，删除此事，认为会造成读者对历史的错误理解。并建议改写秀养之死，"中了伦贝子催眠术"的说法，太难取信于民。

遍查史料，乱岗改写为：

一七五一年四月，乾隆皇帝第一次到杭州。杭州有名胜岳王庙，两次要拜祭，均逢大雨不能成行。岳飞是抵抗金国的南宋名将，满人自称是金国后裔。杭州百姓风传，惊天大雨，是岳王爷不愿见敌人子孙。

乾隆听到流言后，写了张条子，送去岳王庙焚烧。之后万里晴空，成功拜祭。杭州百姓风传，乾隆写的是，爱新觉罗本是被金国掳去的宋皇室后人,混在满人里过了五百年,以异族服装回来,重做了汉人皇帝。

这个民间传说,伦贝子讲给秀荞听。他考证,乾隆没写具体的话,送去岳王庙烧的是一张药方。宋皇室有一剂家传特效药,预防饮食中毒,清皇室传承着这药方。岳王爷魂灵见此药方,知当朝天子不是敌国异族,恰是自家君王的后裔,止雨放晴,见了乾隆。

秀荞吃鳇鱼,引发胆囊炎,听了伦贝子考证后,评判:"爱新觉罗吃二百年鳇鱼没事,我一吃便病倒,原来是少这张药方。你有吧?"

家族秘方,不好交给协和医院的英国医生检验,伦贝子熬好送来,秀荞偷偷服下。当夜肝痛,凌晨即亡。

伦贝子熬的是一锅毒药……

六飞评价:"一流构思,事情圆过来了!"

柴慕之愁眉不展:"越编越假。算了,回忆录里就不提秀荞死法啦!"

乱岗:"全删了?"

柴慕之:"嗯。"

乱岗:"又白写啦!"

柴慕之:"你什么态度?"

乱岗起身:"柴同志,你会让我管理犯人么?"

柴慕之:"……不会。"

乱岗:"为什么?"

柴慕之:"因为你是外行。"

乱岗大喝:"那你凭什么管理文学?"愤而出门。

街头疾行,猛听刹车声爆响。身边停下三辆卡车,车上人喊:"老同志,看您眼熟,是大作家乱岗吧?"

乱岗还在气头上,道:"不是大作家。是零分小学生!"

车上人语音发蒙:"您不是?"

乱岗:"认对人啦!什么事?"

车上一片欢呼:"批判你。"

三辆卡车,一辆装太戏戏服,一辆装太戏名角,拦乱岗的那辆站满穿将校呢大衣的中学生。将校呢是一九五五年仿苏军制式,黄铜纽扣,方正垫肩,高官的儿女方能搞到。

时逢"破四旧"运动,鼓励学生出校园,批判旧思想、旧文化、旧风俗、旧习惯,通报各界支持,要车给车,要人给人。这班学生盯上太戏,有同学听说伶人奉岳飞为祖师爷,晚清太戏行会开在南城岳王庙里,在伶人祖师爷像前批斗伶人,更具意义。

到太戏院抓了三十几位名角,赶去南城,不料岳王庙已拆多年,原址上建起一座灯泡厂。灯泡厂工人说记得北城有合祭关羽、岳飞的关岳庙。

赶到北城,才知关岳庙早清空,改为某省驻京办事处。办事处人员说东城道观有速报殿,加速因果报应的神灵正是岳飞。三辆卡车赶去,终见到岳飞像,奔波了大半个北京的孩子们热泪盈眶。

岳飞像是要砸的,在批斗后。孩子们原想在岳飞像下烧戏服,遭到道观行政干部劝阻,说殿内木质结构,引起火灾,会烧到附近民居。于是改在院中焚烧,大开殿门,让岳飞像遥对着柴堆。

伶人们围柴堆一圈。点火前,八十出头的高小亭讲话:"小同志们,我们的祖师爷不是岳飞呀。前清时,南城岳王庙地方大,闲房多,我们是租了岳王庙几间房,办了太戏行会。岳王爷,可跟我们没关系。"

学生们里有人气疯了眼,要抽高小亭耳光,其他学生拦住,说要文明批斗。他们经过商议,宣布:"你们一人冲岳飞磕三个响头,打今儿起,岳飞就是你们祖师爷了。"

高小亭:"这怎么行,这怎么行?伶人的祖师爷是天上一颗星,二十八星宿里掌管俳优戏乐的翼宿星君!"

兰词芳忙道:"叔!破四旧,造福千秋万代。你我作为行业老人,得支持孩子们办好事。大伙说,行不行?我看行!"

他是四十年行业头牌,他说行,诸位伶人也说了行,排队去殿里磕头。高小亭摆出黄天霸的身形架子,哇哇哇叫着,死活不进去。看他八十多了,学生没硬逼他。

乱岗:"我是写书的,不必去磕头吧?"

一位女学生解释:"没想批判您,有同学大街上认出您,想让您给我们的行动做个见证。待会儿烧戏服,您要嫌热,可以跪远点。"

乱岗顿感欣慰:"明白啦。不用磕头了是吧?"

女学生:"您……还是去磕吧,这么大行动,您来都来了,凑个数好么?"说得要哭了。

乱岗:"小姑娘别为难,伯伯去凑个数!"

女学生刹那欢颜,少女特有的鲜嫩。看得乱岗暗赞"美绝",寻思要将此笑容写进六飞回忆录,安给晚蓉,或安给温德亨山兴国灵王殿中跳仙鹤舞的朝鲜女巫……

要烧的戏服,生旦净末丑均有。兰词芳四十年头牌使然,旦角戏服最为昂贵。

别人磕头时,高小亭心里一直在攒词。等学生们要点火了,和颜悦色地说话:"你们眼前的都是劳动人民一针一线的血汗啊!这个点翠头面用了三百根翠鸟毛,一只翠鸟才能选出六根。这件白蟒金袍,上面真是黄金,熔了两根金条,拔丝成的金线……"

一学生:"只听到奢侈浪费,没听到劳动人民的血汗!"

高小亭慌了:"瞧这件藏蟒袍霞帔,兰词芳亲手绣的。他事多,早晨三点钟起来绣一个时辰,坚持七年完工。不是劳动人民的血汗么?"

兰词芳媚笑:"我算什么劳动人民,向工人农民学习!"

一学生:"你好大闲心呀,为什么绣袍子?"

兰词芳:"呵呵,我演的是旦角,寻思得有件自己绣的戏服,做过女红,才对得起这辈子演女人。我演出多,会议多,哪有时间呀,一辈子也就绣这么一件啦。"

一学生:"你的意思是,这件不让烧?"

兰词芳:"不不不,烧!"

火光冲天,学生们远远避开。戏服里配的孔雀翎是真孔雀羽毛,燃着后股股恶臭。伶人们围火不敢动,尽皆捂鼻。

北京风沙大,学生们流行戴军队医院的双层白口罩,是种时尚。臭气淡些后,学生们戴着口罩回来,要伶人们张口批判太戏。

兰词芳劝高小亭:"叔,您辈分高,说谁,谁都得担着。您说吧。"

高小亭:"我说呀,太戏是好的,唱戏的人坏了。马三,五六年电影厂拍戏曲片《借东风》,你得一万元,叶盛兰八千,裘盛戎六千,你们哥仨不客气拿了。六四年,戏曲片《秦香莲》,你合着张君秋、裘盛戎拍了,电影厂合计给你们一万元片酬。你发脾气不领,还放话说,以前你唱台戏能买片坟地,现今是挣个棺材。我听说,两年了,这一万块还在电影厂账上趴着呢!你这是旧……习惯,还当自己是马三爷呢!"

马三认错:"叔,骂得对,我领钱去!"起身快跑,眨眼没人。

高小亭打圆场:"让小同志们看笑话啦!马三台上演诸葛亮,风趣幽默,性格好。他台底下可是个没意思的人,急脾气,沉不住气。"

学生们反应过来,嘀咕:"他还回来么?""他领钱去,好像也对……""人走了就别嘀咕,接着批判。高小亭!你再说!"

高小亭转向一人:"振芳啊,六三年,你去香港演出,下船要打杜冷丁。这旧社会染上的恶习,不都戒了么?怎么变本加厉,回来后一天要打七针?小同志们请体谅,振芳人老了,思想上跟上了新社会,身子上改不了旧习惯……"

振芳落泪:"叔!我这就回家,把针管砸了!"抹脸蹦起,翻出串跟头,不见了他。

一学生怒吼:"没我们批准,谁也不许再走了啊!高小亭,没让你批人,让你批太戏!"

高小亭蔫了:"太戏好是好,就是学起来太苦……词芳啊,叔小时候是给翼宿星君磕了头的,这事,叔说不了。"

兰词芳笑脸环一圈,道:"小同志们,叔老啦,脑子转过来得费点劲儿,太戏的坏处,我来说。哎呀,烟熏得不轻,别犯了脑出血,先放叔回家吧。我后几日住他家,让他写个五千字批太戏的材料,送到你们学校。"作为大名人,这么客气说话,学生们倒有点不好意思,重归了孩子的质朴。让高小亭选一人陪回家,余下的人也别在火边受罪了,进速报殿里说话。

高小亭选了荀梳香。一九五九年至一九六二年三年自然灾害的生活困难时期,荀梳香去烟台演出,偷购香油海参,装戏箱里运回北京,转手给亲朋好友——毕竟是走私。

不知还要批判多久,还要说些什么,同行里谁会说漏嘴。旧日有案底的人,早离为妙。荀梳香:"叔,我年过半百了,还得您护着。"

高小亭："说几句软话，不算护着。叔要年轻十岁，就动手打这帮小孩了。唉，叔这辈子大名是演黄天霸、楚霸王，他二位是打遍天下的好汉，我能打谁？叔这辈子，只是个戏子。"

速报殿中，兰词芳批判太戏："五七年开始，太戏改造，上海太戏院同志们创作出现代戏《计夺虎狼山》。群众反映不是太戏，是加了太戏唱腔的话剧，像白开水，没滋味。首先，我要说，白开水没什么不好。白开水最解渴，白开水还可以泡茶，还可以洗脚，放凉了可以浇花……"

一学生打断："兰词芳，你想说什么？"

兰词芳："抱歉抱歉，给我五分钟，我整理下思路。"

学生们静等他想话，殿门外骑来辆飞鸽牌自行车，是别处赶来的同学。满脸汗，领口冒热气，叫道："师范学校搞批判，都把校长打死了，你们还干坐着？"

殿内学生请教怎么打，骑车学生没下车，足蹬大殿门槛："你们腰里不有武装带么？解开，抽！"

穿将校呢大衣，要配短靴、黑羊毛遮耳帽、挂指挥刀和手枪用的皮带，凑不齐这一套，不是高干子弟。皮带扣头是一片铸徽的方正黄铜，抽到脸，可打瞎眼。

伶人们挨了打，抽后背、抽大腿。骑飞鸽牌的学生嗤笑："打肉厚的地方，你们心真好，怕他们疼呀？"

三十条皮带改了方向。兰词芳眼角余光觉得不对，猛闪身，铜扣头的方角仍擦着额，划开道四寸长口子，血冒出，污了眼。

旦角成名四十年，人人中意这张脸，自己更是时时小心，不许它生粉刺，不许它烫着碰着……

兰词芳长音哀号。恢复理智后，发现自己趴在殿内梁上。梁高六米，虽一身飞贼功夫，但没绳子抓钩，也上不来，从没有过这么大本事。

学生们扔岳飞像前的烛台、供盘砸他，后去搬梯子。梯子搬来，梯子高度不够爬上大梁，学生们拿竹竿捅他。

兰词芳飞身向上，跃在大梁上方的次梁上："我都满脸血啦！捉到我，你们还想怎么着，不能打死我吧？"

下面骚乱，冲进伙人，领头的是柴慕之，带七名白衣警察："同学们，兰词芳是好同志，不在批判范围。"

上级听闻太戏院抓人，兰词芳也在其中，急令柴慕之保兰词芳离开。多年前放弃搭档，一直对兰词芳愧疚，忙调民警前来。

柴慕之："兰大爷，您下来吧。"

兰词芳起了哭腔："柴大个子，我破相啦！"

柴慕之："您就是血流得多，伤口没多大，今日医学发达，保证严丝合缝给您收拾好！"

兰词芳："你骗人。"

柴慕之："就算留下疤，也是线般细，贴脸能看见，离一尺，看不出。"

兰词芳："线般细？"

柴慕之："线般细！"

抱柱子滑到梯子，他下来了。学生们不让走，说报纸上登了，不许警察进学校。除非"破四旧"中发生证据确凿的杀人和间谍行为，不许警察调查学生，他们无权把兰词芳带走。

柴慕之拉兰词芳一旁商谈："兰大爷，您随便说说太戏的坏话，算是完成了批判，学生们好放您走。"

兰词芳："四十年来，我就是太戏，谈太戏就得谈我。给我破了相，还不算批判太戏呀？"

柴慕之："兰大爷，咱不说娘们话。像娘们置气，离不开这。"

兰词芳明白过来，向学生们交代："太戏呀，坏透了！五七年改造太戏，《计夺虎狼山》为何演得像白开水？因为不知道太戏骨子里是一汪坏水。贾宝麟传下的太戏，唱念做打的底子是一身飞贼功夫。能爬壁游梁，戏台上身姿方能漂亮，改不了身子演不了戏。新社会了，谁敢在戏校里教年轻人学飞贼？十几年来，新人辈出，没一个能看的，都是白开水。"

柴慕之："词芳同志的发言非常好！说太戏本是坏人干坏事的玩意儿，确实批到骨髓深处！"带头鼓掌。

学生们通过了。

柴慕之早看到乱岗，没想到他也在这，说要把他也带走。乱岗还生他气，道："你走你的。我在这儿好着呢。"

柴慕之无奈："您觉得好就行。"

出了速报殿，兰词芳自言自语："咸丰皇帝时，太戏称了国音。以前称国音的，是孔庙里的祭乐，悲切沉痛才是国音，所谓忧国忧民。国音越悲，国运越好。咸丰一代，伶界领头的余三胜、程长庚，还是又硬又高的悲腔。到领头人是贾宝麟，老生唱法里糅进了旦角的婉转低回，没几年大清就亡了。伶界到了我领头，旦角抢了老生的地位，我嗓子成了国音，没几年民国就亡了。现今是马三领头，马三是老生，但悲痛不再，反而俏皮乐呵……"

柴慕之："兰大爷别说了。"

兰词芳："柴大个子，都怪你。当年选你做我搭档，是厚望于你，希望下一代出个正经老生，以正国音。你跑去打仗了，认为战场上取胜，才能拯救国家，不知你立在台上发音，是更大的事。"

柴慕之"哎呀"一声。

警察们撤走后，骑飞鸽牌的学生下车，进殿打开书包，掏出五六瓶红色、蓝色钢笔墨水和三把理发推子，教使用法——把伶人们每人头发剃一半留一半，墨水倒在剃秃的部分。此举，称为半人半鬼，师范学校用此法惩治老师。

笑容美绝的女学生吩咐乱岗："抓您来只是凑数，要给剃头浇墨水，那您太冤了。您回家吧。"

乱岗压低声："伯伯历史书看得多，因果报应，历历不爽。剃头、浇墨水，侮辱人，日后也必被人侮辱。你跟你同学说说，不能干这事呀！"

女学生:"伯伯……您这是旧思想。"

乱岗声音更低:"你要说服不了同学,就自己少沾这事,最多拿墨水往人衣服上洒洒。你长得漂亮,日后有好日子,别损了道德,坏自己好命。"

见女学生不语,乱岗又道:"我这六十多岁人的话,你十几岁的人听不懂。但你起码能辨别,我这语气,是为你好吧?"

女学生笑了,笑容不大,一样美绝:"伯伯,您人好。您说五分钟太戏坏话,早点回家吧。"

乱岗站在戏子们中间,张口批判:"我少年贫寒,两日吃一顿饭。没钱看戏,错过了兰词芳他们刚青春、太戏最好的时候。等有钱了,改不了节俭,一样舍不得花钱看。拖到近几年,有了地位,总有领导请看戏。可兰词芳他们都老了,他们长得不好了,戏也就没意思了,我看不进去。这辈子跟太戏没缘分,怎么批太戏?"

女学生憋红脸:"伯伯,您不想回家了?"

乱岗:"小姑娘别急,伯伯后面有话。我对太戏没研究,批不了,但我朋友里有个人批太戏,我转述他的话!"

女学生鼓掌:"您快说。"

乱岗:"这个人,说是我朋友,是我高攀。他是我贵人,介绍我给国内大报写杂文,挣了第一笔稿费,第一次出名。这个人,你们这代不知道,他叫胡可式,用白话写诗,以'蜜桃双眸'一词,感动天下,成了青年偶像,文坛领袖。"

女学生:"啊,什么叫蜜桃双眸?"

乱岗:"甜!就是你这双眼。"

女学生说话提不上气:"您……得批太戏。"

乱岗:"胡博士以白话定高低,高抬落子,贬低太戏。说太戏已受文人污染,爱加高雅词句,犹如白米饭里混上了耗子屎,不如落子唱词尽是白话,一碗热气腾腾、干干净净的白米饭。"

女学生红着脸:"嗯,耗子屎这词用得真好,胡可式不愧是文坛领袖。"叫同学都记下此词,以后说话可用上。

乱岗:"我可以走了吧?"

女学生:"您才批一句呀。您再说两句,同学们都爱听。"

乱岗:"胡博士对太戏说过不少狠话,让我想想……对了,他说,太戏是腐朽官僚阶层的趣味,跟老百姓真实生活绝缘,是天底下最别扭的东西,好比男人长了乳房。"

女学生说话又提不上气:"……长了什么?"

乱岗:"乳房。"

女学生脸上生出另一张脸,乱岗一下不认识了她。

女学生:"流氓!"声嘶力竭,手中武装带抽在乱岗膝盖。

黄铜扣头打击力深透,乱岗疼得腿抽筋,"扑通"跪倒。骑飞鸽牌的男生大喊:"同学们,还愣着呢?上啊!"男女同学登时操武装带围上,狠劲抡劈。

几分钟后,三个白衣警察冲入,撞开学生,抄乱岗出殿。挨打时,乱岗双手抱头,乌龟般缩地上。穷人窝里,大孩子爱欺负小孩,这是他小时候会的。他背上衣服被抽烂,护后脑的手血肉模糊,脸是好的,没伤着内脏。

柴慕之离去后,走着走着心慌,派四位警察送兰词芳回家,带三位赶回,幸好赶上。

学生们追出殿,柴慕之怒喝:"你们会打死人的!报纸上登着,发生杀人和间谍活动,警察有权管!"

慑于他威严,学生们没再追,远远骂乱岗几句"老流氓",回殿继续批斗戏子。柴慕之带乱岗去道观的职工医务室包扎伤口。

乱岗:"小孩们诬陷我,我没耍流氓!"

柴慕之:"耍没耍流氓,我们会调查。"

乱岗:"你浑蛋!改回忆录,咱俩处了一年,你不知道我?"

柴慕之黯然:"我的工作性质,是调查取证,不拿印象和人情下结论。"

乱岗瞪眼:"你现在说,我是不是流氓?"

柴慕之:"您就会欺负我……"

乱岗:"你说!"

柴慕之:"不是。"

乱岗:"柴大个子,你算个人。秀荞之死,按你说的,删了吧。"

次日起床,已近中午,家人均出门,没有他的早饭,速报殿中对女学生耍流氓的事已传遍京城。乱岗出门去副食店买烧饼,路上经过片野水洼,半饿半不饿的状态,忽然很想进去坐坐。

水洼未开辟成公园,但安了供老人闲坐的长条靠背椅,市政建设部门搞的惠民措施。乱岗坐下,想到那笑容美绝的女孩,不禁心酸。

她——日后要受报应。侮人者,必遭人侮。随着她长大,会遇上一个个骗她的男人。随着她老,会越来越丑,越来越没钱,每日醒来,都觉得活着没意思,如同我小时候穷日子愁坏了的娘……

她——我们这代人要改造社会,剔除西方情色文化和东方妓行,创出正经人间。她这代孩子,没看过卖弄风情的好莱坞电影,没看过裸体遍布的欧洲画册。从幼儿园起,男孩跟女孩说话,要遭老师批评……

噢——她的过激反应,是我们这代人造成的。她不会遭报应,会遇上能让她过好日子的男孩,从一而终,无波无澜,美绝的笑容保持到五十多岁……

再过二十年,我不在了,她还活着。那时的她,懂事了,会后悔,按我小说上印的作者生卒日期,在我祭日烧纸钱……

她眉眼清秀,对我凶蛮不是她本性,她本性良善,会烧厚厚的纸钱。我在阴间,日子不穷……

想着,不饿了。没觉得坐得久,水面已呈金色,黄昏到来。白日里,水边一直有个人,蹲一会儿,起身活动一会儿,向自己望过几次。

他现在走过来,以为他要往外走。不料坐上长椅,玩手里的鱼虫抄子，道："你是乱岗吧？"

"您谁呀？"

"这儿的皇上。"

野水洼产鱼虫。北京人爱养金鱼，附近胡同小孩捞鱼虫卖钱。一九五一年，洼边来了位新住户，独身一人。从此只有他卖鱼虫。

见有人捞鱼虫，他拿棍子打。打不过，就抱着人腿哭，说他没工作，靠卖鱼虫活命，别跟他抢。他耍蛮装疯地占下这片水。

"您说，在这片水，我是不是皇上？"

"您是。"乱岗起身。

"大作家，不认得我啦？好多年前，你带着我跟皇上，去过胡可式家。"一九二四年，马玉镶占了皇宫，六飞困居醇王府，一夜获特许出门逛逛，遇上了乱岗。

乱岗："啊，您是陪着皇上的那个小随应！"

"这么多年，您还能认出我？"

乱岗："没记下你脸，记得有你这人。"

他是李敬事。笑道："有皇上在，您怎么会看我？"

乱岗："抱歉……仔细看，你跟皇上还有几分像呢。"

李敬事："不愧是大作家，观察力强。满洲国的时候，皇上慰问贫民区、工厂、医院，怕不安全，有几次是我做替身。我跟他呀，十二岁的时候不像，过了十四岁，越长越像。"

乱岗看他脸一圈，道："您这相貌，比皇上好。他现今鼻子歪了，下巴也歪了，没你端正。"

李敬事:"脸斜心不正——建满洲国,缺多大德呀,脸不歪,才怪呢。"

乱岗:"嘿!你是皇上身边的人,敢这么说他?"

李敬事:"新社会啦!你这是旧思想!"

乱岗气弱,起身走。

李敬事喊道:"大作家,我盯你一天了。给小女孩骂两句流氓,别想不开,要寻死!"

乱岗回身:"坏事广传,连你都知道?"

李敬事笑道:"水边晨练的人不少,今天都说这事。坐回来吧,我给您开导开导。"

乱岗坐回,掏出盒高干特供的牡丹牌香烟,让一根给李敬事:"您小瞧我了,写小说不算我真本事,我真本事在史学。写小说的是搞艺术,能死在女孩一句话上。读史的是研究政治,没那么矫情。"

李敬事:"嘿嘿,不见得。民国时的王果味,也是由文转史,读《宋史》成了精,帮皇上预测国际事变,没有不准的。他本事比您大吧,一样心眼窄,丁卯年[1]投了湖。"

乱岗:"你不懂。那叫殉道,大丈夫做的事。"

李敬事:"皇上在天津的时候,辟出间屋子叫果味堂,祭奠他,满洲国也续着这事。三十年来,我没明白,您给讲讲。"

乱岗:"丁卯年,秀莽继承人蒋无炎举兵北上,破了张作霖

---

[1] 一九二七年。

的天下。张作霖不忠于皇上，但敬畏祖宗道德，四处建关帝庙。蒋无炎则要以党派信条，废掉祖宗道德。王果味是大名人，以一身之死，逼蒋收手。"

李敬事冷笑："蒋无炎盗世奸雄，会理酸腐文人的茬？"

乱岗："理了！不聪明当不了盗世奸雄。蒋无炎醒悟，违背祖宗道德，在这片土地上，什么也做不成。从此改弦易辙，自称是传统文化的守护神。皇帝自古是道德的最高象征，他跟皇上争这个，中华出了两个道德主宰——大地双心。"

李敬事："'大地双心'——这词厉害，辛未年[1]成了别的意思。说满洲跟日本互为人影，皇上跟即戎是一体双心——从日本角度看，满洲是日本的影子，从满洲角度看，日本是满洲的影子。皇上有即戎的心，即戎有皇上的心——或许是幻觉，满洲国有过一段好光阴。"

乱岗看他，恍然是丁卯年街头夜遇的六飞。

李敬事："皇室传的老话，是舒尔哈齐的预言。大地双心，是老话上最后一句。我先以为指我和蒋无炎，后以为指我和即戎。近日明白了，是指所有人。一心，是忠诚；二心，为背叛。辛亥年是背叛的开始，叛君、叛主、叛师、叛友……大地上，终会出现人人叛人人的景象。"

乱岗颤声道："你到底是谁？是不是皇上？"

李敬事恢复了落魄相，乐了："不跟您说了么，我当过他替

---

[1] 一九三二年。

身，没给冷枪打死，是我运气。怎么着，您瞅着还真像呀？"

乱岗松弛下来："哎呀，吓了我一跳。聊聊你，你一个皇上身边的人，怎么老了归宿，是落在了这片水？"

李敬事："您几十年前听说过天津有位亮公公吧？"

乱岗："身残心不残，娶媳妇还嫖妓。名声臭。"

李敬事："臭是臭，会法术，他能控制人心思。甲申年[1]，苏俄装甲部队打进来，满洲国覆灭，即戎腾出赤坂离宫等皇上去日本，不料苏俄大兵空降沈阳飞机场，堵住了皇上。一行人就我逃出来，亮公公的法术我会一点，时灵时不灵。那天灵了，苏俄大兵眼睛看见我，脑子没反应，我就这么穿过他们，一路走出飞机场。"

乱岗："呀！好邪行，您给我展示展示。"

李敬事是大人哄小孩的宽厚笑容："不跟您说了么，时灵时不灵。回了北京，就没灵过。"

乱岗眼中好奇熄灭，点了根烟："'破四旧'是引子，后面有大文章。打人的孩子们会倒霉。露了凶相，群众从此看低他们，他们还有什么脸继承父母特权？父辈战场上拼命挣下的功勋，儿女抽几下皮带就抵销了。"

李敬事："高干子女自毁形象，平民孩子就有了上升机会，一步步分权，终能掌管国家？"

乱岗："大致是这回事。宋朝发生过，赵姓皇帝用平民子弟闹事，废了开国功臣的子女继承权。特权不能传二代，宋朝断了

---

[1] 一九四五年。

贵族。唉，孩子们破兰词芳的相，其实是破了自己的相。"

李敬事："他们倒霉在日后，百姓倒霉在眼前。说养金鱼是旧风俗，家家户户把金鱼倒街上，踩脚踩死。"

乱岗："速报殿里，兰词芳跟我说，他家里养了六十只鸽子，看鸟飞，是伶人练眼神之法。不敢养了，送人民食堂做菜了。"

李敬事："不养金鱼，也没人买鱼虫，失了营生，我不得饿死？"

乱岗笑道："您是老油子，会找到活路。"转而严肃，"水边坐一天，确想过死。自杀是想不通，殉道是想通了。一九二七年，看到蒋无炎大军北上的沿途表现，果味先生推断出后面几十年要出的事。觉着不好，便以死殉道，点醒蒋无炎，改了后面几十年的事——果味先生读史，读出了造福百姓的悲心，是大丈夫。"

李敬事面色灰沉："不要学他。"

乱岗："哈哈，学他？他是书香门第，我是穷人家，他从小读书有静气，我从小没饭吃。愁出来急脾气，遇上事，只会做反应，忘了用脑子想。速报殿里，我真是傻……坐在您水边上，我才有脑子，正经想了一天。"

李敬事："别瞎想。"

乱岗："眼前乱象，背后有布局，要改换阶层地位。做这个局，有利国家，但这个局，会伤百姓。我改不了局，能做的，是让它早结束。今天孩子们把兰词芳打死，'破四旧'也就结束了。兰词芳是大名人，他死，天下人愤慨，小孩们一生全毁，成了人人喊打的过街老鼠，做局的目的便达到了。"

李敬事:"他没死。"

乱岗:"我也是大名人。"

李敬事不再搭话,乱岗给他上烟。烟尽,乱岗指向水深处:"我想走到那。我爱这国家,这国家许诺让穷人翻身,当家做主。穷人家孩子遇事慌,果味先生读书为完善道德,我读书为卖字为生。民国报纸上写生活杂趣的小品文好卖钱,老百姓被连年战乱祸害得苦,热爱生活的情绪特别容易打动他们。我写了好多,就此成名……"

给自己点了根烟,缠绷带的手夹着,"我不热爱生活,我爱钱。但小品文写多了,热爱生活成了我习惯。看夕阳挂在树叶上,是那么的好,吸进肺的空气再吐出去,是那么的好。我爱这儿的一尘一土,每分每秒……"

滑下颗泪,自己未感觉到。指向水:"小品文拖累我,我走不到那。您用亮公公的法术帮帮我。"

李敬事:"不灵的。"

乱岗:"你说的是——时灵时不灵。我有信心,保准灵。"未等李敬事回应,他离座,向水行去……

乱岗死后七天,武丑叶盛章投湖。再七天,旦角言慧珠上吊。之后两个月,打人的孩子受管制,他们的父母亦遭免职下放的厄运。似乎一切已结束。

年底,将诸葛亮演得俏皮乐呵的马三被打死。下手的孩子没有将校呢,都布衣布鞋。平民孩子受鼓动,沾染上暴力,穿将校呢的孩子不再是独责,所有孩子要同担共罪。从此好歹难分,改换阶层的进程变得漫长……

兰词芳受保护,听说待在军队里。六飞和柴慕之所在的机关,也保护进一位伶人,不属于太戏圈,唱落子的。落子经胡可式高捧,三十年代成了气候,唱红上海,叫座能力甚至强过大多太戏名角。

落子,是"乞丐唱的"之意,实在不雅,改称平戏。北京也叫北平,叫平戏,为跟太戏找齐。引起太戏圈非议,说太戏是在皇宫里锤炼出来的,落子下流,大清时不许进京。没进过北京城,凭什么取表示北京的"平"字?

来的伶人,据说戏院用金条付酬。

机关调来武警守大门,阻挡学生闯入,但也得对"破四旧"有所响应。于是六飞等有案底的人,不能再坐办公室,去机关食堂给厨师打下手,以劳动重塑人格,决裂旧思想。

人人嫌六飞手慢,不愿跟他配合,分给他的都是一人单干的活。一日,六飞自个坐在厨房外院子里,摆上铝合金洗澡盆,挤豌豆。

干累了时,一只白润的手拍响澡盆边沿,"看您干半天活儿啦,怎么才挤了二三十个豆呀,我帮帮您?"

听声腔,知是新来的平戏大腕。六飞抬脸一笑,高举双手:"您的手才不像干活的,不如我这手。"少年时射击、打网球,锻炼得掌宽指厚,尚存陈年老茧,简直是工人农民的手。

笑容僵住,仿佛见到皇后晚蓉。

之后，认出了她。

她是一九二四年的一夜，在胡可式家见到的落子女孩。

她未显老，维持在三十出头样貌，笑起来更显小。

六飞说："三六年，听闻上海出了位唱平戏的女伶，艳比兰词芳，我曾动过一念，想到是你。"

"您只是想呀，那时画报上尽登我照片，您没找份看看？"

"我忙满洲国，没顾上。"

"您顾不上的事太多了。"她笑盈盈蹲下，摸起片豆荚，"皇上，四十多年了，您没觉得您少了样东西？"

那一夜，他随身带着大清历代皇帝大典时佩戴的顶珠，橄榄核大，白莹质地。她近身试他痒痒肉，之后不见了它。

想过是她偷的，无心追究。那夜他会被暗杀……生命无忧后，不知怎么，懒得追究。满洲国登基，另配了颗顶珠。

人生总有盲点，莫名其妙地对件事犯懒。

她，是他一件犯懒的事。重见她，才明白，当年内心深处，是想送她个东西。

她："我那时候小，摸到好东西撒不开手。我人坏，任你罚。"

六飞："四十年了，它在你那，就是你的了……你站在我跟前，我知道是你，其实记不清胡可式家时你详细样子……你像个人。"

她是晚蓉的笑："像你的皇后？"

六飞眼疼，点头。

她："当然像了，我们戏子有绝活，想长成什么样，就能长成什么样。小时候,看到报纸上登你大婚照片,给她的漂亮刺着了,就此狠心,要长成她的样。"

六飞直眼:"怎么会?天生一人一样,改不了。"

她:"怎么不会?兰词芳就是一例。兰大爷小时候五官平平,鬼哭音,死鱼眼,被评为——祖师爷不赏饭,干不了这行。他有个堂兄才是佳品,家里人可心可劲地培养,不料样样都好的孩子,命不好,十四岁病死,家族兴衰落在了兰大爷身上。家里人商量——必须长好!兰大爷那年十三岁啦,五官已定型,结果您猜怎么着?"

六飞:"长好了!"

她:"对啦!"

六飞:"隔行如隔山。诀窍,我不问,能否说说道理?"

她:"脸上想好,身上得好。脸是拿身子练出来的,戏子世家,各家有各家练法。除了练,还得补福气,福气一到,难成的事也成了。增福之法,是捐钱做善事,没钱,就多抄抄《妙法莲华经》。"

六飞低头挤豌豆了。

她手快,一气挤了三十片:"是不是看我脸,让您想起皇后,难过了?"

六飞直起,揉腰:"五二年我歪了鼻子,五八年歪了下巴,寻思按你讲的,我脸能不能正过来?"

她眯眼,藏住笑意:"你给我磕个头,传你诀窍。"

六飞眼光一亮,似乎动心。她等他说话,不料他又低头剥豆了。

她说:"您别生气。哪能让皇上磕头?我是逗您呢,我人坏。"

六飞手里忙活:"没生你气,我在思量我自己。脸斜心不正,我的脸是说谎说多了歪的。历史不可更改,我的脸正不过来。我的谎太大,练什么都改不过来。"

她:"多大的谎呀?兰家能给兰大爷改脸,我也改得了你。"

六飞:"弥天大谎——我不是皇上。"

她腰一软,险些软进盆里。

他告诉她,他叫李敬事,六飞身边的随应。一九四五年,满洲国覆灭,晚蓉病逝。六飞准备去日本,坐在沈阳机场候机厅,见窗外飘来伞兵。

李敬事进宫隐瞒了身份,他祖上是舒尔哈齐,是六飞祖上努尔哈赤的弟弟。十四岁后,两人越长越像。六飞生性爱玩,偷偷跟李敬事试过互换装扮,逼真得两个都吓一跳。这样,日后遇险,便有了一步棋。

为保证日后成功转换,能瞒住侍从近臣,两人拉大平日差距,李敬事走路垮了背、说话挑左眼,六飞改了扶眼镜的手势、站立时常单手叉腰。各自设计了一系列典型特征,降低扮演难度,易混过熟人眼。

李敬事伺候六飞去洗漱间,出来后,苏俄伞兵冲进候机厅,满洲国两位大臣迎上交涉。李敬事扮的六飞,一人独坐长沙发,六飞扮的李敬事站在旁侧。

两大臣带一名伞兵回来禀告,说俄军领队表态,不遇反抗不会开枪。李敬事扶下眼镜,掏出手枪递给伞兵,第一个缴械。之后站起,一路单手叉腰,向俄军领队走去。

两大臣跟在李敬事身后,没察觉调包。六飞对李敬事的表现满意,快步追上,垮了背的身形。

在机场,李敬事还不敢开口,日后一点点增加话量。在他身边扮随应的六飞,是最好的镜子,不断修正他哪儿不对。

一九五〇年,由苏俄遣返回国,李敬事作为六飞,去高尔山监狱。六飞混在随侍下人里,经一个月审问,发还原籍。

从苏俄遣返回国的火车上,李敬事给六飞编好身份。说是正红旗破落户,父母早亡。入宫早,没了亲戚朋友,家里老屋在东城城墙外的野水洼。

野水洼这地方没法查。原是正红旗兵户区,大清亡后,多迁走,留下的房子成了农民进京卖粮食的暂住地,拿木板席子补破墙,凑合几天是几天。

"李敬事"是殿中打扫时供人叫唤用的,未用于宫廷注册,在任何文字记录上都没有这个名。六飞以满人名舒尔哈齐、汉人名赵居正,去了那儿,从居委会领了间没主的房。作为孤寡老人和穷困户,政府会照顾他生活。

剥豌豆的六飞一副唯我独尊的帝王神气:"柴慕之怀疑过我是假的,但他解释不了一件事——按他们工作的严谨程度,回国的火车上要调包，一定给查出来。他想不到，六年前已调包了，我在苏俄已扮了六年皇上。哈哈，哈哈。"笑起来，更显脸歪，"唯一败笔，是四六年东京审判，给日本定罪，要皇上做证。那时我扮皇上刚一年，又不许带随应，没皇上在身边，我怎么谈满洲国国事？遇上答不出的问题，只好大喊大叫，装作情绪激动而谈不下去。唉，这是我唯一对不起皇上的事，坏了皇上威严。"

她："……我不信。"

六飞："嘿！我白说了，白拿你当知心人。"

她："你说苏俄伞兵和东京审判，国际上的事，我不懂。中国的事我懂，你的话有个大漏洞——你说皇上去野水洼当穷困户，绝不可能！他当惯了皇上，哪受得了那样日子？"

六飞失笑："你说的是你自己。穷人乍富后，就回不去了。一旦破产，不是发疯就是寻死，这样死的商人，你在上海见得还少么？唱落子的，一生三卖身，苦得不得了。你现在唱戏拿金条，群众视你为艺术家，突然把你打回原形，再过流窜乡野、半伶半娼的日子，你不得疯？"

她："……我得寻死。"

六飞："从小在下面的人，上去了下不来；生来在上的人，下得来。跟你讲讲什么是帝王，一九二四年，苏俄为控制外蒙古，秘密枪决了外蒙古领袖哲布尊丹巴。哲布尊丹巴本是大清皇帝册封的活佛，四〇年，皇上找到了他的转世灵童，草原上一个叫罗布桑道日吉的牧羊少年，衣裤补丁密得像是披了身碎布条。皇上落了泪，说我的佛爷，您怎么降生到这么穷的人家？"

见她听进去了,便继续说,"皇上要接他来满洲国,你猜怎么着?少年拒绝了,说他已享多世富贵,此生穷苦,是他的选择。"

她:"皇上怎么说?"

六飞:"常人以为,皇上肯定得劝。谁想皇上说,不愧是我的佛爷,您选的,也是我想的——听听,这才是帝王!"

她:"就不管了,把人家留草原上了?多可怜呀!"

六飞:"没法谈啦!"

她一笑:"你不就是要我信,在野水洼的是皇上么?"

六飞:"还不信?"

她起身,透玻璃望到厨房里的人都在忙活,没人注意院里。她蹲下,突然歪身枕在六飞腿上,手挑进六飞腋下,一顿急挠。

六飞发力推开她,压嗓子怒斥:"咱俩都多大岁数的人啦,你发什么骚呀!"

她蹲着腿,端正上身,向他一笑。

发怒绷紧的脸,缓下来。

她的笑,是坤宁宫大婚之夜,晚蓉初见自己,礼貌的一笑。她说:"四十年前,你告诉我,皇上是狠心人,从小没哭过,没痒痒肉。"

挠了他十多下,他没笑。

六飞:"是我练的,都知道皇上这特点,为装他,我挠自己,挠得麻木了。"垂头剥豆。

她陪他剥了会儿,重又说话:"是不是因为我长成皇后的脸,您面对不了?深心里不愿让皇后看到您今日这样,就对我胡

293

说八道的。"

六飞:"你才胡说八道,跟你说实话,我没爱过皇后。她有遗传性精神病,治不好,抽鸦片能缓解缓解,鸦片害得她早早地就不好看了。她那么难看,我不想她。"忽然手快,剥出十几颗豆,溅得铝质澡盆一串脆响。

说漏了嘴,用的是皇上口吻。

她等他说话,他说:"我真是李敬事。"

她点头,不再否认。

豌豆剥完,要抬到厨房里去。盯着满盆绿,她蹙眉惊叫:"咦!什么呀?"手插豌豆堆里,左划右探,掏出一枚橄榄核大的东西,莹白晶亮,大清历代皇帝大典戴的顶珠。

她得意笑起,如十二岁的她:"戏子先得是半个贼。人美了,防人给我下迷药,我先得懂配迷药。戏子走江湖,挣了钱都放身上,容易招贼。贼的手摸上身了能察觉,我先得会摸人。顶珠带身上四十年,谁都摸不走。脱光了我,检查的人也看不见它。"

六飞起了兴致:"诀窍我不问,解释解释道理?"

她:"告诉你诀窍。脚上小趾,检查的人会忽视,其实它看着小,趾根的窝,五趾里最大,把它练出力,能藏块金子。"

六飞:"检查的人要是内行,知道查这呢?"

她:"检查,会要被查的人动动吧。侧腰屈腿,只要我一动,趾窝抠住的顶珠就转别处了,腋下、肘弯、膝窝都能待。"

六飞:"怎么转走的?"

斜眼见院里进了人,拉厨房泔水的清洁工,骑三轮车。

六飞缩声:"不问诀窍,说说道理?"

她亦缩声,手里装作还干活:"脚趾最易练,之后要练皮肉。脚趾有抓挠,皮肉平平,所以难练。要练得不动手脚,顶珠在身前身后,想上哪儿便上哪儿,皮肉能走东西,才是成活儿。"

六飞:"原来你不老,是为偷东西一直练皮肉。"

她:"哈哈。还你。"

掌心一凉,是顶珠。

六飞翻手按回她掌中:"我是李敬事,接不了这个。"抬手示意她别说话,抬眼望向院东墙。

泔水桶立在院东墙,厨房里喊清洁工吃黄瓜,窗边递出,清洁工过去了。三轮子车漆成军绿色,八成新。

六飞:"皇上十一岁,着迷自行车,天天骑,从欧洲买了二百辆。你看我会不会骑那辆,便知道我真假。"

跑向东墙,飞跨上车,蹬出五脚,撞在棵树上,摔得仰面朝天。她惊叫跑来,远远地就伸了手。

她跑近,伸的手却不递上来,捂肚大笑,提不上气地说:"您跌得可真难看。"

她的笑眸,如她十二岁的眼,白话诗里的蜜桃双眸。

(全书完)

徐皓峰

　　本名徐浩峰。1973年生。高中毕业于中央美术学院附中油画专业，大学毕业于北京电影学院导演系。现为北京电影学院导演系教师。

　　导演，作家，道教研究学者，民间武术整理者。

文学作品：

长篇小说：《国术馆》《道士下山》《大日坛城》《武士会》《大地双心》

中短篇小说集：《刀背藏身》《花园中的养蛇人》《白色游泳衣》《诗眼倦天涯》《白俄大力士》

武林实录集：《逝去的武林》《大成若缺》《武人琴音》

电影随笔集：《刀与星辰》《坐看重围》

电影作品：

《倭寇的踪迹》（导演、编剧）

《箭士柳白猿》（导演、编剧）

《一代宗师》（编剧）

《师父》（导演、编剧）

《刀背藏身》（导演、编剧）

《诗眼倦天涯》（导演、编剧）

大地双心

产品经理｜来佳音　　封面设计｜张一一　　营销经理｜李欣爱
技术编辑｜陈　杰　　责任印制｜刘　淼　　出 品 人｜于　桐

图书在版编目（CIP）数据

大地双心 / 徐皓峰著． -- 北京：光明日报出版社，2021.11
　　ISBN 978-7-5194-6247-5

　　Ⅰ．①大… Ⅱ．①徐… Ⅲ．①长篇小说－中国－当代 Ⅳ．① I247.5

中国版本图书馆 CIP 数据核字（2021）第 160752 号

大地双心

DADI SHUANGXIN

著　　者：徐皓峰	
责任编辑：王　娟	产品经理：来佳音
封面设计：张一一	责任校对：傅泉泽
插　　图：方佳翮	责任印制：刘　淼

出版发行：光明日报出版社
地　　址：北京市西城区永安路 106 号，100050
电　　话：010-63169890（咨询），010-63131930（邮购）
传　　真：010-63131930
网　　址：http://book.gmw.cn
E-mail：gmrbcbs@gmw.cn
法律顾问：北京市兰台律师事务所龚柳方律师
印　　刷：北京盛通印刷股份有限公司
装　　订：北京盛通印刷股份有限公司
本书如有破损、缺页、装订错误，请与本社联系调换，电话：010-63131930

开　　本：140×200	印　　张：9.5
字　　数：196 千字	
版　　次：2021 年 11 月第 1 版	
印　　次：2021 年 11 月第 1 次印刷	
书　　号：ISBN 978-7-5194-6247-5	
定　　价：48.00 元	

版权所有　翻印必究